江兴国
大学及研究生日记摘录

江兴国 著
李 倩 整理

下

中国政法大学出版社

2022·北京

下册目录

研究生阶段

研究生阶段

　　报考研究生，是我在大学本科读书时的愿望，尤其经过十多年在司法实践部门的工作，深感自己在理论与实际业务方面的欠缺，更感到有必要"回炉"，重新回到高等院校继续深造，学习理论与业务知识，才能适应新的形势下国家对我们的要求。

　　1977年国家恢复高考，1978年又恢复研究生招生考试，尤其听说母校（北京政法学院）复办，更激起我重新返回母校读书的愿望，我写信求助于母校的何长顺老师。1979年春，何长顺老师给我寄来了母校的研究生招生简章，鼓励我考研究生。我鼓起勇气决定就此一搏，并经反复斟酌，选择中国法制史作为报考方向，一边坚持法庭的日常工作，一边加紧重温考试各门课的知识。经过这"一搏"终于成功了，我被母校录取为研究生，同年十月我又怀着激动的心情，重新回到北京政法学院，开始研究生的生活……

1978 年

1978 年 12 月 31 日（农历戊午年十二月初二）　星期日　晴

晚上给何长顺老师写了封信，问候他新年好！并问母校恢复了，是否要人，像我这样能否回母校工作？

1979 年

1979 年 3 月 17 日（农历己未年二月十九）　星期六　阴

11：17，收到何长顺老师 13 日寄来的《北京政法学院一九七九年研究生招生专业目录》。何老师在封面上写着："兴国同志，现送上一份，供参考。"何老师寄来研究生招生目录，就是鼓励我报考研究生。我想就试一试吧。

1979 年 4 月 9 日（农历己未年三月十三）　星期一　阴雨
在永福县寿城法庭

早上填写《研究生报考登记表》。表格与去年的大同小异。至于报考专业，经反复考虑，还是报了中国法制史，因为我觉得有去年的底子，今年复习可能困难少些。迄今我一直是无准备啊！

第一志愿报考单位	北京政法学院
专业	法律
研究方向	中国法制史
指导教师	曾炳钧等
第二志愿报考单位	北京大学
专业	政法
研究方向	中国法制史
指导教师	肖永清
报考研究生类别	脱产研究生

研究生阶段

类别分两种：脱产研究生和在职研究生。

今年一般不复试，体检、政审在报名时间同时进行，考试在六月二、三、四日进行。

1979 年 4 月 12 日（农历己未年三月十六）　星期四　阴雨
在永福县寿城法庭

一早去公社，托今日去永福县的司机罗方勤将我的报考研究生登记表及准考证带去交给县招办阳伯桓同志，今天必须报上去了。

1979 年 4 月 15 日（农历己未年三月十九）　星期日　阴雨
在永福县寿城法庭

我报考研究生的政审表经寿城人民公社政法支部及寿城人民公社党委签署意见。

罗中明同志（寿城派出所所长兼政法支部书记）代表支部签署如下意见：

该同志参加工作以来，工作积极肯干，负责，特别是各种政治运动中，立场坚定，敌我分明，热爱本职工作。经支部研究，同意江兴国同志报考研究生工作。

政法支部书记　罗中明（签字）

1979 年 4 月 13 日

中共永福县寿城公社政法支部委员会只有五名成员：罗中明（派出所所长兼支部书记），袁心贵、徐明盛（二人皆是派出所民警）、朱云安（寿城人民法庭庭长）和我（法庭书记员）。

寿城人民公社党委的意见是："同意该同志报考。"加盖公社党委公章。

体检表由卫生院签署意见为"健康，合格"，并由寿城中心卫生院院长莫寿德签字。

我今日赴县里开会时，随身将政审表与体检表带到县里，交给教育局招生办公室。

1979年5月6日（农历己未年四月十一）　星期一　立夏　晴

在永福县寿城法庭

中午收到北京政法学院研究生招生办公室寄来的准考证（我的准考证号码是036146），各科考试时间安排如下：

	六月二日	六月三日	六月四日
上午8：30—11：30	外语（英语）	国家与法的理论	政治
下午2：30—5：30	古代汉语	中国法制史	

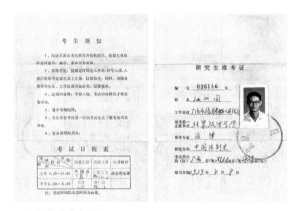

▲ 研究生准考证

1979年6月1日（农历己未年五月初七）星期五　晴

在永福县县城

明天就要开始考试了，今日上午去永福县城。到县城知道考场就设在永福中学。

1979年6月2日（农历己未年五月初八）　星期六　晴

今年的研究生招生考试于今天、明天、后天举行。永福县全县有15个人报考，专业各不相同，报考学校也不同。永福县教育局组织考试，负责监考，今天考场秩序良好。

8：30至11：30考外语，我参加英语考试。不准带字典，闭卷考试，有

50%是考语法，有20%是中译英，剩余30%是英译中。我许多英语单词记不得了，考得不好，估计会不及格。

14：30至17：30考古汉语，没有考现代汉语，全是考古汉语。有三段古文译成白话文，这三段话分别来自：

（1）《战国策·魏策》上"魏公叔痤病"一段。

（2）《左传·子产不毁乡校》。

（3）《资治通鉴·晋纪四世祖武皇帝下》。

两段断句标点的古文是：

（1）《商君书·更法》。

（2）《韩非子·定法》。

我做得比较顺利，不到两个小时就做完了，后又抄录一遍，估计会得到80分左右。

1979年6月3日（农历己未年五月初九）　星期日　晴

今天是考试第二天。上午考国家与法的理论。三个题目如下：

> 1. 什么是国家？什么是法？国家与法的关系怎样？（35分）
> 2. 试述资产阶级民主的实质及其在历史上的作用。（30分）
> 3. 列宁在《国家与革命》中说："只有承认阶级斗争，同时也承认无产阶级专政的人，才是马克思主义者……必须用这块试金石来测验是否真正了解和承认马克思主义。"联系实际谈谈自己对这一教导的理解和体会。（35分）

对于第一题，我有充分的准备，第二题、第三题我虽无充分准备，但觉得也不难回答。总之，三个题都答得比较顺利，估计会得到80分左右。

下午考专业课中国法制史，题目如下：

> 1. 《唐律疏议》序曰："盖姬周而下，文物仪章，莫备于唐。"试以唐朝政治制度的一两个方面论述之。（40分）
> 2. 简述南京临时政府建立的历史背景和意义。（20分）
> 3. 简单解释下列名词？（每个名词5分）
> （1）《法经》　（2）王安石变法　（3）三司会审制度　（4）文字狱
> （5）领事裁判权　（6）天朝田亩制度　（7）"四·一二"政变　（8）"三三"制

对于第一题，我没有准备，我把重点放在唐律上了，对唐代的政治制度未认真复习，答得不好。第二题我倒是有所准备。第三题大部分名词都解释出来了，只是"三司会审制度"我误认为是唐代的审判制度了，应答是明代的审判制度。看来今年的专业课没有考好，也许能得到 70 分。

1979 年 6 月 4 日（农历己未年五月初十）　星期一　晴

上午考最后一科了：政治。题目如下：

---

1. 马克思主义认识论与党的群众路线。（30 分）
2. 当前调整国民经济的必要性和意义。（30 分）
3. 坚持四项基本原则与继续解放思想。（30 分）
（以上三题任答二题）
4. 简要回答下列各题（每题 5 分）
(1) 辩证唯物主义认识论与旧唯物主义认识论的根本区别。
(2) 具体问题具体分析是马克思主义的灵魂。
(3) 货币与资本的区别。
(4) 农村集市贸易的性质与作用。
(5) "四人帮"反革命政治纲领及其反动实质。
(6) 我国社会主义革命和社会主义建设新时代的总任务。
(7) "八一"南昌起义的历史意义。
(8) 我党抗日民族统一战线的策略总方针。

我把所有的题都做了，请老师批阅后在前三题中任选二题计分。

1979 年 8 月 29 日（农历己未年七月初七）　星期三　晴

中午收到一封署有北京政法学院"研办"的来信，而且是剪了一角贴着 3 分钱邮票的平信，我一看心立即凉透了，这肯定是一封告诉我没有被录取的信，不是挂号信就不会是录取通知书，我怀着几乎绝望的心情拆开信，看看我究竟考得如何，不料竟是地地道道的录取通知书，是用复写纸复写的，但盖有"北京政法学院"大红印章的"研究生录取通知"，全文如下：

研究生录取通知书

江兴国同志：

经学校录取，北京市招生委员会批准，你入我院法律专业中国法制史研究方向进行学习。入学报到时间，另行通知。

北京政法学院（公章）
1979 年 8 月 24 日

研究生阶段

凭自己的努力和本事争取重返北京的夙愿终于实现了，真令人激动和兴奋！

我想起杜甫的诗句：

却看妻子愁何在，漫卷诗书喜欲狂。

十一年前的 1968 年秋天（1968 年 10 月 22 日），我分配到永福县不久，异常思念北京，曾写过这样的一首小诗：

妖娆南疆水亦寒，峥嵘北国山更苍。
寒霜又染香山叶，秋风何年送我还？

今天我又用原韵写了一首小诗，从表达我喜悦的心情：

妖娆南疆水未寒，峥嵘北国佳音传。
寒霜再染香山叶，我乘金风凯歌还！

1979 年 9 月 5 日（农历己未年七月十四）　星期三　多云

下午接到县人民法院文优珍副院长打来的电话，告诉我县人民法院接到了北京政法学院的通知，通知我 10 月 5 日到学校报到，转去户口、粮油关系等。

1979 年 9 月 10 日（农历己未年七月十九）　星期一　阴雨

9：30，文德化从永福县城回来，给我带来了北京政法学院寄到县人民法院的《研究生录取通知书》《研究生入学注意事项》及《给考生单位的一封信》等材料。（昨天我打电话给县人民法院秘书曾大善，请他把材料交给文德化，由文德化转交给我。）录取通知书全文如下：

研究生录取通知书

永福县人民法院人事科、县委组织部转江兴国同志：

　　经学校录取，北京市招生委员会批准，你入我院法律专业中国法制史研究方向进行学习。请于一九七九年十月五日至七日，凭本通知到校报到。

单位盖章（北京政法学院公章）

一九七九年八月二十九日

我们走在大路上

此通知书背面有入学注意事项，如下：

研究生入学注意事项

1. 凭我校签发的《研究生录取通知书》到校报到，其他证明不能作入学凭证。
2. 录取新生收到我校签发的《研究生录取通知书》后，从入学报到截止时间算起，在十五天内不来校报到的，按自动退学处理。学校除名。
3. 新生入学具体注意事项见《研究生入学注意事项》。

《研究生入学注意事项》中第一条说"凭我校签发的《研究生录取通知书》到校报到，其他证明不能作入学凭证"。还说要自带党、团组织关系、户口及粮油关系。组织关系介绍信抬头写"中共北京市委组织部"，户口、粮油关系转至北京政法学院。户口只限本人。还要带工资证明信（学习期间由原单位照发原工资）。赴校路费由原单位按火车硬座，轮船按最低等发给车船费。

另给法院人事科的信中说："你单位江兴国同志已由北京市招生委员会批准录取为我院中国法制史专业研究生，报到时间为一九七九年十月五日至七日。请你单位协助做好下列事项。"基本与上述相同。

我的工资证明信是永福县人民法院文优珍副院长为我填写签署的，加盖了法院的公章。

信中还附有印有"北京政法学院"字样的醒目的行李标签，行李到达北京站后由学校统一提取。

这些信函县人民法院是于9月5日收到的。

1979年9月12日（农历己未年七月廿一）　　星期三　晴

中午收到黄升基、林宜7日的来信。信中说："来信收到，非常高兴。首先让我们衷心祝贺你的成功，成为我们国家不可多得的研究人才之中的一员。""我也正准备给你写信，也向你报道一则好消息：经过多年的奋斗，终于盼来了调往北京燕山石油化学公司（房山石化总厂）的调令。报到期限是9月20日。因为有些工作还要交接，局里给我们去函联系延至9月底前。具体哪个单位要到后才能落实。中间的周折、苦衷、喜怒，真是一言难尽。""自1968年8月你离京后，我们9月也跟着离京，已整整十一年了。心情和你一样。此次咱们又可在京经常相聚叙谈了。只是你是最高学府，我们在基层。这十几年的风风雨雨，咱们所经历的以及所见所闻，都是难以言尽的。马上就可以见面了，一切面谈。"

1979 年 9 月 23 日（农历己未年八月初三）　星期日　晴

9：30 刚到家，收到北京政法学院来信说校舍退还工作拖延了，报到时间从 10 月 5 日至 7 日推迟到 10 月 19 日至 21 日。

1979 年 10 月 15 日（农历己未年八月廿五）　星期一　多云

中午回到了北京。见到年迈且多病的父亲，他问我的情况，还特意让我把《研究生录取通知书》拿出来给他看看，看后欣慰地说"很好"。

1979 年 10 月 17 日（农历己未年八月廿七）　星期三　晴

上午去公安部见到了饶竹三、王小平，自从 1969 年春天与竹三在桂林一别，有十年多没有见面了，他胖了。小平则显得有些老了，但他们两人都很精神。竹三一见到我就问："你这件衣服还是毕业时穿的那件吧？"确实我穿的浅黄色的夹克衫是毕业时买的，竹三还记得很清楚。我们谈起这几年来的情况，也谈到一些老同学的情况，中午他们留我在公安部食堂吃饭。我们年级 5 班的同学张宪民也在公安部一局，他是从广东调回来的。4 班的刘德仁则是 1973 年从上海调来的，在公安部三局。

中午饭后我们几个老同学一起在刘德仁的宿舍聊了聊。

下午去东方饭店找孙成霞，她未在。

回来途中去后百户胡同看看林宜，她和黄升基正在家，林宜的父母也在。他们的女儿小朔一直在北京生活，现在已经开始读书了。升基他们则是 9 月 17 日回到北京的，明天将去石化总厂报到。我们谈及各自的情况及来北京的情况，畅谈不已。他们留我吃了晚饭。

1979 年 10 月 20 日（农历己未年八月三十）　星期六　晴

上午，我去北京站送人，随后就乘学校来北京站接新生的车来到北京政法学院报到，在车上认识了周国钧与王泰，车上学生不多，一看他们两人就不像是本科生，试问，果然也和我一样是研究生。彼此身份相同，立即就亲

我们走在大路上

切了，并知道周国钧来自广西政法干校，是学刑事诉讼法专业的，王泰来自哈尔滨师范学院，是学刑法专业的。周国钧是67届北京政法学院毕业的，用当时的话来说是"法三"（政法系三年级的简称）的。车很快开到了学校，这是我的母校，13年前，我本科毕业于此，想不到今天我又回来了。

进入母校，到处是低矮的地震棚，许多行政机关就在地震棚里办公。以前作为学生宿舍的一、二、三、四号楼依然如旧，六号楼也矗立原地，然而满目凄凉，小滇池虽然还在，但已失去往日的风光，干涸的湖底成了垃圾场，四周的围墙破败不堪，教学楼也被隔成几块，几个单位共同使用，为互不干扰，分别从不同的门进入，中间用临时砌起的墙隔开。最可惜的是1965年"四清运动"回来后，我们参与挖建的标准游泳池现在也不存在了，我们夏季曾成天泡在游泳池内，好不逍遥。母校被解散后，母校校址被几个单位"瓜分"了。母校复办，为收复"失地"，付出了极大的努力，也因此不得不一再推迟我们报到的日期。

我们被安排住在一号楼，十一年前，我是从一号楼走入社会的，今天又回到这里，倍感亲切。我记得当年离开时，是住在102宿舍，今天回来被安排在106宿舍。同室住有五个人，郑禄是老同学，见面一眼就认出来了，进一步问他，知道他是从新疆考回来的。刘金友和周国钧一样，也是"法三"的，郭成伟是北京师范学院历史系毕业的，原是政法附中的老师，我们五人住在一起，将度过三年研究生的生活。陈丽君也考回来了，并且也是法制史专业。

郑禄还告诉我，我们年级（"法四"）的同学还有不少呢，后又陆续见到了张俊浩、马俊驹、刘淑珍、张全仁、程飞（原名程绍魁）、侯宗源。真是"问姓惊初见，称名忆旧容"啊！

1979年10月22日（农历己未年九月初二）　星期一　晴

9：10，全校新生聚会，院领导与同学们见面，院长曹海波讲话，他说今年是学院复办后第一次招生，共招收了大学本科生404人，研究生35人。本科生年纪最小的15岁，最大的27岁；研究生年纪最小的23岁，最大的38岁。副院长张杰作报告，我们非常熟悉张杰，他以前是学院的教务处处长，曾与我们一起在峨眉县搞过"四清运动"。他讲了学院的办学方针、培养方案及对学生的要求。学院领导特别强调说，在学院范围内现在有几个单位

（北京市歌舞剧团、北京市戏剧学校、北京曲艺团及北京一七四中等单位，一七四中即以前的"政法附中"），一定要搞好团结，彼此尊重，如产生矛盾要通过组织解决。

大会上见到了我们本科生阶段的年级主任司青锋老师，他曾带我们四年，毕业分配也是他主持搞的。今日见到他格外亲切，他又被分配做新的本科生年级主任工作。

大会之后我们研究生又开了一个简短的会，我们研究生共有35人，其中有女同学9人。我们法制史专业4个同学中，有两人（我和郭成伟）是专攻中国法制史方向的，另有两人专攻外国法制史方向，一个是陈丽君，另一个是曾尔恕（她是我们法制史导师组曾炳钧教授的女儿，她是南开大学外语系毕业的）。我们研究生工作办公室主任是张玉森老师，我知道他以前在院团委工作，曾给我们传达过团市委文件。另一位是张春龙老师，她爱人就是曾教过我们体育课的黄文添老师。

下午发下了校徽，和老师们的一样，是红底白字的。

去研究生办公室，见到了我这次研究生入学考试的成绩，如下：基础课（国家与法的理论）83分；专业基础课（古汉语）73分；专业课（中国法制史）83.5分，政治63分，外语（英语）39分。据说我的外语成绩太差，是导师组打报告请示北京市招生办公室，特批"破格"录取的。外语成绩差是我意料中的，毕业已十几年早就忘光了，临时抱佛脚温习一下，能考到39分就不错了。

不少同学成绩考得很好，与他们相比，我应奋起直追，我自知考试前信心不足，没有怎么努力，还是有潜力可挖的。有的同学本科根本不是法律系毕业的，甚至有的根本没有上过大学，也考取研究生了，应该向他们学习。

我的行李于傍晚时运到，宿舍里有四铺床，我睡上铺，在郑禄的上面，我戏称郑禄是我的"经济基础"，我是郑禄的"上层建筑"。我说我家在北京，可能不常在学校住，睡上铺还是下铺无所谓。

1979年10月23日（农历己未年九月初三）　星期二　晴

6：00起床，和大学本科生时一样，跑步到北太平庄返回，十几年未在这条路上跑步了。

上午在宿舍分组讨论学院发的《研究生培养方案》，法制史教研室的指导教师许显侯同志来看望我们。

14：30 我们去法制史教研室与指导教师们见见面。曾炳钧、薛梅卿、许显侯等老师都先后讲了话，对我们提出希望。我们也表示要努力学习。看来三年的时间要完成学习任务，还必须刻苦努力。第一学期只开哲学和外语两门课。

1979 年 10 月 24 日（农历己未年九月初四）　　星期三　晴

9：00，在冶金工业部建筑研究院礼堂举行 79 级新生开学典礼。最高人民法院院长江华，副院长王维纲、何兰阶，司法部副部长李运昌，最高人民检察院、公安部、民政部、中国社会科学院法学研究所、北京市人民法院、人民检察院、西南政法学院

▲ 复办后的开学典礼

等单位负责同志也应邀参加了开学典礼。院领导在典礼上讲话，江华院长、李运昌副部长在典礼上也讲了话。我们复办政法院校就是要加强国家机器，巩固无产阶级专政。我们肩负的责任重大，应努力学习，绝不辜负党和人民对我们寄托的期望。

1979 年 10 月 25 日（农历己未年九月初五）　　星期四　晴

今天正式上课。前两节课（同本科时期一样，每节课 50 分钟，从 8：00 至 9：50，中间休息十分钟）是外语课，我们班的同学中有 12 人学英语，22 人学俄语，还有 1 人（王泰）学的是日语。我是学英语的。张尧老师给我们上课，用的是许国璋先生编写的教材。前面重点讲语音，他讲得很快，一下子就讲了 3 课书。

下课，见到了十几年前给我们上过英语课的李荣甫老师，李老师比我们

研究生阶段

485

大不了多少，1962 年我进入北京政法学院读书，李荣甫也刚刚从南开大学外语系英语专业毕业，分配到北京政法学院教书。他很诙谐，也下去搞过"四清运动"，和我们在一个大队，所以对于我们班的学生很熟悉。他问了问同学们的情况，还说他参加了研究生入学考试英语试卷的批阅工作。

其他时间，我去教学楼五层的教工阅览室看书报杂志，还有多种多样的工具书。我又像大学本科时那样一坐下来就是几个小时，这是多么好的学习环境啊，是我在实际工作中享受不到的。

今天上午下课回到宿舍，意外地见到了大学时代的同班同学杨登舟，毕业后就没有见过他了。毕业后他被分配到江苏省泗洪县，今年 5 月从泗洪县调入河北定县人民法院，来京出差，昨天到敖俊德处，听敖俊德说我考回母校读研究生了，今天就特地来看望我。老同学见面无话不谈，他说曾经出差到宁波，见到了冯振堂、佟秀芝夫妇，他们已经有两个孩子了。我们又去看望了司青锋老师，并给在公安部工作的王小平打了个电话，后杨登舟去看望王小平了。

今天的《北京日报》《光明日报》均报道了我们政法学院开学的消息。

1979 年 10 月 26 日（农历己未年九月初六）　星期五　晴

早晨跑跑步，之后读英语，这和大学本科时代的生活多么相似啊。上午没课，按课程表第一节、第二节是英语课，但是因张尧老师同时有本科生的讲课任务，冲突了。于是我们的课就改在下午了。下午讲英语的第 4 课与第 5 课。

上午看看书。然后就去北京师范大学西南楼 202 室找敖俊德，他是我大学本科同班同学，毕业后被分配到新疆博乐，在新疆生产建设兵团保卫处工作，去年考取了中国社会科学院的研究生，考的是宪法专业，入学后调整到刑法专业。同他有十几年没有见面了，他比以前胖了，并不显老。老同学相见，自然亲切，谈谈十几年来各自的情况，我也向他了解了考取研究生后一年多的学习生活情况。他说中国社会科学院研究生院现在还没有自己的地方，租用北京师范大学的楼房临时教学。

下午外语课后继续去看书。晚上去教学楼 308 室看报纸，这里被开辟为学生阅览室，订有全国各地的报纸杂志。

我们走在大路上

1979 年 10 月 27 日（农历己未年九月初七）　星期六　晴

上午前三节课是哲学课，先由杨荣老师讲了讲本学期哲学课的教学计划。后又由陈延顺老师讲恩格斯的著作《路德维希·费尔巴哈和德国古典哲学的终结》及马克思的《费尔巴哈提纲》，计划学习四周。

1979 年 10 月 28 日（农历己未年九月初八）　星期日　晴

星期天学院食堂就开两顿饭。

由于下午要照 X 光透视，15：30 就离家返校，16：20 到校，照了透视。

17：10，与郭成伟约好去花园路教工宿舍丙字楼 103 室看望许显侯老师，并见到了他的夫人沙福敏老师，沙福敏是我们学院 60 届毕业生，毕业后分配到北京 123 中学教政治。

1979 年 10 月 29 日（农历己未年九月初九）　星期一

上午第三节、第四节课是英语课，张尧老师给我们讲了第 6 课与第 7 课。其余时间皆在阅览室看书报杂志。

1979 年 10 月 30 日（农历己未年九月初十）　星期二　阴

上午前三节课是哲学课，陈延顺老师继续讲《路德维希·费尔巴哈和德国古典哲学的终结》一书。他讲得不错，同学们很爱听，不枯燥，也容易懂。第四节课自习。

下午英语课，任课教师张尧与我们座谈，征求我们对教学的意见，并检查了一下每个人的朗读水平。

1979 年 10 月 31 日（农历己未年九月十一）　星期三　多云

上午前三节是哲学课，第一节课自己看书，第二节、第三节课讲课。

下课后我同郭成伟一起去看望了我们的指导教师薛梅卿老师，她住在 6 号楼 323 室。但她不在家，据说去法学所了。

回到教学楼 108 教室自习。突然有老同学周芮贤来访，原来他是从株洲市来北京中央政法干校学习的，来了几天了，今天来母校看看。刚才从何长

研究生阶段

487

顺老师那里听说我考取研究生回来了，赶忙来找我，听宿舍的同学说我在108教室自习，就到这里来了。他原来在株洲市公安局工作，现在调到市检察院，看样子是个领导干部了，胖多了。我们自从毕业后就没有见过面，前几年还通过几封信。他这次来北京学习，明年元旦后结束。今天同他一起来的还有一位李同志，是株洲市人民法院的，我留他们在学校食堂吃了饭，又与郑禄等老同学聊了聊，之后他们离去。

1979年11月1日（农历己未年九月十二）　星期四　晴

上午前两节课是英语课，讲第9课至第12课，以后的几课书（第13课至第18课书）就不讲了，自己看。这可苦了我，他们（曾尔恕、张贵成、刘全德、李三友、高坚等同学）英语都很强，没有老师也不在话下。我在永福县寿城法庭工作11年，哪里用得着英语啊！我等于从头学起。

1979年11月2日（农历己未年九月十三）　星期五　晴转阴

▲ 法四年级考取母校研究生九人：（左起）张俊浩、张全仁、郑禄、陈丽君、侯宗源、刘淑珍、马俊驹、江兴国、程飞

下午两节英语课，讲第19课"Study as Lenin Studied"。

下午学院组织大家收听廖盖隆同志作关于叶剑英在国庆三十周年纪念会讲话的辅导报告，我们要上英语课，没有听到。

21：00回到宿舍，宿舍里非常热闹，原来是老同学镡德山、蒋绮敏来访，他们夫妇现在在北京农业机械化学院教书。他们说我们年级同学已调回北京三十多人了，建议找时间聚聚，这次光是考上母校研究生的就有9人：江兴国、郑禄、陈丽君、马俊驹、张俊浩、张全仁、刘淑珍、程飞、侯宗源，还有去年考上

我们走在大路上

中国社会科学院的研究生3人：敖俊德、王子良、陈云生。可能还有其他人。对此，我们（郑禄、陈丽君、马俊驹等）当然欢迎。

1979 年 11 月 3 日（农历己未年九月十四） 星期六 阴

上午前三节课是哲学课，继续讲《路德维希·费尔巴哈和德国古典哲学的终结》一书，讲了思维和存在的同一性问题。

下午组织大家听报告，报告由哲学教研室主办，请人作访问南斯拉夫的报告。

1979 年 11 月 6 日（农历己未年九月十七） 星期二 晴

上午前三节课是哲学课，今天陈延顺老师讲了讲哲学界对思维与存在同一性问题的争论，也很有趣。第四节课去教学楼五层教工阅览室看书。

下午是英语辅导课，老师让我们读课文，并录音，我被指定读第 16 课 "Sunday in the Park"，我读得很差。

1979 年 11 月 7 日（农历己未年九月十八） 星期三 晴

上午前三节课是哲学课，继续讲《路德维希·费尔巴哈和德国古典哲学的终结》一书。

下午与郭成伟一起去看望了薛梅卿老师，听老师讲了讲关于学习的问题，她让我们找来范文澜的《中国通史》和郭沫若的《中国史稿》看看，也谈到了今年的招生情况。我们获益匪浅。

1979 年 11 月 8 日（农历己未年九月十九） 星期四 晴

上午前两节课是英语课，讲第 21 课 "A Day of Harvesting"。

今天天气好，决定去游香山公园，看看红叶。10：40 骑车从学校出发，照例先游卧佛寺，又从樱桃沟花园到达香山，从东门进入，到玉华山庄吃午饭，休息一下，观赏红叶，又读读英语。之后经过芙蓉馆、眼镜湖、见心斋，出北门。又去游了碧云寺，寺内的五百罗汉堂自从 1966 年以来就没有开放过，我有十几年没有进去了。中山纪念堂也修好了，已经重新开放。

1979 年 11 月 9 日（农历己未年九月二十） 星期五 阴

下午前两节课是英语课，继续讲第 21 课。

1979 年 11 月 10 日（农历己未年九月廿一） 星期六 晴

上午前三节课是哲学课，讲《路德维希·费尔巴哈和德国古典哲学的终结》一书的第三部分。

下午去百万庄书店买了一本王力的《古代汉语》上册第一分册。

1979 年 11 月 12 日（农历己未年九月廿三） 星期一 晴，大风

9：55 到校。见宿舍我的床上放着 5 斤面票和一张纸条，上写明是史敏同学见我饭量大而支援给我的。下午我去对她表示感谢，并说以后不必如此。

上午后两节课是英语课，讲第 22 课。

下午自习做英语作业。后汉语教研室主任高潮老师找我和郭成伟去座谈，因为下学期要开古汉语课，这对于我们中国法制史专业的研究生来说是必修课。汉语教研室的赵中乾、宁致远两位老师也参加了座谈。他们初步打算是选先秦时期的《荀子》《韩非子》《左传》及《史记》上的文章，作为文选来讲，另外也讲些古代语法。我们也觉得先秦时期的文章比较难懂，应作为重点。

1979 年 11 月 13 日（农历己未年九月廿四） 星期二 晴，大风

上午前三节课是哲学课，讲《路德维希·费尔巴哈和德国古典哲学的终结》的第四章。

下午是英语辅导课，念第 21 课课文，录音自己听听，进行修正。做英语的汉译英句子。

下午薛梅卿老师来看我们，为修改法制史讲义，她要去了我保留至今的我们 1964 年使用的《中国国家与法的历史》讲义。

1979 年 11 月 14 日（农历己未年九月廿五） 星期三 晴

上午前三节是哲学课，老师昨天已布置了自学，不讲课了。这几节课的

我们走在大路上

时间大多数人都用来读外语了，因为外语的学习压力实在太大了。

1979 年 11 月 15 日（农历已未年九月廿六）　星期四　晴

上午前两节课是英语课，讲第 23 课。

后两节课去阅览室看书。阅览室报刊资料真不少，可惜没有那么多时间来看。

下午自习，也是在阅览室看书。

1979 年 11 月 16 日（农历已未年九月廿七）　星期五　晴

上午自习，看看英语。后去阅览室看看书报。

下午前两节是英语课，讲第 24 课 "Inspector Hornberg Visits a School"。

课后党支部开会，我们这个党支部有党员 24 人（包括办公室的张玉森同志），其中预备党员 3 人，我是去年 12 月入党的，陈丽君是今年 5 月入党的，张耕是今年 9 月入党的，都在预备期内。我们支部分为 4 个党小组，我们法制史专业同国家与法的理论专业为一个党小组，共 6 个党员。我们推选我们党小组的侯宗源同志为临时党支部的支委候选人。张玉森同志说我们支部的任务就是带动大家树立良好的学风，为争取完成研究生的学习任务而努力。

1979 年 11 月 17 日（农历已未年九月廿八）　星期六　晴

上午前三节课是哲学课，讲完了《路德维希·费尔巴哈和德国古典哲学的终结》一书。

下午去人民大会堂参观，是学校发的票。有十几年没有来这里了，上次来还是 1964 年春节呢！人民大会堂以前是不对外开放的，大约是今年夏天以来，中央决定开放大会堂供各地来北京的群众购票参观。参观群众也是排着队按照指定路线走一圈，可以依次看到台湾厅、大会堂、上海厅、宴会厅、广东厅等，不到一小时就参观完了。

1979 年 11 月 19 日（农历已未年九月三十）　星期一　晴

上午后两节课是英语课，继续讲第 24 课。领到《英语》课本第二册，并领到中央政法干校编印的《法制宣教班讲授提纲》。

1979 年 11 月 20 日（农历己未年十月初一）　星期二　晴

上午前三节是哲学课，老师安排课堂讨论，讨论题目是"政治上的路线决定一切，这个命题对不对？为什么？"大家发言踊跃，以致延长到第四节课才结束。

领到中央政法干校编印的《中华人民共和国刑法总则讲稿》。

1979 年 11 月 21 日（农历己未年十月初二）　星期三　晴

从本周起课程表有变动，原来星期三上午的哲学课改为星期四上午前三节课上，而今天上午前两节课我们上英语课（后两节他们上俄语课），我们继续讲第 24 课，至此第一册书讲完了。后天的英语课将进行测验，因此这几天我更加紧张，有空便看英语。现在我确实感到记忆单词的能力不如十几年前了，英语花了很大功夫，效果却不怎么好。

晚上哲学教研室为配合本科生的哲学教学，在原来的北膳厅放映苏联 50 年代的影片《宇宙》《生命的起源》和日本影片《生命的诞生》。学校发给我们一台黑白电视机，据说是匈牙利货，今晚我们试看，还可以。

1979 年 11 月 22 日（农历己未年十月初三）　星期四　晴

上午前三节是哲学课，讲马克思的《费尔巴哈提纲》，至此哲学课第一单元讲完了。

下午刑事诉讼法教研室的张子培与严端老师来我们宿舍与刑事诉讼专业的研究生（郑禄、周国钧、刘金友、史敏、周虹）座谈，张子培在 1966 年曾是我们年级的实习指导教师，曾到郑州指导过我们，所以我对他并不陌生。我在教室自习完了回宿舍，也听了听，很有启发。

晚上是英语辅导课，去教学楼 401 教室念书录音。

1979 年 11 月 23 日（农历己未年十月初四）　星期五　晴

上午四节课皆自习，本来课程表上前两节是英语课，但因张尧老师要为另一老师代课，我们的课改到晚上了。

下午与郭成伟一起去中国历史博物馆礼堂听历史讲座，由北京师范大学的刘乃和同志讲《中国历代官制》，这是由北京师范大学、北京教育学院、北京师范学院〔1〕、中央民族学院等院校的历史系联合主办的，来听讲座的不少是中学历史教师。我们的票是法制史教研室薛梅卿老师给的，老师们没有时间来听。讲座从14：00讲到17：00，主要讲了我国古代中央官制的演变，最后她总结到，中国封建社会中枢官制的演变可分为四个时期：从秦至东汉是"三公制"，从东汉至南北朝是"台阁制"，从隋唐到宋元是"一省制"，从明到清是"内阁制"。

　　贯穿这个演变的主线是皇权与相权的矛盾和斗争。皇权的不断扩大，相权的不断削弱，这反映着地主阶级在中央政权内的权力斗争。

　　在中央政权中除中枢机关外，其他行政机关的变化则主要是从九卿到六部的演变。

　　另外，监察与谏官的设置则是中国政治历史上的重要特点，自东汉设置御史台后历代都以此为专门负责监察工作的机构。当然，在不同时期其机构名称及权力大小有所不同。

　　下午去法制史教研室，资料员吴薇同志发给我们四个研究生每人一本北大法律系中国法制史教研组编写的《中国法制史》，是北京大学的讲义。

1979 年 11 月 24 日（农历己未年十月初五）　　星期六　晴

　　上午的哲学课改为自习，下周将讲《反杜林论》。

　　课后去北京师范大学找敖俊德，有一封他家乡人给他的信，误寄到我们这里了，给他送去。在那里和他谈谈学习生活的情况，看看他做的卡片。

1979 年 11 月 26 日（农历己未年十月初七）　　星期一　晴

　　7：50 到校。上午第三节、第四节课是英语课，开始讲第二册第 1 课 "The Largest and Most Populous"。

1979 年 11 月 27 日（农历己未年十月初八）　　星期二　晴

　　上午前三节是哲学课，讲恩格斯的《反杜林论》第三版序言。

---

〔1〕　北京师范学院成立于 1954 年，于 1992 年正式更名为"首都师范大学"。

晚饭后看英语。今天把此套英语教材的第二、三、四、五、六册都领回来了，张尧老师说第一、二、三册是精读课文，第四、五、六册是泛读课文。

1979 年 11 月 28 日（农历已未年十月初九）　星期三　晴

上午英语课讲第二册第 1 课，其他时间做英语作业。

发下两本书，一本书是我院刑事诉讼法教研室编写的《中华人民共和国刑事诉讼法讲话》，另一本书是中央人民广播电台编写的《加强社会主义法制讲话》，都是群众出版社出版的。

1979 年 11 月 29 日（农历已未年十月初十）　星期四　晴

前三节课是哲学课，讲《反杜林论》引论部分。

下午感到身体不适，去校医务室看了看，感冒了，医生给我开了些药，这是第一次看病，我在北京政法学院又建立起病历了。近来患流感的人较多，我们宿舍几个人多少都有些病，我还是最后一个病了的呢。晚上的英语辅导课我也没有去听了。

1979 年 11 月 30 日（农历已未年十月十一）　星期五　晴

下午我们过党组织生活，以党小组为单位座谈一个月来的情况。大家也给学校提出了意见和建议。我们党支部经大家推选产生的临时支部委员会由张玉森、侯宗源、刘金友、解战原、刘淑珍五人组成，张玉森老师任支部书记，侯宗源、刘金友负责组织工作，解战原、刘淑珍负责宣传工作，我们党小组由法理学与法制史学两个专业组成，共六个人，侯宗源、张贵成、刘淑珍、张耕、陈丽君和我。

1979 年 12 月 1 日（农历已未年十月十二）　星期六　晴

自从毛主席纪念堂落成以来，我们就盼望着能到这里来瞻仰我们伟大领袖毛主席的遗容，今天这个夙愿终于实现了。

8：00，我和郭成伟骑车去，把车存放在北京市劳动人民文化宫外，到毛主席纪念堂北面集合。10：15，大家鱼贯而入，每个人都怀着虔诚的心情，迈着缓慢的步伐，从水晶棺两侧轻轻走过，怀念毛主席的丰功伟绩。

1979 年 12 月 2 日（农历己未年十月十三）　星期日　晴

上午去位于公主坟的空军大院看看老同学田旭光。她与她爱人张元岭正在家，我有几年没有来过她这里了。她说今年夏天袁司理来北京出差，她和袁司理一起到母校见到何长顺老师，就听何老师说我已考上了研究生。她见我来十分高兴。我们聊起这十多年来各自的情况，以及一些老同学的情况。她现在正在联系归口之事。张元岭从空军调到总参谋部工作了，以后他们得搬家。中午在她家一起包饺子吃。

1979 年 12 月 3 日（农历己未年十月十四）　星期一

早晨到校，见到宿舍的床上放着一本我院刑事侦查学教研室编写的《刑事侦查案例选编》，每人发一本，属机密教材，我的书的编号是 0000717。这本案例收集了 62 个案例，其中凶杀案 37 个，盗窃案 18 个，强奸、诈骗、纵火案 7 个。

后两节是英语课，继续讲第 2 课。

1979 年 12 月 6 日（农历己未年十月十七）　星期四　晴

前三节是哲学课，继续讲《反杜林论》。

下午写写日记。后赵世如来学校看望我们年级的老同学，与他聊了聊，听他讲了不少老同学的情况。赵世如是 5 班的同学，与郑禄、陈丽君、马俊驹、张俊浩都是一个班的，他在北京市检察院工作。

1979 年 12 月 7 日（农历己未年十月十八）　星期五　晴

今天是我加入党组织一周年的日子，根据支部书记张玉森同志的意见，我对自己一年来的情况作了一个小结，上午便写此小结。我觉得在组织和同志们的帮助下，我这一年来的进步还是比较大的，我小结了三个方面的收获：（1）坚决拥护党的十一届三中全会和五届人大二次会议的方针政策和路线；（2）认真做好司法审判工作；（3）努力学习理论和专业知识，攀登科学高峰。

研究生阶段

发下了中央政法干校政策法律教研室编写的《中华人民共和国刑法分则讲稿（初稿）》。

上午骑车去五道口看了看，沿路经过"八大学院"，上大学时，我的很多中学同学们在这些学校读书，我们常见面。这次重走这条路，格外想念他们。

下午在教学楼 419 教室听传达中共中央 58 号文件，是中央批转中央宣传部等八个单位关于加强对违法青少年教育的报告和通知，然后又传达 64 号文件。

晚上上英语课，老师先讲了半个小时，后进行测验，做英译中的 9 个句子。

1979 年 12 月 8 日（农历己未年十月十九）　星期六　晴

8：30 赶到厂桥铁匠胡同电化教育礼堂，听北京大学历史系、中国人民大学历史系、北京师范大学历史系等几个单位联合举办的历史学讲座，请北京师范大学历史系的白寿彝教授讲魏晋南北朝的史学。

听完讲座去北海公园转了转，自 1970 年 10 月与王立铢同学游此地后到现在九年没有来过了。从北海公园后门进园，先到湖北岸的五龙亭、九龙壁一带看看，小学时我们少先队常来此地过队日，少年宫就在此。然后沿湖东岸南行，到琼华岛，登上白塔鸟瞰全城。15：00 从北海公园前门出来。

1979 年 12 月 10 日（农历己未年十月廿一）　星期一　晴

上午后两节课是英语课，讲第 4 课 "An Outing"。上次测验我仍然错了不少，但比前次测验好些了，不过这次老师没有打分。

1979 年 12 月 11 日（农历己未年十月廿二）　星期二　下小雪

上午前三节课是哲学课，讲恩格斯《反杜林论》中的时间与空间问题。

1979 年 12 月 12 日（农历己未年十月廿三）　星期三　晴

上午前两节课是英语课，继续讲第 4 课，语法讲过去完成时态。

1979 年 12 月 13 日（农历己未年十月廿四）　星期四　晴

上午前三节课是哲学课，讲天体学、物理学、化学中的辩证法，恩格斯的《反杜林论》中有丰富的自然科学知识，要学好这本书还必须具有一定的

我们走在大路上

自然科学知识。

1979 年 12 月 14 日（农历己未年十月廿五）　星期五　晴，大风

16：00 至 17：15，在教学楼 307 教室开全班大会。入学以来开班会这还是头一次。学习了几份教育简报。张玉森老师谈了谈入学一个多月来的情况。后经张玉森老师提名通过了班上三名委员（或曰"干事"）：学习委员陈淑珍，生活委员肖思礼，文体委员陈明华。

晚上上英语课，讲完第 4 课，又讲了第 5 课 "A High School Teacher"。

1979 年 12 月 15 日（农历己未年十月廿六）　星期六　晴

上午哲学课讲《反杜林论》的第七章与第八章，三节课未讲完，又占用了第四节课。

下午做英译汉练习。

1979 年 12 月 17 日（农历己未年十月廿八）　星期一　多云

上午后两节课是英语课，讲第 5 课。

下午去和平里办事，买了一本书：《怎样使用历史工具书》（增订本），阙吾勋著，辽宁人民出版社 1979 年 8 月第二版。

1979 年 12 月 18 日（农历己未年十月廿九）　星期二　阴天，下雪

上午前三节课是哲学课，继续讲《反杜林论》第九章"道德和法、永恒的真理"。

晚上做英语课练习题，读英语课文。

下午，学校发给我们每人一本我院编辑出版的《北京政法学院学报》（试刊）1979 年第 1 期，学报封面是殷杰同志设计的，不错。殷杰老师是我读本科时的年级办公室老师，多才多艺。学报内容也不错，学校的不少老师都写有一定水平的文章。

1979 年 12 月 19 日（农历己未年十一月初一）　星期三　晴

上午前两节课是英语课，讲第 5 课语法过去进行时。后两节课回宿舍做

英语习题。

下午去五层教工阅览室做英语习题，利用那里的《汉英词典》，很好。

1979 年 12 月 20 日（农历己未年十一月初二） 星期四 晴转阴

上午前三节课是哲学课，讲《反杜林论》道德和法中的"平等"一章。
晚上上英语辅导课，在教学楼五层英语教研室上课。

1979 年 12 月 21 日（农历己未年十一月初三） 星期五 晴

晚上上英语课，先讲第 6 课，然后进行测验，这是第三次测验。

1979 年 12 月 22 日（农历己未年十一月初四） 星期六 晴

上午前两节课是哲学课，讲"自由与必然"问题。后去五层的阅览室看
了看书报杂志。

1979 年 12 月 24 日（农历己未年十一月初六） 星期一 晴

上午搞搞卫生。然后读英语。后两节课上英语。

1979 年 12 月 25 日（农历己未年十一月初七） 星期二 晴

上午前三节课是哲学课，进行课堂讨论，讨论题是：

（1）什么是真理？如何理解相对真理与绝对真理的辩证统一？

（2）什么是检验真理的标准？既然说实践是检验真理的唯一标准，为什
么又说实践标准既是确定的又是不确定的？

（3）正确解决真理问题上相对绝对的辩证关系有何理论意义和实践
意义？

1979 年 12 月 26 日（农历己未年十一月初八） 星期三 晴

原我院教授，现北京大学兼职教授，我国著名的西方政治思想史专家、
《红楼梦》研究家吴恩裕同志于本月 12 日在写作时因心脏病发作而去世。成
立了以邓力群为组长的治丧领导小组，我院曹海波院长为副组长。今日下午
在八宝山举行追悼会。

上午前两节课是英语课，讲第 7 课 "Ministers with Pick and Shovel"，现在进度大大地加快了，此课只讲两节课就过去了。

下午学校发了一本《国家与法的理论》讲义。

1979 年 12 月 27 日（农历己未年十一月初九）　星期四　晴，下午阴天

上午前三节课是哲学课，讲《反杜林论》第十二章"量和质"，量变质变规律。第四节课回宿舍自习。

1979 年 12 月 28 日（农历己未年十一月初十）　星期五　晴

我与敖俊德约定，今日去政法干校看望老同学周芮贤。8：00 敖俊德就来了。我打电话给周芮贤，他说上午在干校，有时间。我又给孙成霞打电话，她说上午出不来，中午可以出来。又给王小平、刘爱清打电话，皆未打通。8：40 我们从学校出来，9：30 到政法干校，见到周芮贤。敖俊德与他毕业后就未见过面了。我们畅谈一上午，谈到各自的情况，也谈到班里的老同学们的情况。在那里又给王小平打电话，她说中午有时间的话她就和饶竹三一起过来。给刘爱清打电话，仍打不通。

中午，饶竹三、孙成霞先后来了，王小平有事来不了了。大家又畅谈一番，他们工作都比较忙。

13：30 辞别，我们约好元旦上午去饶竹三家看看。我与敖俊德一起回来，经过广播事业局，我们去找刘爱清，但他不在，据说是看电影去了。15：00 回到北京师范大学，到敖俊德宿舍坐了坐。15：45 我回到学校，收到沈如虎 25 日的来信，他们正在做两件事：评学衔（职称）与调工资，往北调动也在继续进行。

到教学楼 419 教室听党内传达的文件，关于加强党员思想教育和过好组织生活。

晚上上英语课，讲第 8 课。

1979 年 12 月 29 日（农历己未年十一月十一）　星期六　阴转晴，有雾

早晨有很大的雾。上午前三节课是哲学课，杨荣老师讲《反杜林论》哲

学篇的最后一课：第十三章"否定之否定"及第十四章"结论"。从明年起则开始学习第三单元，学习列宁的《谈谈〈辩证法要素〉》及《辩证法》，由连淑芬老师讲授。

晚上本科生举办新年联欢晚会，我去看了部分节目。会后放映了电影国产故事片《小花》。

1979 年 12 月 30 日（农历己未年十一月十二）　星期日　晴

今天虽是星期天，仍要上课，上明年 1 月 2 日（星期三）的课。

前两节课是英语课，后两节课是自习。经上次与张尧老师议定，把明天上午的两节英语课也提前到今天一起上了，这样今天上午一连上了四节英语课。先讲第 8 课，然后又讲第四册的内容，第四册是阅读材料。最后用一节多课的时间做英译汉练习，从第四册中选了两段文章让大家翻译，难度较大，到下课时，同学们一般只译出了其中的一段。看来英译中也不是那么容易的。

1979 年 12 月 31 日（农历己未年十一月十三）　星期一　晴

去林宜家看望黄升基，正好他们才从房山回来不到半个小时。老朋友相见十分亲切。他那里工作条件和生活条件都很不错，年终发的各种奖金也有不少钱。现在企业部门的收入比事业单位多得多，但买东西的价格则对大家来说都是平等的。

据国际有关组织决定，今年 12 月 31 日最后一分钟延长一秒钟，称为"闰秒"。新年钟声敲响了，在刚刚过去的一年中，我最大的收获是考取了北京政法学院法律专业中国法制史方向的研究生，又回到了北京，回到了母校学习。

1980 年

1980 年 1 月 1 日（农历己未年十一月十四）　星期二　阴天，傍晚降了小雪

根据去年的约定，今日到老同学饶竹三、王小平家度元旦。9：20 我从

家中出来，由于天冷，身体又不适，没有骑车，是坐公共汽车去的。他们家在天坛东里，到那里一下车就见到竹三在车站等候、张望。此时已 10：15 了，他说其他同学尚未来到，小平带孩子昨天回娘家了（甘家口），尚未回来，他也去了，昨晚回来的。10：30，我们一起到他家。竹三母亲在家，1972 年见过的，她还认得我。

不一会儿，孙成霞带她的儿子苗烽来了。她说她早就到了，在外面找了一个多小时。约 11：00，敖俊德来了，他从北京师范大学大来，虽然找错了门牌（把 28 楼 3 单元记成了 28 单元 3 号了），但也很快找到了。我们这些老朋友重逢自然十分高兴，畅谈不已。12：00，我们正准备动手包饺子，小平带两个孩子"及时"赶回来了。

大家便边包饺子边聊天，无非是老朋友的消息，各自的工作生活见闻。去年的今天他们几个人加上正在北京的杨岷，在孙成霞家欢聚。

午餐吃饺子。先喝点儿酒，竹三以为我有点儿酒量，便一再劝我喝酒。喝的就是"董酒"，这是一种烈性酒。我也很高兴，便饮了两杯酒，不料酒后满脸通红，饭后只好卧床。到 14：20，居然要呕吐，幸亏脑子一直是清楚的，到厕所吐了两次，又喝了一杯生醋，吃了水萝卜、橘子醒酒，才好受些了。

15：00，孙成霞辞别，小平也外出接人（贵州来京出差人员，乘飞机来的）。我与敖俊德继续同竹三聊天，17：15，我才酒醒，但两腿发软，还是走不了。不久小平回来了，外面夜色降临，下起雪来了。

晚饭我只喝了点儿绿豆稀饭，凉拌萝卜可吃了不少。

19：00 与敖俊德辞别竹三、小平，竹三送我们到天坛东侧路，我们坐公共汽车各自回家，我到家 20：30 了。今天会见了老朋友，十分高兴。作诗曰：

重回京城度元日，旧友聚谈喜无前。
踏尽十年风波路，战鼓催春待扬鞭。

1980 年 1 月 3 日（农历己未年十一月十六）　星期四　晴

新年放假结束了，今天继续上课。上午是哲学课。由于考虑到有的同学可能要送孩子去托儿所，所以已与老师讲好 9：00 开始讲课。我是 8：15 到学校的。哲学课开始讲列宁在 1914 年写的《辩证法要素》一文。

下午去教学楼五层阅览室做汉译英习题。

1980 年 1 月 4 日（农历己未年十一月十七）　星期五　晴

上午前两节课是英语课，讲第 9 课 "The Devoted Friend"。第三节、第四节课去教学楼五层阅览室继续做英语汉译英习题。

据说 2 月 4 日开始放寒假，因此这学期只剩下一个月了。可能考试要用两周时间，如此算来上课时间只有半个月了，看来要有所准备才好。

1980 年 1 月 5 日（农历己未年十一月十八）　星期六　晴

上午前三节课是哲学课，讲完了列宁的《辩证法要素》一文，接着讲列宁的《谈谈〈辩证法〉》一文。第四节课去图书馆借了一本 1956 年的《新观察》杂志合订本看看，下午还了这本，又借来 1957 年的《新观察》看看。

1980 年 1 月 7 日（农历己未年十一月二十）　星期一　晴

上午看了看英语。民事诉讼法教研室杨荣新老师来我们宿舍小坐，与他聊了聊。他说我国学位制很快就要公布了，又说今年（1980 年）我校拟招收13 名研究生，不过教育部只给了 10 个名额。

后两节课是英语课，继续讲第 9 课。

1980 年 1 月 8 日（农历己未年十一月廿一）　星期二　晴

上午前三节课是哲学课，讲完了列宁的《谈谈〈辩证法〉》一文。本周还有两次哲学课，用于小组讨论和全班课堂讨论。

本学期哲学课的期末考试，老师要求每人写一篇学习心得交上去即可。不少同学现在已经开始选题和准备材料了。下午我也去阅览室翻了翻有关参考文章。我考虑写写关于领袖人物与人民群众关系方面的文章。拟题目为"不应当说人民忠于领袖，而应当说领袖忠于人民"，我觉得这是历史唯物主义的一个基本原则。

1980 年 1 月 9 日（农历己未年十一月廿二）　星期三　晴

上午前两节课是英语课，讲第 10 课 "The Devoted Friend（Continued）"，

这学期外语期末考试安排在本月 25 日，考试范围是从第二册第 5 课开始，讲到哪儿考到哪儿，老师说估计会讲到第 12 课。

今天没有别的课了。明天哲学课小组讨论，我们法制史与国家与法的理论合并讨论，安排在明天下午。

1980 年 1 月 10 日（农历己未年十一月廿三）　星期四　晴

下午哲学讨论，题目是：为什么说对立统一规律是辩证法的实质和核心？

后去教学楼五层教工阅览室看看书。

晚上做英语翻译句子。

1980 年 1 月 11 日（农历己未年十一月廿四）　星期五　晴

北京市法学会于今日成立，我院不少教师去参加成立大会，教我们英语课的张尧老师也去了。据他说司法部部长魏文伯、北京市委第三书记贾庭三出席了会议，北京大学法律系主任陈守一当选法学会主任，我院院长曹海波当选副会长（之一），北京大学法律系肖永清任秘书长，法学会下设九个小组，张尧老师参加的是翻译组。学会会址设在中央政法干校。

1980 年 1 月 12 日（农历己未年十一月廿五）　星期六　晴

上午进行哲学课堂讨论，是在小组讨论的基础上进行的。我感到当前的理论研究中有脱离实际的倾向，总的来说人们的思想不是解放过了头，而是还不够解放。另外许多争论是在没有确定概念的内涵及外延的情况下进行的，结果争来争去讲的其实是一回事。

1980 年 1 月 14 日（农历己未年十一月廿七）　星期一　晴

上午前两节课是英语课，先讲第 11 课 "A Red Army Man's Cap"，第四节课测验，考题出了 8 句话，译成英文。

晚上看看电视，播映 1963 年拍摄的故事片《抓壮丁》。

1980 年 1 月 15 日（农历己未年十一月廿八）　星期二　晴

上午前三节课是哲学课，开始讲第四单元，也是最后一个单元的学习，马克思的《政治经济学批判导言》，及马克思、恩格斯关于历史唯物主义通信的八封信。由徐飞老师讲授，大家反映他讲得好。

上午收到两封来信。一封是老同学左广善（现改名左军）本月12日写来的信，他说："省法院刘冠军同学告诉我，你已被咱们的母校录取为研究生，我不胜欢喜，阔别多年，互无消息，忽闻近况，怎能不高兴？仅向你致以亲切的祝贺！"他谈了他这些年的情况。他是1974年10月调到河南省公安局治安处的，去年治安处一分为二，划出一个刑侦处。他在刑侦处（又称为九处）秘书科工作。他谈到在学校时期我们四号楼322宿舍七兄弟中的其他几个同学的消息：冯振堂（老二）在宁波地区中级人民法院，宋新昌（老四）在内丘县公安局治安股搞内勤（这是他听别人说的），王维（老五）在家乡隆尧县公安局，王普敬（老六）在新疆阿图什公安局。不过他说这都是过去听到的情况，今年均未通信。他未提到杨福田（老三），大概他也不知道。收到这封信，我想起了1973年7月9日收到他当时从河南省原阳县公安局给我写的信。当时未及时给他回信，拖久了，不知道他有何变动，竟再也未回信了，迄今还欠着呢。另一封信是李侠11日写来的，他说托肖庭长带来的材料收到了。他谈到桂林市分了五个基层法院及他们调往武汉的事情，"何时启程，还未知晓"。他问问北京这里有何政法方面的动态。

晚上做英语练习，写写日记。之后给左广善写了封回信，也提到1973年7月9日曾收到他的来信之事。

1980年1月16日（农历己未年十一月廿九）　星期三　晴

上午前两节课是英语课，讲语法，讲现在分词与过去分词。前天测验我得到4-分，稍有进步。

晚上回到学校收到寿城人民法庭庭长朱云安9日写来的信，关于我预备党员的转正问题，他已经写好鉴定意见，交给公社党委组织委员文谋良了，办好手续后寄到北京政法学院来。

1980年1月17日（农历己未年十一月三十）　星期四　晴

上午前三节课是哲学课，继续讲马克思、恩格斯关于历史唯物主义通信的八封信。徐飞老师讲得很好，既能联系实际，又有个人的独到见解。

1980 年 1 月 18 日（农历己未年十二月初一）　星期五　晴

上午前两节课是英语课，讲第 12 课 "A Service of Love"。后两节课去五层阅览室看书。

下午学院举行学术报告会。请中国社会科学院研究生院副教授艾恒武同志讲 1964 年哲学界关于"一分为二"与"合二而一"大论战的情况，艾恒武同志是这场论战的"当事人"之一。他是杨献珍同志的学生。这场大论战就是由于他和林青山于 1964 年 5 月 29 日在《光明日报》上发表了《"一分为二"与"合二而一"》。由于时间关系，他只讲了两个问题：（1）杨献珍的"合二而一"观点；（2）论战的经过。第三个问题（理论上的介绍）以后有时间再讲。许多教职工都听了这个报告，我们研究生不少人也听了。我们认为他讲得很好。

1980 年 1 月 19 日（农历己未年十二月初二）　星期六　晴

上午哲学课，继续讲马克思、恩格斯关于历史唯物主义通信的八封信。

下午学院举行学术报告会，请北京市律师协会的傅志人同志作访问日本的报告，介绍日本的司法检查及律师制度情况，讲得不错。

1980 年 1 月 20 日（农历己未年十二月初三）　星期日　晴

给老同学翟俊喜、吴惠群写了封信，他们在唐山市公安局工作。上个月他们在给郑禄、陈丽君的信中向我表示了问候。

1980 年 1 月 21 日（农历己未年十二月初四）　星期一　晴

上午后两节是英语课，讲完第 12 课，本学期的英语课就讲到这里了。星期三将进行复习。期末考试范围是第二册第 5 课至第 12 课，因为以前的内容在历次测验中已考过了。

1980 年 1 月 22 日（农历己未年十二月初五）　星期二　晴

上午哲学课，徐飞老师将马克思、恩格斯关于历史唯物主义通信的八封信讲完了。

1980 年 1 月 23 日（农历己未年十二月初六）　星期三　晴

上午前两节课是英语课，这是本学期最后一次讲课了，张尧老师为我们总结了英语介词的用法，并进行了复习。后天将举行期末考试，下周就不上外语了，以便我们专心致志地写好哲学心得。后两节课回宿舍看英语。

下午去教学楼 407 教室听刑法教研室与刑事诉讼法教研室共同举办的学术报告，请法学研究所的副研究员张仲林同志来谈他参加的法律代表团于去年 11 月 11 日至 12 月 10 日在奥地利访问的见闻，讲得不错，颇有启发。经常听听类似的报告，对开阔眼界是有益的。

17：10 回到宿舍，意外地收到老同学虞献正于 21 日从廊坊写来的回信，信是用英文写的，后面附上几句中文说："兴国兄，因出差刚回廊坊，故才见到你的来信，高兴万分，浮想联翩，特书英语信一封，望笑纳。"他的英语信全文如下：

My dear friend, Xing Guo：

How are you.

I was very glad to get your letter. First of all, let me congratulate you on becoming a postgraduate. What a nice news it is. You are very happy and lucky.

I think that we have been departed for about twelve years since 1968. Now, it is possible to meet you again. I am very excited at the thought that we shall be able to meet in Peking again before long. I can meet "machine" "old three" and "young Jocker" in Peking these days.

Now, let me tell you something about myself. I came to Lang Fang（廊坊）from Yao Xian（耀县）in 1974. I got married in 1972. Now, I am sorry to tell you that my father died in 1978. My mother lives in "The Petroleum College"（石油学院）. How about you? My old friend. I expect you will tell me more about yourself and your family.

If you are free, come to Lang Fang（廊坊）to see me. I shall welcome your visit. Let me end the letter.

May you be happy.

Yours Sincerely

January 21, 1980

我们走在大路上

506

见到他这封来信，我非常高兴，看来他的英语水平是相当好的。在学校读书时，他就是我们班的英语课代表。

1980 年 1 月 24 日（农历己未年十二月初七）　星期四　晴

上午哲学课，徐飞老师把历史唯物主义部分总起来串讲了一下。在很多问题上他都有独到的见解，这是很可贵的。

1980 年 1 月 25 日（农历己未年十二月初八）　星期五　晴

上午考英语，老师出了 30 道题，全是汉译英，可以 30 道题全部做完，也可以选做 20 道题，以 20 道题计分，念完题已是 8：40 了。我选做了 25 道题，用了两个小时。题目倒是不难，但不少单词我记不得了。

下午全体教职工及研究生中的党员开会，由院党委书记曹海波同志传达本月 16 日邓小平同志在人民大会堂作的重要报告，讲 80 年代的形势和我们的任务，讲到为实现"四化"任务，必须建立起具有专业知识的干部队伍时，强调要提拔 40 岁左右的专门人才，充实各级领导班子。明确解释这类专门人才即指解放后的大学毕业生，特别点了 64 届、65 届、66 届的毕业生。不懂业务、不努力学习的要调整掉。他还强调要培养懂法律业务的人担任合格的法官、检察官、律师，很重视法制建设。

传达后分党小组讨论这个报告，大家当然表示拥护了。

晚上看到人大常委会法制委员会民事诉讼法起草小组起草的我国第一部《民事诉讼法（初稿）》，共四篇十九章一百四十八条。对民事诉讼中的许多问题作了明确的规定，解决了不少我们在司法实践中遇到的问题。比较大的变动是规定了民事案件收取的诉讼费，由败诉方交纳，依照诉讼标的百分比征收，具体交纳比例由司法部另行规定。

1980 年 1 月 26 日（农历己未年十二月初九）　星期六　晴

上午哲学课进行课堂讨论，题目是：如何运用历史唯物主义解释社会历史问题。讨论也很热烈。后来杨荣老师布置期末哲学考试题，每人自选题目写一篇不超过四千字的论文，要用哲学观点联系实际问题加以阐述。

中午有我们年级 3 班的老同学钱连和来访，他在河北省唐山地区迁安县法院工作，昨天来京，将于后天乘飞机前往南宁出差。我建议他到南宁若有时间去看看薛宝祥、贾书勤。

15：10 离校，先到北京师范大学看看敖俊德，带去一本我院的学报。他们已放假，过几天将去上海。从他那里看到廖盖隆同志去年 10 月的两次讲话记录稿，是学习叶剑英同志国庆讲话的辅导报告，借来一阅。在那里还见到原我院 66 届政教系的刘兆兴同学，他也是去年考入中国社会科学院研究生院的，是国家与法的理论专业。

1980 年 1 月 28 日（农历己未年十二月十一）　星期一　晴

本周和下周不上课了，用来写哲学考试论文。当然，在学校写可以，在家写也可以，我还是决定回学校去写，便于随时查阅参考资料。

我拟写的内容是运用历史唯物主义基本原理分析领袖与群众的关系。

英语考试卷子已批改完毕，并发下来了，我的成绩依然是 3+，全班得 3 分的只有我一人，比起十几年前大学时成绩差多了。但我们搞中国法制史专业的很少用得上外语。

1980 年 1 月 29 日（农历己未年十二月十二）　星期二　晴，大风，冷

昨天半夜（今日 0 点多）实在睡不着，起来"挑灯夜战"，写哲学考试论文，一直写到今日凌晨 4：40，写出了一个初稿，约 5000 字，到凌晨 4：50 才休息。

7：30 又起床。上午继续思考修改论文。后连淑芬老师来宿舍看看我们，我将我的论文思路及写作提纲告知了她，想听听她的意见。

下午在教学楼 419 教室召开教职员工及研究生中的党员大会，曹海波同志结合他学习邓小平同志的讲话，谈了谈我院前一段时间的情况及存在的问题，到 18：00 才散会。

1980 年 2 月 1 日（农历己未年十二月十五）　星期五　晴，大风

今天将论文第二稿写完。

1980 年 2 月 6 日 （农历己未年十二月二十）　　星期三　晴，大风

到今天下午，将论文修改、抄正完毕，共用了 17 张稿纸（每页 400 格），另加注释。

上午薛梅卿老师来宿舍看看我们，并通知说后天上午我们法制史专业的 4 名研究生在教研室汇报一下这学期的学习情况。

下午将论文抄正完毕后去阅览室看了看书。

1980 年 2 月 7 日 （农历己未年十二月廿一）　　星期四　晴，大风

将论文再抄写一遍，并在字句上做个别修改，这也可以说是第五稿了。

14：00 全班同学在 107 宿舍集合，张玉森同志主持会议，传达了中央文件（今年第 8 号文件），是中央转发邓小平同志 1 月 16 日在人民大会堂关于形势与任务的重要讲话。还读了一个教育部办公厅编辑的《教育简报》1979 年第 77 期（1979 年 12 月 23 日发）《教育青年要妥善处理婚姻家庭问题》，简报说有些青年考上了大学或研究生，就提出与爱人离婚或提出与原恋爱对象解除婚约，影响很坏。这种"陈世美思想"是应当批判的。

晚上，周国钧乘 5 次特快列车回南宁去了。

1980 年 2 月 8 日 （农历己未年十二月廿二）　　星期五　晴，风

9：00 至 11：00 法制史教研室召集我们 4 名研究生开座谈会。我们汇报了本学期的学习情况。研究生办公室的张玉森老师也应邀参加，教研室的郑治发、薛梅卿、黄勤南、张观发老师及资料员吴薇同志都参加了。曾炳钧教授也来了，他已是 75 岁高龄了。许显侯老师去福建探亲去了，潘华仿老师身体欠佳不能来。老师们对我们都抱有很大的期望。不过我感到遗憾的是我的外语成绩太差了，下学期应当努力。

下午继续抄写论文，到 15：20 完成。

今天刘金友乘 161 次直快列车回沈阳去，他东西不少，我送他去北京站。18：15 与他分手。

1980 年 2 月 9 日 （农历己未年十二月廿三）　　星期六　晴

10：50 到校。与张玉森老师及郑禄聊了聊，这次哲学课考试不少同学写

出了有相当水平的论文。据说哲学教研室计划编辑一本《研究生论文选》。

1980 年 2 月 12 日（农历己未年十二月廿六）　星期二　晴

早晨出门时，隔壁 2 号王家给我一张字条，原来是老同学李长林来北京出差，昨天他到公安部见到了饶竹三、王小平，听他们说我考取研究生回来了，特地来看我，未遇，留下这张字条。他将于明天晚上回齐齐哈尔市。上午我去他家（东四五条铁营南巷甲 14 号）看他。但他刚出去了，他父母都在家，均已退休。过去常来他家，与他父母自然相识。出去到东四市场转了一圈，下午再去李长林家，李长林正在家，我们有五年没有见面了，他变化不大，谈话依然幽默有趣。他还在齐齐哈尔市公安局建华分局工作。和他谈了谈五年来的情况。

15：30，从李长林家出来，回家，经劈柴胡同内的南半壁胡同杨岷家小坐，杨岷父母正在家，他们的孩子也在家，已经快九岁了。杨岷与胡克顺目前在海南岛通什（自治州公安局）工作，广东省政法干校将调他们去广州工作。

1980 年 2 月 13 日（农历己未年十二月廿七）　星期三　晴

下午我们法制史专业 4 名研究生（郭成伟、陈丽君、曾尔恕和我）拜见了我们的指导教师曾炳钧和潘华仿老师，并拜访了和曾炳钧老师住在同一个院子的徐飞老师以及住在景山东街的张玉森老师。曾炳钧老师住在大佛寺附近的黄米胡同 5 号，潘华仿老师住在地安门附近，张玉森老师住在东高房 21 号。我们是放假前约定的，今天 14：00 在大佛寺车站碰头聚齐。

我给曾炳钧教授带去了五个罗汉果，并说这是广西永福县的特产，对润肺很有益，曾教授也很感兴趣。

又去看望了徐飞老师，称赞他的讲课非常精彩。

再看望了潘华仿老师，潘老师患脑出血引起左侧偏瘫，在家休养已有多年，我有十几年没有见到他了。过去我上大学时，他曾给我们讲过世界国家与法的历史课，他还对我有较深的印象。老师们对我们寄托着很大的希望，他们也有信心把我们带出来。

在潘老师家还遇见了夏吉生老师，1966 年春我们在郑州实习时，夏老师

我们走在大路上

曾经带过我们，他说也还记得我。他现在在北京大学亚非研究所工作。原来在北京政法学院时是国际法教研室的老师。

又去看望了张玉森老师，感谢他对我们的关心与照顾。17：00 从张玉森老师家出来，原本还想去看看薛梅卿老师和许显侯老师，但时间来不及了，以后再约时间吧。据说许老师去福建探亲也还没有回来。

1980 年 2 月 14 日（农历己未年十二月廿八）　星期四

早晨匆匆忙忙赶赴北京站，接来京度寒假的妻子如虹和儿子小溯。她们乘 5 次特快列车来。9：05 火车进站，顺利到达，小溯是第一次来北京，对一切都感到好奇。如虹带来李侠写的一封短信，托我为桂林市人民法院买 200 本《刑法简释》。

1980 年 2 月 24 日（农历庚申年正月初九）　星期日　多云转阴

13：00，我与如虹带小溯动身去饶竹三、王小平家做客。我们乘 338 路到西单换乘 10 路到东单，再换乘 39 路到天坛东侧路下车，到他们家已经 14：00 多了。小平家五口人都在，竹三母亲身体很好，两个孩子也长高了。小平说前不久贾书勤来了一封信，想联系调回北京工作。我说当然有许多同学都想回到北京来，上次李长林也说想回北京。竹三、小平执意留我们吃饭，包饺子吃。这次竹三不敢劝我喝白酒了，而是准备了啤酒。我们自然谈起 1968 年春节假日，我们还没有赴贵州、广西报到，李长林从齐齐哈尔回北京探亲，大家在我家欢聚的事情，那次还有 2 班的赵萍。这已经是 12 年前的事情了。

20：00 我们辞别，21：10 回到家。

1980 年 2 月 28 日（农历庚申年正月十三）　星期四　晴

上午在学校宿舍收到左广善 24 日的来信。他在信中说："说实在的，我听说你回校深造的消息较早，但未给你去信，主要是有点儿顾虑，你看，在农村基层时，未给你去信，到北京了，到'高门'里了，又去信了，是否有势利之嫌？所以我犹豫再三。""上月我给你去信时，心情是有些不安的。没料到，你及时地回信了，一封真挚炙热、情义深厚的信，使我非常高兴，深感同窗之谊确实是十分之珍贵的，永不凋谢的。"他有自学一下业务课的想法，让我把我们学习的材料寄些给他。上次我去信问及1966年春我在郑州市中级人民法院实习时我的指导人陈寅生同志的情况，他在这次来信中说："你说的实习指导人陈寅生同志，原来我不认识，收到信后，我与法院联系了一下，果然找到了他，他现在仍在郑州市中级人民法院工作，在刑二庭，是不是庭长尚未知。我把你的情况告诉了他，并代你问他好，他很高兴。"又谈及他的家庭情况，有两个孩子，女儿在读小学三年级，儿子在读小学二年级。爱人是高中同学，河南省医学院毕业，现在郑州市黄河医院儿科工作，离省厅不远，生活还算过得去，可以说是不错的，请我放心。见到他的这封信我很高兴，特别是听到陈寅生同志的消息，有时间给他去封信。

1980年3月1日（农历庚申年正月十五）　　星期六　晴

从昨天晚上开始新闻节目中反复播送了党的十一届五中全会公报，我反复收听了多次。这次全会于今年2月23日至29日在北京召开。到会中央委员201人，候补中央委员118人，另有地方各部门负责同志37人列席会议。华国锋主席，叶剑英、邓小平、李先念、陈云副主席出席了会议，并作了重要讲话。会议由华国锋主席主持。会议决定提前召开党的第十二次代表大会。会议讨论了党章修改草案；通过了《关于党内政治生活的若干准则》；选举胡耀邦等为政治局常委；决定设立书记处，任命万里、王任重、方毅、谷牧、宋任穷、余秋里、杨得志、胡乔木、胡耀邦、姚依林、彭冲为中央书记处书记。决定为刘少奇同志彻底平反，撤销八届十二中全会强加给他"叛徒、内奸、工贼"的罪名和把他"永远开除出党，撤销其党内外的一切职务"的错误决议；因刘少奇同志问题受到株连造成的冤假错案，由有关部门予以平反。全会批准汪东兴、纪登奎、吴德、陈锡联四位同志的辞职请求，免除或提请免除四位同志的党和国家的领导职务。建议全国人民代表大会修改《宪法》第四十五条，取消公民"有运用大鸣、大放、大辩论、大字报的权利"的规定。五中全会是继三中全会和四中全会以后的又一次重要会议。会议的主题是坚持党的领导，改善党的领导，提高党的战斗力，这是使社会主义现代化建设得以顺利进行的重要保证。

我们走在大路上

1980 年 3 月 3 日（农历庚申年正月十七） 星期一 晴

7：30 到校。和上学期一样，星期一上午是外语课，前两节课是俄语课，后两节课是英语课。我们英语班同学，只有卢晓媚一人没有回来，其他同学都已经回来了。英语接着上学期课程讲第二册第 13 课 "The Last Lesson"。这学期英语课仍然是每周六课时。此外还有政治经济学，每周 12 学时（包括自学），国家与法的理论课，每周 6 学时，我们中国法制史专业还有古汉语课，每周 2 学时，与上学期相比，课程负担重多了。

下午是政治经济学课，欧阳本先先生讲授，他今天讲的是学好政治经济学的意义和本学期的教学计划（教学进度）。

我们宿舍的成员都到齐了，我是 7：30 到校的，刘金友是 9：00 到校的，郭成伟是 9：15 到校的（他前天来了学校一趟），周国钧于中午到达，他乘 6 次特快列车，火车晚点一个小时到达北京站。郑禄自初三回校后就一直在校了。班上其他同学也大部分都回来了，不少是今日到校的。

下午下课后，我们法制史专业的四位同学先后去看望了沈国锋、薛梅卿、黄勤南、许显侯几位老师。

1980 年 3 月 4 日（农历庚申年正月十八） 星期二 晴

上午是政治经济学课，由涂继武老师给我们讲马克思的《〈政治经济学批判〉序言》，涂继武老师原是北京政法学院的教师，学院解散后他去了北京大学任教，现在已是副教授了。我院请他来给我们研究生讲一部分课，他讲得很好。他除了讲这篇序言，还将于第 13 周为我们讲社会主义经济问题，讲授斯大林的《苏联社会主义经济问题》一、二、三、七等部分。1962 年我刚入大学时，他曾给我们讲过政治经济学课。与当年相比，他老了很多，头发已花白了，但是他讲课的声音还是十分洪亮。今天他讲了三节课，余下时间自学。

下午是政治学习（将星期二下午的课与星期五下午的学习时间对调），分组学习讨论党的十一届五中全会公报。

1980 年 3 月 5 日（农历庚申年正月十九） 星期三 晴

上午前两节是英语课，讲语法动名词的用法。

下午是古汉语课，由赵中乾老师讲课，讲了讲学习古汉语课的意义。这学期主要是学我院汉语教研室编辑的《韩非子文选》。除我与郭成伟是必修课外，不少同学也来旁听。

1980 年 3 月 6 日（农历庚申年正月二十）　星期四　晴

上午是国家与法的理论课，张浩老师讲授。他说我院是将法学理论与国家理论分开讲授，着重讲法学理论。上午讲了三节半课，导言及法律性质。张浩老师曾于 1965 年下半年（即我们四年级第一学期）为我们辅导过政法总论课，当时给我们讲课的是程筱鹤老师，张浩老师下我们班辅导。

1980 年 3 月 7 日（农历庚申年正月廿一）　星期五　晴

上午后两节是英语课，继续讲第 14 课。

14：00 至 15：00 在教学楼 419 教室召开全院教职员工大会，曹海波院长谈了他学习党的十一届五中全会公报的体会。

1980 年 3 月 8 日（农历庚申年正月廿二）　星期六　阴，小雨

今天没有课，看郭大力的《关于马克思的〈资本论〉》一书。这是郭大力同志（1905—1976 年）的遗著，是根据 1955—1976 年作者在中共中央高级党校研究班讲解《资本论》的记录稿整理的。

1980 年 3 月 10 日（农历庚申年正月廿四）　星期一　小雨夹雪

从本周起原来是第三节、第四节课的英语课改为前两节课上了。不过上星期五经与张尧老师商定改为第二节、第三节课上，这样星期日回家的同学星期一早晨可以不必急忙赶往学校，中午也不耽误大家吃饭。故 9：00 上课，继续讲第 14 课及课文后面的阅读材料。

下午自习，继续看郭大力的著作《关于马克思的〈资本论〉》一书。并去图书馆借了一本苏联经济学家卢森贝写的《〈资本论〉注释》第一卷。晚上也看这两本书。

1980 年 3 月 11 日（农历庚申年正月廿五）　星期二　阴转晴

上午政治经济学课，欧阳本先老师讲《资本论》的序言和跋。他对《资

我们走在大道上

本论》十分熟悉，讲得也很好。

下午自习，看古汉语课的《韩非子文选》。

1980 年 3 月 12 日（农历庚申年正月廿六）　　星期三　阴

上午前两节课是英语课，讲第 15 课 "Christopher Columbus"。

下午两节古汉语课讲韩非的生平及他的思想。课后赵中乾老师把我与郭成伟二人留下又讲了讲，让我们自己课外多自学些，并把影印的宋版《韩非子》借给了我们。

1980 年 3 月 13 日（农历庚申年正月廿七）　　星期四　小雪转多云

上午是国家与法的理论课，张浩老师讲法的起源及法的本质。后两节课做英语习题。读古文《韩非子》。下午自习，做英语习题。后读古文《韩非子》。

1980 年 3 月 14 日（农历庚申年正月廿八）　　星期五　晴

下午教职员工及研究生中的党员在教学楼 419 教室开会，曹海波书记传达党的十一届五中全会精神，念了一个陈云同志的讲话。

17：00 回到家。去中央广播事业局老 302 宿舍看看老同学刘爱清，他刚下班回来。与十一年前相比，他变化不大，我们谈了十一年来各自的情况。

1980 年 3 月 15 日（农历庚申年正月廿九）　　星期六　晴

上午是国家与法的理论课，张浩老师讲对剥削阶级法学思想的批判，足足讲了三个半小时，到 11：30 才下课。

今天各报均刊登了党的十一届五中全会通过的《关于党内政治生活的若干准则》，共 12 条。这个文件确实很好，如果全党都能切实照这 12 条准则去办，我们党就大有希望了。

1980 年 3 月 16 日（农历庚申年正月三十）　　星期日　晴

晚上给周芮贤写了封信，告知了这学期我的情况。又分别给陶祥英及高培钧各写了一封信，告诉他们我入学半年来的情况。高培钧是法三年级的校

研究生阶段

515

友，1970 年他也分配到永福县公安局工作，1975 年调到长沙市工作。陶祥英也是法三年级的校友，1970 年分配到桂林市公安局工作。请她告知我李梦福的通信地址。李梦福原是我院教师，是我院 1964 年的毕业生，毕业后留校工作。学校解散前，1969 年他爱人小董随单位到桂林市越南医院（南溪山医院）工作，他也跟着来到桂林，先在桂林第三制药厂工作，后调入桂林市政府搞政工工作。我是 1970 年与高培钧通过陶祥英认识李梦福的。几年来与李梦福关系很好，不知道他近况如何。

1980 年 3 月 17 日（农历庚申年二月初一）　星期一　晴

8：25 到校。第二节、第三节是英语课，先做大学英语公共课竞赛习题（语法部分），后讲第三册第 1 课 "Potato Plot"。

1980 年 3 月 18 日（农历庚申年二月初二）　星期二　阴

上午是政治经济学课。欧阳本先老师今天是从第二节课（9：00）开始讲课。他的原则是讲授要少而精。从 9：00 开始讲课最多也就讲两个半小时，到 11：30。他今天讲的是第一章"商品"，讲得很不错。

1980 年 3 月 19 日（农历庚申年二月初三）　星期三　阴

上午前两节是英语课，继续讲第三册第 1 课，并做语法练习。

后两节课去教学楼五层教职工阅览室看杂志。与上学期相比，这里又增加了不少报刊种类，即使整天不上课也看不完。

下午是古汉语课，由于听课的人多了，改在 307 教室上课。赵中乾老师讲韩非的《五蠹》。此文的中心思想就是韩非在此文中所论述的中心论点"论事之事，因为之备"，这是有道理的。

1980 年 3 月 20 日（农历庚申年二月初四）　星期四　多云转晴

上午是国家与法的理论课，进行课堂讨论，老师要求国家与法的理论专业的学生必须参加，其他专业的学生可以自由参加。由于明天要进行俄语考试，有些同学没有来参加。即便如此，还有 16 位同学参加了讨论，他们是侯宗源、张贵成、张耕、刘全德、陈淑珍、郑禄、周国钧、王泰、陈明华、肖思礼、程飞、马俊驹、刘淑珍、李三友、陈丽君和我（政法专业研究生共 25 人）。讨论题目是："怎样理解法的本质？在这个问题上你有什么新的见解和体会？"关于这个问题，近年来法学界也正在展开热烈的讨论。我的观点还是老师在课堂上讲的，法是统治阶级意志的体现，是由国家机关制定或认可的行为规范，是统治阶级用来维护其统治秩序的工具，阶级性是其本质。我认为在这个问题上之所以有争议，主要原因是双方没有在"法"的定义和概念问题上先统一起来，所以确定"法"的概念的内涵与外延是进行讨论的前提。今天的课堂讨论是很热烈的。张耕同学首先发言，他的发言我认为是不错的，对我很有启发。

1980 年 3 月 21 日（农历庚申年二月初五）　星期五　阴

上午后两节课是英语课，讲第 2 课 "Golden Trumpets"。

下午在教学楼 419 教室召开全院教职员工及研究生大会，传达中共中央组织部本月 13 日发给各地的关于抓紧做好因刘少奇同志冤案受牵连的人员的平反问题的加急电报。还念了一份王光英同志谈刘少奇同志的材料。又念了河南、天津等地学习党的十一届五中全会公报的情况简报。

1980 年 3 月 22 日（农历庚申年二月初六）　星期六　雪

上午是国家与法的理论课，由杨伯攸老师讲授，讲奴隶制法的产生及其本质特点。后两节课去阅览室看报纸杂志。

中午回家。经三里河，去初中时代的母校北京四十四中看看刘瑾老师，她当年是我的班主任老师，并教我们几门课。见到她，她说她现在在学校分配组工作，多年不讲课了。我知道她嗓子不好，有咽炎，不能长时间讲话。去年我给她的信她早已收到，因工作忙一拖再拖未给我复信。她也问及黄升基的情况，我告诉她黄升基已回到北京了。她告诉我现在住在天坛东里，让我找黄升基等同学去她家玩儿。我又去语文教研室看看张应荣老师，张应荣老师是教我们语文的老师，他和刘瑾老师都是 1955 年调到北京四十四中来的，二十多年来一直在这里工作。

1980 年 3 月 24 日（农历庚申年二月初八）　星期一　晴

8：45 到校。第二节、第三节课是英语课，做英译汉练习。

下午看《资本论》，与我们宿舍的郑禄、刘金友、周国钧、郭成伟讨论之。

1980 年 3 月 25 日（农历庚申年二月初九）　　星期二　晴

上午第一节课看《资本论》。

从第二节课起上政治经济学课，讲价值形态，学《资本论》，幸亏有大学时代学的政治经济学课的基础底子，否则更不好懂。

1980 年 3 月 26 日（农历庚申年二月初十）　　星期三　晴

上午前两节课是英语课，前天的英译中练习，我得 4-分。译的是第三课课文 "Killers of Bacteria"。后两节课在阅览室自习。

下午是古汉语课，继续讲韩非的《五蠹》。后又到阅览室看书。

1980 年 3 月 27 日（农历庚申年二月十一）　　星期四　晴

上午是国家与法的理论课，杨伯攸老师讲的是封建社会法的本质及其特点。

1980 年 3 月 28 日（农历庚申年二月十二）　　星期五　晴

上午后两节课是英语课，讲第 4 课 "The Blind Men and the Elephant"。张尧老师在讲课之前谈到英语教学计划的问题，根据同学们的要求，拟在这个学期期末举行外语过关考试。下学期起直到毕业每周只安排两节外语课进行辅导，以自学为主。我是完全赞成这个意见的。

下午教职员工及研究生中的党员在教学楼 419 教室开会，听中央文件的传达报告，传达了在党的十一届五中全会上华国锋主席，叶剑英、邓小平、陈云、李先念四位副主席的讲话。

1980 年 3 月 29 日（农历庚申年二月十三）　　星期六　阴，晚上小雨

上午在教学楼 407 教室听报告，是国家与法的理论教研室举办的，请北京市高级人民法院民事审判庭庭长李诚同志来讲当前加强法制建设与司法实践中的一些问题。讲得不错，大家听了都很感兴趣。这种联系实际的报告可

我们走在大路上

以多举办一些。我感到有重回工作单位参加实际工作，以进一步增加感性知识的必要。特别是刑法、刑事诉讼法实施后实践中提出的不少新问题，值得很好地研究。

1980 年 3 月 31 日（农历庚申年二月十五）　星期一　多云，大风

上午英语课讲第 5 课"Africa：Land and Civilization"。

院党委用党费买了几本书发给党员同志学习。21 日发下来了刘少奇同志的《论共产党员的修养》，今日又发下来了《关于党内政治生活的若干准则》和《在彭总身边》。

法制史教研室为我们研究生买了北京大学法律系编写的《中国法制史》讲义下册，上册是上学期买的。

1980 年 4 月 1 日（农历庚申年二月十六）　星期二　晴

8：35 到校。上午第二节、第三节是政治经济学课，讲货币的职能，着重讲的是货币的价值尺度、流通手段和支付手段三个职能（第一、二、四个职能），第三个和第五个职能即储藏手段和世界货币的职能因比较好懂，未讲了。

下午全体党员在教学楼 419 教室听传达中共中央 25 号文件，中央五中全会关于为刘少奇同志恢复名誉的决议，及所附的中央纪律检查委员会中央组织部的复查报告，读完文件曹海波同志又讲了讲院党委对学习的安排。

1980 年 4 月 2 日（农历庚申年二月十七）　星期三　晴

上午是英语课，做第 5 课练习。后开始讲第 6 课"The Study of English"。老师说这课书作为重点课文，要求能背诵下来。第四节课去教学楼五层教工阅览室看看书报。

下午两节课是古汉语课，赵中乾老师继续讲韩非的《五蠹》。

1980 年 4 月 3 日（农历庚申年二月十八）　星期四　晴

上午是国家与法的理论课，讲资产阶级的法制。

研究生阶段

1980 年 4 月 4 日（农历庚申年二月十九）　星期五　阴

上午前两节没有课，因此我 9：30 到校。后两节课是英语课，继续讲第 6 课课文。我给张尧老师带去几枚罗汉果，他是广西南宁人，这是广西的特产，他表示感谢。

下午院党委向党外同志传达中共中央 25 号文件（为刘少奇同志平反的决议）。

1980 年 4 月 5 日（农历庚申年二月二十）　星期六　阴

上午是国家与法的理论课，继续讲资产阶级法的特点，只讲了一个多小时就讲完了。

1980 年 4 月 7 日（农历庚申年二月廿二）　星期一　阴有小雨

上午第二节、第三节课是英语课，做 20 个中译英句子。

下午自习，做英语习题。后去图书馆借了一本去年第 10 期至第 12 期的《新华月报》文摘版（合订本）。

1980 年 4 月 8 日（农历庚申年二月廿三）　星期二　雾转晴

上午是政治经济学课，欧阳本先老师把《资本论》第一篇（第一、二、三章）内容归纳地讲了七个要点。

1980 年 4 月 9 日（农历庚申年二月廿四）　星期三　晴

上午前两节课是英语课，讲第 7 课 "Lenin in London"。后两节课在五层阅览室看杂志。看到创刊的《中国法制报》试刊第 1 期，是 3 月 1 日出版的，报纸上未注明主办单位，我们猜测是司法部主办的。报纸上也未注明多长时间出一期，不过此报倒是可以订阅的。看《长江》（大型综合文艺刊物，湖北出版的）第 1 期上发表的电影文学剧本《千古风流》，写的是陆游与唐婉的爱情故事。

下午两节课是古汉语课，讲完韩非的《五蠹》一文。

1980 年 4 月 10 日（农历庚申年二月廿五）　　星期四　晴

下午国家与法的理论课进行课堂讨论，讨论题目是"谈谈资产阶级法的本质"。老师要求国家与法的理论专业的研究生必须参加，其他专业的研究生自愿参加。杨伯攸老师主持讨论。参加的同学有侯宗源、刘全德、张贵成、张耕、陈淑珍、程飞、陈丽君、曾尔恕、陈明华、肖思礼和我，共 11 人。大家觉得我们对资产阶级法的研究和教学都有些片面。正如程飞同学所讲的，对它的反动阶级本质讲得多，对它的客观性讲得少，反动作用讲得多，进步作用讲得少，尤其是如何运用理论分析当前资本主义国家法做得很不够。

上午给在南京气象学院读研究生的祝昌汉写了封信，谈了谈去年入学后的情况，也谈到了评工资之事。问了问他那里的情况。

下午张全仁说收到了钱连和的来信，钱连和在来信中谈到袁司理，袁司理现在是唐山市中级人民法院司法行政处副处长。

1980 年 4 月 11 日（农历庚申年二月廿六）　　星期五　晴

上午是英语课，讲第 8 课。

下午在教学楼 419 教室开教职员工大会，传达了几个文件，是关于对在我国台湾地区的人员家属的政策问题，我党与意大利共产党恢复正常关系的问题等。散会后我们研究生班又在 305 教室继续开会，宣读关于刘少奇同志的复查问题的证明材料。

1980 年 4 月 12 日（农历庚申年二月廿七）　　星期六　阴转小雨

上午是国家与法的理论课，由张浩老师讲社会主义法，今天讲社会主义法的产生和继承问题。

1980 年 4 月 13 日（农历庚申年二月廿八）　　星期日　晴

今天，我去参加高中时代的母校——北京八中——举行建校 31 周年的庆祝活动。

母校今天可真够热闹的，到处悬挂彩旗和欢迎的横幅。许多在北京八中

研究生阶段

521

工作过的老领导、老教师都来了，历届毕业生回来的就更多了，约有四五百人。其中有 1950 年毕业的第一届学生。我们 1962 届的毕业生也见到几个人，我们原高三 3 班的只见到殷德其、边国森二人。边国森现在在北京特殊钢厂技术学校工作，1962 年高中毕业后他参军了，后来复员回京的。其他班也有同学回来了，其中我认识的有 5 班的周建松，初中时他和我同在北京四十四中读书，并且是一个班的同学，后来他和我都上了北京八中。北京八中毕业后他考上了北京矿业学院，后北京矿业学院搬迁到四川去了，改名为中国矿业学院。大学毕业后他留校工作，去年他考取研究生，研究生部在北京，他又回到了北京，他们学院在北京有个留守部。还见到了谭力夫，他是 1962 届高三 4 班的，高考考上了北京工业大学，学无线电，他说他大学毕业后到塞外当了十几年兵，现在在解放军基建工程兵某单位工作，是现役军人。

中共中央书记处书记、国务院副总理王震以学生家长的身份为北京八中校庆题词，教育部副部长董纯才、北京市教育局局长韩作黎也分别为北京八中校庆题词。他们的题词分别是：

发扬尊师爱生勤奋学习的好校风
北京市第八中学卅一周年纪念

　　　　　　　　　　　　　学生家长敬题　王震　一九八〇年四月三日

努力提高中学教育水平，为社会主义现代化建设培养又红又专的人才打好坚固的基础。北京八中三十一周年纪念

　　　　　　　　　　　　　　　　　董纯才　一九八〇年春

今年四月十三日是北京市第八中学建校三十一周年。我表示热烈的祝贺！我还衷心祝八中全体师生身体健康！
　　在这喜庆的日子，我殷切地希望八中的同志们，认真地总结建校以来正反两方面的经验，在原有经验的基础上更加发展与提高。全校师生一定要同心同德，搞好试验，坚持德智体全面发展，为社会主义祖国"四化"建设培养出应有的合格人才。
　　我希望并且坚信八中在党的领导下，在全体师生的努力下，一定能成为一个起模范作用的好上加好的典型。

　　　　　　　　　　　　　　　　　韩作黎　一九八〇年四月一日

北京八中为校庆印发了《校庆专刊》，刊登了上述三个题词的手迹。校长温寒江写了题为"发扬优良传统，为更高的教育质量而奋斗——庆祝建校

我们走在大路上

三十一周年"的文章，岳鸿全老师也写了《校庆有感》。专刊上还刊登了历届毕业生的贺信和文章及作的诗词。建校 31 年来北京八中共为国家培养了六千多名毕业生，其中 80% 上了高等学校。在今天的大会上校长温寒江讲了话，董纯才、韩作黎先后讲话表示祝贺，学生演出了文艺节目，一些校友也表演了文艺节目。

我还见到了黄升基的哥哥黄升埔，他是 1960 年的毕业生。从一个外班同学那里得知王福洋现在加拿大留学，是从天津大学去的。从北京八中直接选送的留学生有几十人。

当然，我也见到了岳鸿全、刘忠正老师以及其他一些老师们。北京八中已有了闭路电视和电化教育设备，4 部电视接收机，比以前我们上学时代好多了。

1980 年 4 月 14 日（农历庚申年二月廿九） 星期一 晴

上午两节课是英语课，讲第 9 课 "A Doctor Sent By Chairman"。

1980 年 4 月 15 日（农历庚申年三月初一） 星期二 晴

上午第一节课看《资本论》第四章，后三节课欧阳本先老师讲《资本论》这一章的内容。

9：54，收到左广善 13 日上午写来的信，说我为他订购的两本书，是他求之不得的，还托我买王力的《古代汉语》等书。我写给陈寅生的信他已转交。他还说前不久 5 班的田青贵从山西来河南出差，说我们班的武玉荣在山西省长治市公安局预审科。

1980 年 4 月 16 日（农历庚申年三月初二） 星期三 晴

上午前两节课是英语课，讲第 9 课。后两节课自习，去教学楼五层教工阅览室看书报杂志。

下午两节课是古汉语课，讲韩非的《定法》。课后又去五层阅览室看书。

1980 年 4 月 17 日（农历庚申年三月初三） 星期四 晴

今天的国家与法的理论课自己做课堂讨论的准备。讨论题目是："怎样理解法的阶级性和继承性的关系问题？对剥削阶级旧法可以批判地继承吗？"

上午我阅读我们法制史专业导师曾炳钧教授于 1957 年写的一篇文章《关于法的继承性问题》，发表于同年《政法研究》杂志第 3 期上，我认为他的观点是有道理的。摘抄之。

12：20 收到陶祥英 14 日写来的回信。说李梦福在北京市第一轻工业局干部处，但也久未通信了。她这次调工资得到一级。武效义已经转到军事法院工作了，估计三五年内转业。

1980 年 4 月 18 日（农历庚申年三月初四）　　星期五　晴

早晨读英语。9：10 到校。上午后两节课是英语课，讲第 9 课的练习题。

中午收到沈如虎同志 14 日写来的回信。他说："先告诉你一个消息吧，我的调令已经到了，是 4 月 5 日由自治区教卫办发出的，11 日系里通知我，调往单位是山西大学……"不过他们估计要推迟到五月中旬左右了。他评讲师职称问题尚未落实。石美丽的工资调级也未最后批下来。他又说："你的学习忙否？我估计回山西后见面的机会可能多一些。我一定争取去北京看你再详谈。我们在月内还走不了。如有时间还可来一信。现我最后一次出差柳州，参加全区体育卫生工作经验交流会，约 19 日返桂林。"

下午我们研究生班同学在教学楼 307 教室开会，传达中共中央 1980 年 29 号文件，《关于认真组织学习新党章修改草案的通知》，之后张玉森老师又讲了讲班里的有关事宜。

1980 年 4 月 19 日（农历庚申年三月初五）　　星期六　晴，大风

上午是国家与法的理论课堂讨论，讨论题目是："怎样理解法的阶级性和继承性的关系问题？对剥削阶级旧法可以批判地继承吗？"大家发言还是比较踊跃的。但有些问题还是难以理解。

11：30，给北京市第一轻工业局打了个电话，找到了李梦福，他知道我回来了，很高兴。他说他是 1976 年回来的，抗美援越战争结束，他爱人小董完成了抗美援越任务，撤回来了，他也就跟着回来了。

我们走在大路上

1980 年 4 月 21 日（农历庚申年三月初七）　星期一　晴

上午第二节、第三节课是英语课，讲第 10 课 "Our Earth"，由于这是一篇自然科学文章，所以我们不作为重点讲。

1980 年 4 月 22 日（农历庚申年三月初八）　星期二　晴

8：50 到校。上午是政治经济学课，讲的是《资本论》第一卷第五章和第六章。

欧阳本先老师说"五一"后学校将派他出差，要到 7 月才能回来，因此教学计划有变动，要在本周及下周之内将原计划讲五周的课讲完，再往后是涂继武老师讲社会主义部分。原想今日上下午各讲一次，但由于我们研究生明天将去春游，下午有些同学要做准备，今天下午就不讲了。

去找敖俊德，见到法学所针对研究生的培养规划，将其中的法制史专业的培养规划抄录下来。小敖为我买了一本《中国社会科学院 1979 年试题》。他说他们将于 6 月搬到北京十一学校去，因为北京师范大学撵他们了，北京十一学校在五棵松。

1980 年 4 月 23 日（农历庚申年三月初九）　星期三　晴

今天去香山公园春游，8：00 出发。学校专门为我们派了一辆大巴车，司机李师傅从 50 年代起就在我们学校开车了，有丰富的经验，服务态度也很好。

全班 35 人中，有 27 人参加了今天的春游，他们是：

哲学专业：解战原、宋定国、常绍舜、黄甫生、马抗美（女）；

经济学专业：王裕国、王显平、高坚、卢晓媚（女），缺刘旭明；

国家与法的理论专业：侯宗源、张耕、刘全德，缺张贵成、陈淑珍（女）；

法制史专业：陈丽君（女）、曾尔恕（女）、江兴国，缺郭成伟；

刑法专业：张全仁、肖思礼、王泰、陈明华、张凤翔，缺王扬（女）；

刑事诉讼法专业：刘金友、周国钧、史敏（女）、周虹（女），缺郑禄；

民法专业：程飞、马俊驹、李三友，缺张俊浩、刘淑珍（女）。

还有周虹的爱人、刘全德的爱人及儿子（6 岁）、曾尔恕的女儿（4 岁）、史敏的妹妹（？）等人。大家说小孩太少了，如果多几个就更有趣了。

由侯宗源、解战原、肖思礼负责组织与召集大家。

我们宿舍的郑禄这几天感冒了，未愈，因此今天未能和我们一起来，在家看家了。郭成伟昨天回家了，今天未来校，可能又钻研他的文章去了。

行车路线是出学校的北门，经过中国人民大学、中关村、北京大学、颐和园、中央党校、卧佛寺，到达香山公园正门（东门）。进园之前先在铜狮子前合影两张。解战原、刘全德、史敏、曾尔恕各带了一个照相机。

入园后我自愿充当向导，香山公园我来过多次。我们从西路上山，走静翠湖、香山寺而上，一路上我们谈笑风生。进了香山寺后，队伍逐渐拉开距离了。我们（我和周国钧、高坚、王泰、李三友、王显平、马俊驹、常绍舜）几个人基本在一起，后来马俊驹又走在前面了。过了阆风亭不久，李三友因腿不便放弃了上山，他经玉华山庄而下。我们继续向上爬，不过也不太容易。尤其是高坚，来自东北大平原，大概以前很少爬山，感到比较吃力，把背包、毛衣之类的负担全甩掉了，我们分别帮他拿着。大约距离山顶还有100 米时，忽然又遇见马俊驹，他正在往下走。他说他已经到达山顶了，是从西边红叶区的山间小径登上山顶的。我们将信将疑，为了证明他到了山顶，他又带我们再次突击主峰。大约 10：30 我们到达海拔 550 米的鬼见愁顶峰。宋定国、黄甫生、

▲ 香山公园合影

周国钧等已到。我们正为未带照相机上来而不能在山顶留影遗憾时，侯宗源、王裕国等人也上来了，王裕国带来了照相机，机内有七张底片，我们便在山顶上拍了六张。先后登上山顶的共有 13 人，他们是：宋定国、黄甫生、常绍舜、高坚、王显平、王裕国、侯宗源、王泰、张凤翔、周国钧、程飞、马俊驹及我。女同学一个也没上来。

11：10，我们下山，从东路而下。下山的路很不好走，碎石多，路滑，

比上山还费劲儿，有些地方简直是滑下来的。

下到琉璃塔，我们召集了一下"残部"，还有 10 个人，宋定国、黄甫生、常绍舜三人走得较快，人已不见了。大家又在琉璃塔前合影纪念。

据我们所知，今日登上鬼见愁的游客中，有 74 岁高龄的老人，也有 3 岁的儿童，到达山顶的人还是不少的。我们在山顶上时遇见了有佩戴"北京医学院"校徽的学生们及某工厂的青年工人们；还有打着团旗的，看来是来过团日的年轻人。

以前我多次来过香山（起码不下十次），也多次登临"鬼见愁"。不过近几年未上来过，若今日不是集体活动，我也不想爬到山顶的。

▲ 香山公园合影

从琉璃塔下来，我们走上了大路。在一茶水站，见到我们班的"主力部队"，他们正在休息，彼此相见，都很高兴。我们讲述了登山的情况。他们虽未登上山顶，但一路漫步走来，也很惬意。他们休息完了，向北门而去，我们便坐下喝茶，吃午点。大家以茶代酒碰杯，庆贺胜利登山归来。说说笑笑十分有趣。我说我们班今日登临山顶的人员名单，我将一个不漏地记入我的"史册"（日记）第 57 卷。大家听说我坚持记日记，都很感兴趣，称赞我记日记的毅力，并说我的日记可能会是一部有价值的史料。当然这是对我的鼓励。

稍作休息后，我们又穿过眼镜湖，出北门，来到碧云寺。这里地方较小，相对来说感到游客较多。我们看了罗汉堂，瞻仰了孙中山纪念堂，又照了一些相，我们 106 宿舍的三人留影了，我们法制史专业三人也留影了。之后，有些同学登上了碧云寺的五塔之上，我没有上去了。

▲ 研究生同学（左起）卢晓媚、高坚、
王显平、王裕国

▲ 研究生同学卢晓媚（左）、史敏（右）

▲ 研究生同学马抗美（左）、
卢晓媚（右）

▲ 研究生同学左起马抗美、王杨、卢晓媚

　　14：00，我们离开香山，乘车去卧佛寺。下车后，一部分同学（解战原、张全仁等）到距此不远的一个村子去看了曹雪芹旧居。我们大部分同学到卧佛寺、樱桃沟花园等地游玩，也照了一些相。樱桃沟花园虽无楼台亭阁，却是百花盛开，流水潺潺，别有一番景色，也是十分吸引人的。对于在大城市车水马龙中生活久了的人来说，能来此散散步，确实是一种很好的休息，对调节精神不无益处。

　　15：30，离开卧佛寺，按原计划是参观一下距此不远的植物园，但我们

我们走在大路上

来晚了，那里已停止售票。我们只好结束这次春游，仍按原路返回学校。16：10进入学校北门。

今天大家玩得很痛快，当然我们也没有忘记办公室的两位张老师（张玉森与张春龙老师），为了促成这次春游而做的努力。正是他们去学校事务科联系的车辆。

另外，值得一提的是肖思礼同学，他为了照顾好司机的午餐，10：30就从公园出来（因为司机师傅说他这个月来过多次了，不想玩了，未进园），招待司机吃午饭。他也未像我们这样玩好，忠实地履行生活委员的职责。

1980 年 4 月 25 日（农历庚申年三月十一） 星期五 晴

上午前两节课是自习。写写日记，看看书。后两节课是英语课，讲第 11 课 "The Great Hall of the People — A Foreign Visitor's Impressions of Peking"。

下午是政治学习时间，全班党员分两个组讨论新党章（草案），党外同志自愿参加。

1980 年 4 月 26 日（农历庚申年三月十二） 星期六 晴间多云

上午是国家与法的理论课，讲社会主义社会的法与执政党的关系，下次将就这个问题进行课堂讨论。

1980 年 4 月 28 日（农历庚申年三月十四） 星期一 晴

第二节、第三节课是英语课。张尧老师讲第 12 课 "To China at Ninety"。张尧老师还讲了期末的英语过关考试方法：（1）口试，用英语回答问题（每题答句不超过五句，最多用五分钟），占全部成绩的 20%；（2）笔试，主要考语法，占全部成绩的 30%；（3）笔试，英译中，占全部成绩的 50%。

下午上政治经济学课，欧阳本先老师讲相对剩余价值与绝对剩余价值问题。据说他上次所说的 5 月将出差，到 7 月才能回来是去参加出今年高考试题。难怪他说要去那么久，要等到高考开始才能回来。

1980 年 4 月 29 日（农历庚申年三月十五） 星期二 晴

9：00 至 11：00 上政治经济学课，讲资本构成与工资的实质。下午继续

研究生阶段

讲最后一课。

1980 年 4 月 30 日（农历庚申年三月十六）　星期三　晴

上午前两节课是英语课。张尧老师讲完了第 12 课，并说关于期末考试还要增加两项内容：听译和朗读课文，这样读写听说都全了。

课间操时间去六号楼 228 室看一看新近从内蒙古政法干校调回来的邢同舟老师，他以前就是我校刑法教研室的老师，这次仍调回刑法教研室。1967 年春，他曾下我们班参加讨论。孙成霞想找他了解一下内蒙古的情况，请我与他先联系一下。

按课程表规定，今天下午有古汉语课，因不少同学都回去了，便与老师议定，改在 5 月 3 日（星期六）下午再上。

据老师讲本学期放暑假要提前到 7 月 14 日（原计划是 28 日），讲课到 6 月中旬。

1980 年 5 月 1 日（农历庚申年三月十七）　星期四　晴

今天是国际劳动节，我有 13 年没有在北京度过"五一"国际劳动节了。

在家搞卫生，忙了一天也才把楼上楼下两个房间的八扇窗子的玻璃擦了擦，其他的来不及搞了，却也相当累了。

去炮司。晚上在电影场看电影，彩色故事片《青春》。

1980 年 5 月 2 日（农历庚申年三月十八）　星期五　晴
多云，有阵雨

今天下午我们大学同班的在北京的同学在天坛公园聚会，13：45 我到达天坛南门，饶竹三、王小平、敖俊德已经到了。我们等到 14：30，孙成霞才姗姗来迟。原来是同事临时请她替班，因此她 14：00 才下班赶来。田旭光没有来，昨天下午我打电话给她，她说她妹妹来了，因此她不能来了。我从家里出来时到刘爱清家喊他，但他说有事不能来，就又是只有我们五个人了。

我们进天坛公园散步，找个草坪坐下来聊天，主要话题自然是这次调整工资之事，许多不合理的事情令人生气。听王小平说中央拟成立一个政法大学，择址在河南省某地，北京政法学院可能改为华北政法学院。我并不希望

我们走在大路上

这个消息成为事实。

15：30 左右，突然乌云遮天，凉风飕飕，偶尔雨点滴滴。我们只好转移，小平请我们去他们家，我们都想回去了，便分手了。这次聚会匆匆，未及细谈。

1980 年 5 月 3 日（农历庚申年三月十九）　星期六　晴

上午是国家与法的理论课，张浩老师主持课堂讨论，讨论的题目是："党的政策和国家的法律关系怎样？二者之间发生了矛盾怎么办？"由于一些同学以为不是今天讨论，未来。因此只有 19 人参加讨论（应到 25 人），不过讨论依然十分热烈。

由于 4 月 30 日那天与汉语教研室老师商定古汉语课改在今天下午上课，但国家与法的理论课今天下午还要用来讲讲下一阶段的学习问题，于是午饭后我与郭成伟去花园路教工宿舍找赵中乾老师商量，定于古汉语课改在后天（星期一）下午上课。赵老师又谈了谈关于古汉语课期末考试的问题，赵老师让我们自己写学习心得即可。

下午国家与法的理论课的甘绩华老师与大家座谈下一阶段的学习问题。据老师说教育部要求各大中小学今年暑假要确保师生有两个月的休息时间，让大家好好休息休息。这是因为目前学生体质下降，学习负担太重。我校原教学计划是到 7 月 28 日才开始放假，9 月 1 日开学。现决定提前两周（7 月 14 日）放暑假，仍是 9 月 1 日开学。所以各科教学时间也缩短了两周，要重新安排。国家与法的理论课还有两个专题未讲，都是社会主义法制的内容，而对于这部分内容大家又感到比较生疏，因此仍希望老师能多讲些。

1980 年 5 月 4 日（农历庚申年三月二十）　星期日　晴转云

今天补上 2 日（星期五）的课。我们后两节才有课，早上便在家读读英语。9：40 到校。后两节英语课，讲第 13 课 "The Cop and the Anthem"（警察和圣歌）。

1980 年 5 月 5 日（农历庚申年三月廿一）　星期一　晴

上午第二节、第三节课是英语，讲完第 13 课后，又讲了第 16 课 "Rob-

研究生阶段

531

inson Crusoe Makes Himself a Boat"，第 14 课与第 15 课不讲了。

下午两节课是古汉语课，讲完韩非的《定法》，又继续讲他的《难势》。

1980 年 5 月 7 日（农历庚申年三月廿三）　星期三　晴

关于我的预备党员转正问题，党支部拟于后天下午讨论。张玉森老师翻阅我的档案后，今天下午和我简单谈了谈，让我有所准备。

1980 年 5 月 8 日（农历庚申年三月廿四）　星期四　晴

上午是国家与法的理论课，甘绩华老师来给我们把下面一部分课程的讲课计划重新安排了一下。据他说前天下午教务处召开为研究生讲课的各个教研室负责人会议，研究研究生的授课方法。普遍感到对研究生不宜采取与本科生相同的"满堂灌"的方法，以前授课，研究生自学时间少了些。另外，外语负担较重，考试方法也应当改革，读写听说全考，要求太高了，等等。根据上周六下午座谈会及前天下午会议的精神，法学理论课下阶段教学应当适当增加学生的自学时间。今天的时间就给大家自学用。

我去教学楼五层阅览室看书。第 2 节课去教学楼法制史教研室找薛梅卿老师，把法学所中国法制史研究生培养规划交给她，并与她谈谈有关法制史学习的问题。薛老师问我，如果有侧重问题的话，我选择侧重哪个方面？我答曰拟搞一搞中华民国法制史，着重研究从清末到北洋军阀、蒋介石政权的国家与法制的历史。她认为很好，很有研究的必要。

1980 年 5 月 9 日（农历庚申年三月廿五）　星期五　晴

上午前两节课自习，继续看英语。后两节课是英语课，讲第四册第 7 课"The Calendar"。

下午支部活动，继续学习新党章（草案），未讨论我的转正问题，大概准备工作还没有做好吧。

我校拟后天举行本科生田径运动会。体育教研室请我们研究生派出 8 人参加裁判工作。这次去的 8 人是：陈明华、肖思礼、马俊驹、王显平、周国钧、刘全德、常绍舜和我。下午 4：00 在教学楼 420 教室开会，体育教研室老师讲了讲有关注意事项。

老同学袁司理来北京出差。前天晚上到京，今天 16：10 来学校，我开完会回到宿舍见他时，他正在与郑禄聊天。我有 12 年没有见到他了，他胖了，面貌变化倒不大。他是去年从新疆阿图什调到河北唐山工作的。现在是唐山市中级人民法院司法行政处的副处长，不过一直被抽出来在地委政法部工作。晚饭后，我带袁司理到北京师范大学敖俊德处，与敖俊德聊聊。他们两人以前虽然都在新疆工作，但从未见过面。我们一直聊到 21：00 才分手。

1980 年 5 月 10 日（农历庚申年三月廿六）　星期六　晴

上午是国家与法的理论课，甘绩华老师讲我国社会主义法的制定。

1980 年 5 月 11 日（农历庚申年三月廿七）　星期日　多云转阴

今天我院本科生举行复校以来的第一届田径运动会，由于我院没有完整的运动场，借用北门对面首都体育学院的运动场。我们充当径赛计时员，第一跑道到第八跑道的计时员依次是陈明华、刘全德、马俊驹、王显平、肖思礼、江兴国、常绍舜、周国钧。学校运动委员会主任是戴震副院长，委员有姜达生、金德耀、司青锋等人。径赛项目有男子 100m 跑、200m 跑、800m 跑、3000m 跑、4×200m 接力跑、4×400m 接力跑；女子 100m 跑、200m 跑、800m 跑、1500m 跑、4×100m 接力跑、4×400m 接力跑。田赛有推铅球、掷铁饼、投手榴弹、跳高、跳远等。虽然参加的人数不多，只有一个年级的400 多人，但也十分热烈，使我想起我的学生时代。17：00 结束，回来洗澡。

1980 年 5 月 12 日（农历庚申年三月廿八）　星期一　晴

上午第二节、第三节课是英语课，讲第四册第 8 课 "Interpreting for the President at Teheran"。

自今日起学校作息时间有所改变。下午上课时间由 14：00 推迟到 14：30，午睡时间延长了半小时。

今年的研究生招生考试于前天、昨天和今天举行。前天（10 日）上午考外语，下午考专业基础课（汉语）；昨天（11 日）上午考理论课（国家与法的理论），下午考专业课（刑法、刑事诉讼法、经济法、国际法、民法或民事诉讼法）；今天（12 日）上午考政治课。今年外语及政治是全国统一命题的。政治课题目为：

一、简答下列各题（每题 5 分）

1. 马克思主义的两个重大发现是什么？

2. 马克思主义以前的历史观的两大根本缺陷是什么？

3. 什么是金融资本？

4. 什么是质、量、度？

5. 十一届五中全会的主题是什么？在干部制度上有哪些重大改革？

6. 第一次大革命失败后有哪三次大的武装起义？各次起义的主要领导人是谁？

7. 第一国际时期的三个机会主义派别是哪三个？

8. 我国新民主主义革命分哪几个时期？各时期从哪一年到哪一年？

二、选答三题（每题 20 分）

1. 中国革命为什么必须分两步走？批判陈独秀、王明在这个问题上的错误观点。

2. 试论本质和现象的关系，并用这一原理分析国内形势。

3. 试论经济规律的客观性，以及认识这一问题对我国实现社会主义现代化的重要性。

4. 试论列宁主义形成的历史条件和伟大意义。

我院出的国家与法的理论试题为：

1. 简述国家与法的阶级本质。

2. 试述加强社会主义法制对实现四个现代化的重要意义。

3. 谈谈我国社会主义立法的基本原则。

4. 试述坚持无产阶级专政与发扬社会主义民主的辩证关系。

我院出的刑法专业试题为：

1. 运用马克思主义关于犯罪的论述，阐明犯罪的阶级本质。

2. 论述我国刑法规定诬陷罪的概念和特征。

3. 我国刑法对刑罚种类有哪些独创规定？请具体加以分析。

其他专业题尚不知。

1980 年 5 月 14 日（农历庚申年四月初一）　星期三　晴、大风

上午前两节课是英语课。我们都按时坐在 401 教室里，但到上课时间了，

却不见张尧老师来，他从来没有迟到过。我们以为他爱人蔡秀珍老师（教我们研究生的俄语和日语）病了，因此来得较晚，便等了一会儿。但十分钟过去了，仍不见他来。大家推举"小字辈"的王显平去他家看看。过一会儿王显平回来了，说只见蔡老师在家煮稀饭，张老师因为视网膜脱落，于昨天住院了，要动手术，因此今日不能来上课了，让我们自学。大家对张老师的病情十分关切，女同学们便去看望蔡老师，帮助做些能做的家务事情。我们约好星期五下午去医院看看张老师。今天的课就自学了，大家自己看书。我回宿舍继续看英语。

1980 年 5 月 15 日（农历庚申年四月初二） 星期四 晴、大风

上午国家与法的理论课，甘绩华老师讲社会主义法的关系，只讲了两节课多一点儿，10 点多就下课了。我便回宿舍看英语。

1980 年 5 月 16 日（农历庚申年四月初三） 星期五 晴

大风过去了，今日天气不错。9：40 到校。虽然张尧老师病了，我们仍相约按时上课。根据以前课堂的布置，自己进行英译中的练习，群策群力，共同讨论，互相切磋。

下午在教学楼 307 教室举行支部大会，主要内容是讨论我和陈丽君同志的预备期满转为正式党员的问题。我们支部共有党员 25 人，其中预备党员 4 人，江兴国、陈丽君、张耕、常绍舜。今日出席大会的有正式党员 19 人：张玉森、解战原、黄甫生、马抗美（女）、高坚、王显平、卢晓媚（女）、张全仁、陈明华、肖思礼、郑禄、刘金友、周国钧、马俊驹、李三友、刘淑珍（女）、侯宗源、张贵成、陈淑珍（女）。未能参加今日支部大会的正式党员有二人，程飞（因妻子生病来电报于上周四回辽宁了）和张凤翔（临时有事请假了）。会议由张玉森同志主持。先由我和陈丽君同志分别向支部提出转正的申请，并小结入党一年多来的情况。大家就我们入学半年多来的表现进行了讨论，都同意我们如期转正，没有不同意见。最后分别通过我与陈丽君的转正。张凤翔同志虽然未能出席会议，也留下了他的意见，同意我和陈丽君按期转正。因此我们顺利转正。关于我的转正日期还着重指出是从去年 12 月 7 日起。我们也表示要进一步用新党章规定的党员八条标准严格要求自

研究生阶段

己，争取更大的进步。

会后，我们英语班全体同学去北京医学院第三附属医院看望张尧老师，他住在第八病房，将于下周一做手术，现在双眼已蒙起来了，不过他一听声音就知道我们是谁了。我最先见到他，喊了一声"张老师"，他立即说："老江，你来了。"他知道我们这么多人来看他，很是高兴。他说他对自己的病的严重性毫不知情。星期二（13日）下午他陪同蔡老师来看病，自己也顺便看看。不料医生立即将他留下住院治疗。所以他对于住院是毫无精神准备的。关于我们的学习，外语教研室也做了安排，以我们自学为主，有什么问题由周老师辅导，我们让张老师安心治病。大家凑钱买了三瓶水果罐头和一瓶麦乳精送给张老师，以表示慰问。同去的除我们英语班的10位同学卢晓媚、曾尔恕、陈丽君、王显平、肖思礼、高坚、张贵成、李三友、刘全德和我外，还有在北京师范大学学习英语（第二外语）的马抗美和王扬同学，学俄语的史敏同学也和我们一起来了，共13人。

除了看望张老师，我们还看望了已住院两个月的刘旭明同学，他是我们英语班的同学。他患皮肤病，经治疗已经好了很多。不过由于长期注射激素，身体非常胖。他见到我们很高兴。

1980 年 5 月 17 日（农历庚申年四月初四）　星期六　晴

11：10，我们106宿舍5个人加上陈丽君、史敏共7人去学校正门外留影，每个人也分别留影。照相机是刘金友的内弟小陈这次来北京买的，他今天晚上就要离京回沈阳了。前天他去游览八达岭，到22：15才回来，我们都为他担心。

16：00收看中央电视台播映的在人民大会堂举行的刘少奇同志追悼会实况，华国锋同志主持追悼会，邓小平同志致悼词，参加追悼会的党和国家领导人有陈云、宋庆龄、徐向前、聂荣臻、彭真、邓颖超等。

1980 年 5 月 21 日（农历庚申年四月初八）　星期三　晴

上午第二节、第三节课是英语课，同学们在教学楼401教室共同翻译课文，第四册第14课 "Why Is the Native Language Learnt So Well?" 与第五册第1课 "Reminisces of an Interview with Chairman Mao Tse-tung on the Paper Tiger"。

下午两节课是古汉语课，先讲韩非的《观行》，后又讲他的《王道》。

课间休息时见到张守蘅老师，她以前是我们66届1班的辅导员，我们谈到十几年来各自的情况。她说她的腿不好，行动不便已经两年多了。由于与她谈话，第二节课也没有上。

1980年5月22日（农历庚申年四月初九）　星期四　晴

上午是国家与法的理论课，讲社会主义法的适用，仍由甘绩华老师讲授，讲了两节多课。

1980年5月23日（农历庚申年四月初十）　星期五　晴

下午全体党员在教学楼307教室集会，传达北京市委文件——中共中央书记处工作会议纪要中关于对北京市建设的四条意见，并传达了市委林乎加、贾庭三、畲涤清等同志今年3月在市委扩大会议上的讲话。

1980年5月26日（农历庚申年四月十三）　星期一　晴

9：00至11：00，英语班同学共同翻译第五册第11课课文"Lenin's Death"，互相启发，补充纠正。

1980年5月27日（农历庚申年四月十四）　星期二　晴

上午是政治经济学课，按原教学计划从本周（第13周）起由涂继武老师讲斯大林的重要著作《苏联社会主义经济问题》。今天讲的是第一个问题，社会主义经济规律的客观性与客观经济规律的关系。讲了三节课。

1980年5月29日（农历庚申年四月十六）　星期四　晴

上午在家写国家与法的理论课课堂讨论的发言稿，同时也是准备期末考试的论文。

1980年5月30日（农历庚申年四月十七）　星期五　晴

这两天忙于准备明天的国家与法的理论课课堂讨论，未能按计划预习英语，所以今天上午也未去参加英语课的互助学习。

研究生阶段

下午是党小组活动，学习和讨论党内政治生活的十二条准则。这个准则很好，但真正做到不容易。

1980 年 5 月 31 日（农历庚申年四月十八）　星期六　阴转小雨

上午是国家与法的理论课课堂讨论，题目是："什么是社会主义法制？为什么要强调社会主义法制？"我首先发言，主要谈了前一个问题：什么是法制？什么是社会主义法制？关于社会主义法制的几个原则。我认为除毛主席讲的民主原则和社会主义原则这两个基本原则外，平等原则和实事求是的原则也是社会主义法制的基本原则。之后同学们纷纷发言，争论十分激烈。郑禄、郭成伟、刘金友陆续发言，作了进一步阐述。用 107 宿舍同学的话来说，我们 106 宿舍独占舆论讲坛。大家争论的焦点在于：究竟什么是法制？法制是资本主义社会以来才有的，还是奴隶制社会、封建制社会就有的？平等的原则是否也是社会主义立法的原则？我认为平等的原则只是指在司法上、执法上的原则，在立法上是不能搞平等的。甘绩华老师主持讨论。对于后一个问题未及讨论，大家也认为后一个问题没有多大分歧。

1980 年 6 月 3 日（农历庚申年四月廿一）　星期二　晴

上午是政治经济学课，涂继武老师讲《苏联社会主义经济问题》第二章与第三章关于社会主义商品生产和价值规律问题。

下午在教学楼 419 教室听学校医务室李大夫关于公民无偿献血的动员讲话。

1980 年 6 月 4 日（农历庚申年四月廿二）　星期三　晴

9：00 开始上英语课，照例大家共同翻译第六册第 6 课，共同研究，相互启发。这课书篇幅较长，不好译，所以到 11：30 才结束。

14：30 至 16：20 上古汉语课，及韩非子的《解道》（二则）、《喻道》及《观行》。韩非的思想很丰富，对社会的观察力也很强。

1980 年 6 月 5 日（农历庚申年四月廿三）　星期四　晴

上午是国家与法的理论课，讲社会主义法制问题。第四节课去阅览室看

我们走在大路上

看书报。

1980 年 6 月 7 日（农历庚申年四月廿五）　星期六　晴

为了改变我国血液供应的落后面貌，中央于 1978 年决定实行公民无偿献血的制度，以保证血液需要。今天上午报名献血的同志由学校组织到输血站献血。我们研究生班去了 10 个人：黄甫生、宋定国、高坚、王显平、王裕国、马俊驹、周国钧、郭成伟、史敏和我。但献血体检十分严格。结果只有黄甫生、高坚和我三人合格，每人献血 200 毫升。我并不紧张。尽管这是我平生第一次献血，也没有任何不舒服的感觉。

1980 年 6 月 10 日（农历庚申年四月廿八）　星期二　晴

上午政治经济学课，讲社会主义的基本经济规律，这样就完成了斯大林的《苏联社会主义经济问题》的讲授任务。下周将讲马克思的《哥达纲领批判》的有关部分，仍由涂继武老师讲授。

15：15 去北医三院看望张尧老师和刘旭明同学。张老师手术很成功，手术后卧床三个星期，现在已经可以坐起来了，不过视力还未恢复。刘旭明也好多了，这周末可能出院了。他父亲从江西来北京看他。

1980 年 6 月 11 日（农历庚申年四月廿九）　星期三　晴

北京市法学会最近举行了几次关于人治与法治的学术讨论，今天又举行一次。法制史教研室给我们四人（郭成伟、陈丽君、曾尔恕、我）每人一张票，上午我们都去参加了，在市委党校主楼 154 教室。讨论会由北京市法学会秘书长、北京大学教授肖永清同志主持。上午在会上发言的同志有张晋藩、张观发、沈宗灵、崔敏、刘新。

下午古汉语课继续讲韩非子的《说难》一文。

1980 年 6 月 12 日（农历庚申年四月三十）　星期四　晴，晚上小雨

上午上国家与法的理论课，甘绩华老师给我们讲他的最后一课。关于人治与法治的争论问题，他的观点与我们的观点差不多，我当然是同意的。他是主张法治的，他认为人治就是统治者个人意志的统治，是专制。至于发挥

人在法治中的作用，不能叫人治。主张法治并不排斥强调人的作用。他讲了两节课，至此甘老师的课就结束了。

1980 年 6 月 13 日（农历庚申年五月初一）　　星期五　晴

上午后两节课是英语课，外语教研室周老师为我们解答我们在自译中提出的一些问题。前两节课周老师给本科生讲课。

下午党支部活动，支委会先介绍了宋定国、王裕国、曾尔恕、史敏四名同志的基本情况，之后由各个党小组讨论一下发展这几位同志的问题。这四位同志是前一次分小组讨论中过半数小组成员提出的发展对象。今天支部会到会共 23 人，王显平因病、张耕因回家了，未能参加。

法制史教研室为我们买了北京大学出版的《外国法制史讲义》下册（《外国法制史讲义》上册及《中国法制史》早已购买）。还买了《外国法制史参考资料汇编》。

我们班的排球队成立了，有陈明华、马俊驹、张贵成、周国钧、郑禄、史敏（女）、张凤翔等人，李三友是顾问。昨天下午与本科生队打了一场，输了。当然打球是为了丰富生活，锻炼身体。

1980 年 6 月 16 日（农历庚申年五月初四）　　星期一　晴

上午是英语课，依然是我们英语班同学自译英语第六册第 10 课课文，第 10 课题目是"A Man Alive"。刘旭明同学的病已经痊愈了，上星期五（13日）出院，今天也和我们一起学习。他是 3 月 4 日去住院治疗的。

9：10 收到左广善 13 日的来信，说"寄的《古代政法文选》等三册书，今天已收到"。又说："今天上午，陈裕厚老师来我这里了，他原在北京政法学院业务教研室，现在郑州大学，正在筹办法律系。还有侯凤仁老师也在郑州大学。我们谈及你，他们说你将来毕业后，若不在北京工作，则很希望你能来郑州大学，地处中原，是否比广西好些呢？他们让我把这个意思转告你。其实我也是有这个愿望的。这是以后的事，现在不过是透透消息吧！"

1980 年 6 月 17 日（农历庚申年五月初五）　　星期二　晴

上午和下午都上政治经济学课，由涂继武老师讲授马克思的《哥达纲领

我们走在大路上

批判》有关经济的部分。由于提前放假，便把最后四周的经济学课程压缩到两个星期讲完。这样，星期一就上午和下午都讲课。本周讲《哥达纲领批判》，下周讲毛主席的《论十大关系》。

1980 年 6 月 18 日（农历庚申年五月初六）　星期三　晴

下午是古汉语课，讲完韩非的《说难》，又讲《说林》三则及《外储说左上》一则。这学期的古汉语课到此就结束了。

1980 年 6 月 19 日（农历庚申年五月初七）　星期四　晴

7：40 到校。上午是国家与法的理论课，由杨伯攸老师讲第 12 讲社会主义法与共产主义道德，讲了一个半小时就结束了。

1980 年 6 月 20 日（农历庚申年五月初八）　星期五　晴转阵雨

9：00 至 11：00 在教学楼 401 教室上英语课，李荣甫老师给我们上课，讲第六册第 11 课 "What Life Means to Me（1）"。

张尧老师已于昨天病愈出院了。我们今天下午去他家看望了他。关于我们的期末过关考试，大家议定于本月 30 日举行口试，至于笔试，由于张老师视力尚未恢复，便推迟到下学期。学俄语的同学的考试安排在下星期五和星期六。

1980 年 6 月 21 日（农历庚申年五月初九）　星期六　晴

今天早晨我院师生去钢铁学院附近劳动，前不久献过血的同志及其他病弱的同志可以不参加。参加者于早晨 3：00 就起床了，3：30 开饭，4：00 乘车前往劳动地址，劳动内容是扯秧。10：00 就回来了。这种劳动的劳动量与在广西下乡"搞双抢"（抢收、抢种）相比可差远了。同学们的积极性很高。我与高坚、黄甫生、王泰、刘旭明、刘淑珍等同学未去，另有些同学回家了也未参加。

上午我在宿舍复习英语。这次英语口试内容：（1）朗读课文（范围是许国璋编的《英语》教科书第三册的第 1、2、4、5、6、7、9、11、12、16 课）；（2）用英语讲一段话（不少于五句，不超过五分钟），老师出了 10 个题目：① My

研究生阶段

541

family; ② Our school life; ③ My middle school life; ④ My teacher; ⑤ My father (or my mother); ⑥ My brother (or my sister); ⑦ My classmate; ⑧ English, or a language I like; ⑨ A letter to my friend; ⑩ My home town. 至于哪名同学念哪一课书，回答哪一个问题，由同学们自己抽签决定。题目不难，只是我的口语发音不好，有点儿紧张，不得不认真准备一下。

1980 年 6 月 24 日（农历庚申年五月十二）　星期二　晴

今天是政治经济学课，涂继武老师讲最后一篇文章，毛主席的《论十大关系》，讲了文章中提到的第 1、2、3、4、5、10 个涉及经济问题的关系。上午讲了前三条，下午讲了后三条。

晚上看政治经济学，开始答期末考试试题。这次教研室给我们出了 4 道试题，我们任选一题作答，开卷考试，要求 7 月 10 日前交卷，以 3000 字左右为宜，不得超过 4000 字。题目是：

（1）区分劳动和劳动力的重要意义何在？

（2）简述马克思剩余价值理论的科学性及其革命意义。

（3）试论经济规律的客观性和按经济规律办事的意义。

（4）根据社会主义基本经济规律的要求，应怎样正确处理生产与消费的关系？

我选做第四题。

1980 年 6 月 25 日（农历庚申年五月十三）　星期三　晴

下午是古汉语课，没有讲课，赵中乾老师与我们随便谈谈。

前天晚上中央人民广播电台在新闻节目中首次播发了新华社 23 日从乌鲁木齐市发出的电讯稿。新华社记者赵全章报道：著名科学家、中国科学院新疆分院副院长彭加木在新疆的一次科学考察中失踪，已经七天没有音讯。他是率领科学考察队在罗布泊考察时于 17 日上午 10 时独自外出找水走向沙漠深处，不幸失踪。新疆党委、政府和中国科学院等单位对彭加木同志的安全极为关心，派飞机和地面部队到罗布泊地区寻找，但到 23 日上午记者发电时止，还没有发现他的下落。今天早上又报道：党中央对彭加木同志失踪一事极为关怀，方毅同志多次询问寻找情况，但到昨天（第八天）仍无音讯。

我们走在大路上

1980 年 6 月 26 日（农历庚申年五月十四）　星期四　晴

上午是国家与法的理论课，由张浩老师讲最后一讲——第 13 讲共产主义社会和法的消亡，讲了两小时就讲完了。到此这门课的讲课全部结束了。

1980 年 6 月 27 日（农历庚申年五月十五）　星期五　晴

9：00 至 11：30 在教学楼 307 教室上最后一节英语课，由李荣甫老师继续讲第六册第 12 课 "What Life Means to Me（2）"。他讲得不错。

中午张玉森老师告诉我，关于我的预备党员转正问题，经党委审查已于昨天批准下来了。

1980 年 6 月 30 日（农历庚申年五月十八）　星期一　晴

9：00，英语班同学一起去张尧老师家参加英语口试，内容是用英语念课文并讲一段故事。依次抽签，我抽到的是念第三册第 7 课的后半段，讲一段故事的题目是 "My Home Town"，我自己觉得还可以。今天共有 11 个同学参加考试，不到一小时就考完了。

上午卢晓媚交给我一封来信，是昨天寄到的，是高培钧 25 日写来的，说去年 10 月他被调到长沙市城北区人民检察院工作，上班地址离家近了，一日三餐都可以回家吃饭。他在检察院搞起诉工作。

1980 年 7 月 2 日（农历庚申年五月二十）　星期三　阴

8：00 到校。因为今天上午法制史教研室召开研究生会议，我们当然要参加了。教研室负责人，我们的指导教师曾炳钧教授也来参加会议。会议由许显侯老师主持。参加会议的老师有薛梅卿、沈国锋、黄勤南、郑治发、皮继增、张观发、吴薇等。潘华仿老师因行动不便没有来参加。会议从 8：30 到 11：30，主要内容是由教研室向我们宣布中国法制史与外国法制史的研究生培养计划，征求我们的意见。我们都认为这个计划是切实可行的，除提些小意见外，原则上没有什么大的补充。从下学期起，我们从政治思想到业务学习全划归教研室来负责。我们的培养目标是能够胜任专业课教学和具备科研能力的大学师资人才。据说昨天下午曹海波院长在全院教职工（包括研究

研究生阶段

生）党员大会上说司法部同意我院在头一两届研究生中多留一些人在本校教学。

1980 年 7 月 5 日（农历庚申年五月廿三）　星期六　晴

上午参加国家与法的理论教研室召开的座谈会，甘绩华与张浩老师主持，征求我们对这一学期这门课教学的意见。大家认为一学期以来这门课的教学是成功的，教学详略得当，注入式与启发式结合得当。参加座谈会的同学有郑禄、周国钧、程飞、肖思礼、王泰、陈丽君和我。很多同学不在校，所以找人开会比较难。下午是找国家与法的理论专业研究生去开座谈会。

1980 年 7 月 9 日（农历庚申年五月廿七）　星期三　晴

今天一天写文章，到 17：20 终于完成，题目是"谈谈我国法制与法治的几个问题——法学理论课学习心得"，全文约一万字。主文分四部分，各部分标题分别为：（1）法制与法治的联系；（2）我国法制的基本原则；（3）我国法治的主要原则；（4）健全法制，加强法治，是保卫和促进"四化"建设的需要。

文章写完后还给甘绩华与张浩老师写了一封信附上。信中说："为了写这篇心得，我花了不少心血，这确实是我半年来学习成果的总结。文中大部分观点和您们的讲课是一致的，但也有一些观点不尽相同，就是和报刊上发表的许多学术文章也颇有不同之处。对每一个问题，我都在认真学习的基础上，经过自己的独立思考（也和同学们切磋琢磨），而形成自己的观点。文章的后面部分还联系到当前许多现象和事例，提出了自己的看法。当然有的可能还不成熟，甚至会有错误，但我觉得在自己的老师面前是无可隐瞒的，因此都写了出来。请您们能够多费点儿时间认真批阅，并希望能听到您们当面的教诲。""由于学习心得颇多，写起来思潮滚滚，不能自已，字数远远超过了规定，请您们谅解。并希望批阅后能将此稿发还给我，尽管这是不成熟的拙作，但总是花了不少心血，所以自己还是很珍惜的。"

1980 年 7 月 12 日（农历庚申年六月初一）　星期六　晴

下午去六号楼见到薛梅卿老师。她昨天曾到宿舍找过我们，把复印好的

《中国法制史教研组培养研究生教学计划（草案）》发给我们，和我谈谈有关的学习问题。得知司法部交给我院一项任务，从下学期起，为全国各地代培 100 名政法专业的师资，为期一年。因此学校各教研室都感到任务重，人力少，她很希望我们早点儿毕业出来接班，以分担一些工作量。

1980 年 7 月 14 日（农历庚申年六月初三）　星期一　晴

下午写古汉语试卷，题目是"把学过的文章中古代汉语与现代汉语不同的句法与词法的句子选出来，并试译成现代汉语"。

1980 年 7 月 15 日（农历庚申年六月初四）　星期二　晴

上午在家答写古汉语试题。

学校打来电话，让我明天上午去学校，说是杨岷回来了。杨岷在海南工作，不知道调到广东省人民检察院了没有，这次大概是来北京出差吧。自1972 年秋在北京见过一面后，有八年没有见面了。

1980 年 7 月 16 日（农历庚申年六月初五）　星期三　晴

杨岷回来了，她与胡克顺已经于今年 5 月调到广东省工作了，在广东省政法干校。她这次来北京，想找点儿资料，另外想联系来北京进修之事。上午在校我陪她去六号楼找民法教研室的刘中亚老师，但未见到。又去资料室为她找点儿材料。她于 11：00 回去了，她家在西单。

下午又将古汉语答卷抄了一遍。15：15 与郭成伟去花园路教职工宿舍楼甲子楼赵中乾老师家交卷，并聊了聊。

1980 年 7 月 25 日（农历庚申年六月十四）　星期五　晴

收到左广善 24 日的回信，说"6 月 27 日的来信、7 月 18 日寄来的书均收到了"。他那里也非常炎热，因此很少写信。郑州大学也想让他去郑州大学工作，但省公安厅不肯放人，而且要他去公安学校工作，不过他是想去郑州大学的。他说宋新昌在原籍河北内丘县公安局治安股搞内勤，樊五申也在该县某中学教书，王维则在原籍河北隆尧县公安局工作，"都已落叶归根了"。

1980 年 8 月 3 日 （农历庚申年六月廿三）　星期日　阴间阵雨

司法部主办的《中国法制报》于 8 月 1 日创刊，我订了一份，今日收到第 1 期，该报是周刊，每周五出版。该报在发刊词中说，"《中国法制报》是专门宣传法律、报道法制建设、传播法律知识、交流司法工作经验的报纸。它将坚决贯彻执行党中央的路线、方针和政策，坚持四项基本原则，贯彻宪法和已经颁布的法律，为健全我国社会主义法制服务"。这一期的报纸还报道了司法部展开的全国司法行政工作座谈会于 7 月 30 日起在北京举行。另外还报道了我国法学教育基本恢复，正在大力发展。除西南、北京、华东、西北四所政法学院外，北京大学、中国人民大学、吉林大学、湖北财经学院、安徽大学、厦门大学、南京大学、中山大学、武汉大学、云南大学、杭州大学、山东大学、南开大学、新疆大学、贵州大学、郑州大学、河北大学、山西大学、西北大学 19 所大学恢复或获批准新建了法律系或法律专业。

1980 年 8 月 11 日 （农历庚申年七月初一）　星期一　阴雨转多云

16：00，我的同学杨岷来访，意外的是胡克顺也来了，他来北京已经有七八天了。与八年前相比，胡克顺更胖了。杨岷已到北京政法学院联系好进修之事，下学期将旁听研究生的民法专业课。17：00 我陪他们去找刘爱清，但刘爱清不在家，据说是到外地出差了。我们便分手了。

1980 年 8 月 30 日 （农历庚申年七月二十）　星期六　晴

知道我上学期政治经济学课期末考试成绩为优秀。这样我第一学年的两门政治理论课（哲学、政治经济学）均获得优秀。据说国家与法的理论课的试卷尚未批阅完。

1980 年 8 月 31 日 （农历庚申年七月廿一）　星期日　晴

根据昨天与郭成伟的约定，今日中午我去他家找他，然后我们一起去拜访导师曾炳钧。15：50 我们到曾炳钧老师家，曾老师最近正为大百科全书写东西，与他谈谈。17：00 辞别曾老师。

1980年9月1日（农历庚申年七月廿二）　　星期一　阴雨转晴

今天上午后两节课是古汉语课。这学期古汉语课每周两次，分别是星期一上午后两节课和星期五上午后两节课。另外星期四上午后两节是英语课。课表上只排了这两门课，至于专业课（中国法制史和外国法制史）则由教研室安排。古汉语课这学期是由白玉荣（号缦波）老师讲授，白老师已经70多岁了，但她精神尚健，讲得也不错，很清晰。今天讲的是荀子的生平及著作。

下午与郑禄、史敏、曾尔恕、陈丽君、周虹同学去国子监首都图书馆，同去的还有曾尔恕的爱人潘启强，到那里才知道图书馆每个星期一休息。我乘13路到儿童医院站，换19路而回。到家17：20了。

晚上去杨岷家，她与胡克顺都在家。与他们聊了聊。杨岷明天上午将去学校（北京政法学院）听民法课。托她把我的学生证带去交给陈丽君，以便陈丽君去首都图书馆办理阅览证。克顺谈起开学前（26日下午）他和刘爱清去学校见到何长顺、司青锋、张守蘅老师的事情。

新的学年又开始了，我们是二年级研究生了。

1980年9月3日（农历庚申年七月廿四）　　星期三　晴，晚上小雨

8：00至10：20许显侯老师来我们宿舍给我们讲外国法制史。他讲的是这门课的设置与沿革、研究对象及学习方法，以及第一阶段（第1周至第11周）学习的安排，只有我们法制史专业的四人听讲。现在各专业的同学都分开学习了，都有自己的安排，有很多要看的书，都十分繁忙，一般无暇顾及听别的专业的课了。

课后到薛梅卿老师处看看，谈谈中国法制史课的学习情况。她拟于星期六给我们讲讲。我请她为我上学期购买书的单据签字，以便报销。

下午与郑禄、周国钧、刘金友、陈丽君再去首都图书馆，办理文史参考部阅览证，费尽气力才给我们办理了。这样我们法制史及刑事诉讼法专业九个人都有了此地的阅览证，以后可以来此看书。曾尔恕也去了，我们到时，她已经在门口等我们了。

中午听张贵成说，在给法理学的同学上课时，张浩老师把上学期期末考

试的成绩公布了，在 25 名法学专业的同学中，有 6 个人得到优秀的成绩：张耕、郑禄、周国钧、陈明华、马俊驹和我，其余皆良好。

1980 年 9 月 5 日（农历庚申年七月廿六）　星期五　晴

7：00 到校，和同学们谈及昨天在中国社会科学院研究生院听到的国务院正在草拟关于考学位的办法的消息，大家都很关切，议论一番。

上学期订购的《法学词典》一书已到，《法学词典》系中国社会科学院法学研究所组织编写的，上海辞书出版社 1980 年 6 月第一版，精装本 3.20 元。

后两节课是古汉语课，白玉荣老师讲荀子的《性恶篇》。除我和郭成伟以外，张全仁也来听课。

1980 年 9 月 6 日（农历庚申年七月廿七）　星期六　晴

8：00 薛梅卿老师来我们宿舍为我们上中国法制史课，除我们四人外，刑法专业的张全仁也来听课。后刑事诉讼法专业的郑禄也来听课（他前两节有课）。他们二人拟搞中国刑法史和中国刑事诉讼法史的研究方向。曾炳钧教授也赶来和我们谈了谈，并从始至终听了课。薛老师今天讲了三个问题：

（1）中国法制史学科的创立和发展。

（2）中国法制史的研究对象和意义。

（3）有关的学术研究动态。

讲到 11：30 结束，不过有些内容还没有讲完。

1980 年 9 月 8 日（农历庚申年七月廿九）　星期一　晴

8：00 抵达学校。上午第三节、第四节课是古汉语课，白玉荣老师继续讲荀子的《性恶篇》，周虹、张全仁也来听课。

1980 年 9 月 10 日（农历庚申年八月初二）　星期三　晴

上午去北京十一学校找敖俊德，到那里 8：10。敖俊德正在看书，见我来了他当然很高兴。他已经是三年级了，研究生的最后一年了，都在忙于写毕业论文。敖俊德学的是刑法专业，他的研究方向是"刑罚"。不过他的论文题目还未定下来。我告诉他，胡克顺、杨岷来北京了。

1980 年 9 月 11 日（农历庚申年八月初三）　星期四　晴

上午在教学楼 307 教室考英语，笔试，英译中难度较大。到下课时我还有三句话未译出来。这篇文章是张尧老师从英文杂志上摘选下来的，文章的题目是"A Muskie's Maiden Mission——The nation's newest diplomat is off to meet the Soviets"（《马斯基的首次使命——最新外交官去会见苏联人》）。

1980 年 9 月 12 日（农历庚申年八月初四）　星期五　晴

10：00 去国家与法的理论教研室找到张浩老师和甘绩华老师，拿回上学期期末我写的国家与法的理论课试卷，只见封面上批了一个醒目的"优"字。我征询了老师对我这篇文章的意见。甘绩华老师讲全班 25 名法学专业的研究生试卷中共有 6 人得到 5 分（优），不过有的是 5 分，有的是 5-分。其他同学是 4+或 4 或 4-，我的成绩是 5 分。他们看了我的文章后，认为我的这篇文章还是不错的，有论有据，有自己的独到见解，论之有据，言之有理，而且联系当前实际进行分析，文笔也不错。不足之处是论述的问题广泛了些，使得文章不够精练。如果把文章缩减一些，论述的道理再深刻一些会更好。我认为老师们的意见是对的，可以再修改一下。

后两节课是古汉语课，继续讲荀子的《性恶篇》。

下午没有事。原是组织生活时间，因星期二下午听曹海波院长传达司法部召开的司法工作会议精神（我不在学校不知道，未能参加），所以今天中午就不安排什么活动了。

15：00 与胡克顺、杨岷、孙成霞相约到张守蘅老师家坐坐，聊聊。

1980 年 9 月 13 日（农历庚申年八月初五）　星期六　晴

8：30 至 11：00 在法制史教研室听沈国锋老师讲课，沈老师讲了学习中国法制史的工具书的运用，他重点讲了清代编纂的《古今图书集成》一书的使用。看来他在这方面是有一番研究的。沈老师讲得不错。曾炳钧教授也来参加，并讲了讲相关学习方法。

1980 年 9 月 15 日（农历庚申年八月初七）　星期一　晴

9：30 到校。第三节、第四节课是古汉语课，白玉荣老师讲荀子的《劝学篇》。中午下课后，我与郭成伟和白老师谈了谈教学方法的问题，认为没有必要这样逐字逐句地译、讲，完全可以由我们自己先看看，先译成现代汉语，有什么不懂的地方提出来请老师讲一讲，老师重点讲文章的思想内容及文章所反映的荀子的政治观点即可。白老师也完全同意我们的意见。这样，本周五的两节古汉语课就不必讲了，我们自己看看书，下周再讲课。

1980 年 9 月 16 日（农历庚申年八月初八）　星期二　晴

上午听民法教研室巫昌祯老师讲婚姻法，巫老师先讲旧中国家庭关系制度及特点，后又讲五届人大三次会议通过的新婚姻法的第一个问题："为什么要修改婚姻法?" 她讲得不错。

今天各报均发表了新婚姻法，《中国青年报》还发表了社论。

后去位于皮库胡同的北京市第一轻工业局看看在那里干部科工作的李梦福同志，见到了他，和他分别有五六年了。他说他们是 1976 年 5 月回北京的。李梦福同志是我校 64 届毕业生，毕业后留校工作，他的爱人小董是医务工作者，1969 年被派遣到桂林的南溪山医院，后改为越南医院，李梦福随小董去了桂林，先在桂林市第三制药厂工作，后调到桂林市相关部门工作。抗美援越战争结束后，小董被调回北京，李梦福也随之而回。1970 年我通过陶祥英认识了他，常有往来。他见到我也十分高兴。

1980 年 9 月 17 日（农历庚申年八月初九）　星期三　晴

下午去永定路北京十一学校研究生院找敖俊德，把他要的《资产阶级刑法中的刑罚》（北京政法学院油印本）一书给他，他正在写毕业论文的提纲，论文的题目是 "论管制"。

1980 年 9 月 18 日（农历庚申年八月初十）　星期四　晴

上午后两节课是英语课。讲第五册第 2 课 "Home Is the Soldior" 和第 5 课 "The Study of Words"。

我们走在大路上

学校从这个月起每人每月发2元钱的交通补助费，因为同学们要外出去图书馆或去导师家。这也是自去年以来我们一再反映，到今天才批下来的。本月交通补助费于今天发下来了。

下午许显侯老师来我们宿舍看看我们，正好我和郭成伟都在，他与我们聊了聊。

1980 年 9 月 19 日（农历庚申年八月十一）　　星期五　晴

上午在教学楼407教室听江平老师讲《古罗马法》，他是为民法专业的研究生讲的，还有其他专业的不少同学也来听课，也有老师和校外的同志来听。两周前他已讲了第一讲，今日是第二讲，讲的是罗马法中的婚姻制度，讲得不错。

下午办公室布置分专业座谈今后两年各自的打算和计划。我们中外法制史四人为一组，正好许显侯老师来了，一起谈了谈。我们感到要抓紧时间搞毕业论文，关键在于收集资料。

1980 年 9 月 21 日（农历庚申年八月十三）　　星期日　风

今天我们法四1班在北京的同学在北京市劳动人民文化宫聚会，早晨与刘爱清一起去，我们到那里已经8：10了。胡克顺、杨岷已经到了。接着张守蘅老师也来了。今天刮起了四五级风，天气较冷。我们以为张老师不会来了。她不仅来了，还带来了一台120照相机，正好胡克顺带了两个胶卷。接着来的是田旭光和她的两个孩子，小冬和小羽。敖俊德也来了，说田广见给他回信说家务事太多不能来了。王小平来了，说上午饶竹三在公安部开会，不好请假，不过会议中出来一会儿还是可以的。来得最晚的是孙成霞，迟到了一小时又十五分钟。大家说要罚她，不过见她主动带来一个哈密瓜，就"将功折罪"了。能来的都来了，我们让小平把竹三叫出来，大家在天安门前照了几张相。然后去中山公园游玩，其实也没有玩儿，只是在草坪上铺了一块塑料布，聊天。我们这些人中有的虽然这些年来彼此还可以见见面，但有的12年来首次相逢，如胡克顺和敖俊德，话还是很多的。无非是十多年来各自的经历，老同学的消息，人事的变迁，海阔天空无所不谈。杨岷、敖俊德带来了梨和苹果，田旭光带来了煮花生，刘爱清带来了南瓜子和糖果。

中午大家又买来了面包、饼干，张守蘅老师买了汽水、月饼、点心。边吃边谈，倒也增添了不少乐趣。

12：30，饶竹三和4班的同学刘德仁、马文元也来了。刘德仁就在公安部工作，马文元在海南岛琼海县工作，他是来山西大同、北京出差。

竹三下午不开会了，但刘爱清下午要值班，于13：45离开。我们又聊到14：30，起来，大家提议再照相，便又照了一卷。

出公园大门时已经15：15了，彼此辞别。我提议元旦前后再相聚，地点在我家，包饺子。大家都同意了。

这次老同学聚会是毕业后人数最多的一次。我们班有9人参加：胡克顺、杨岷、刘爱清、江兴国、田旭光、敖俊德、王小平、孙成霞及饶竹三，4班有2人：刘德仁、马文元，加上张守蘅老师，还有田旭光的两个孩子，总共14人。天气还可以，只是风大了些。

1980年9月22日（农历庚申年八月十四）　星期一　晴

第三节、第四节课是古汉语课，白玉荣老师讲完了荀子的《劝学篇》。

下午我们四人（郭成伟、陈丽君、曾尔恕及我）去刘保藩老师家上课，刘老师住在北新桥板桥南巷，他已年过七旬，身体欠佳。他负责指导我们中国法制史夏、商、周、秦的学习。由于年迈，行动不便，我们便到他家听他给我们讲课。15：00到他家。他给我们讲学习法制史的有关问题，并说待后天（星期三）上午再给我们讲课。17：15我们从刘老师家出来。

1980年9月23日（农历庚申年八月十五）　星期二　晴

上午去学校听巫昌祯老师讲新《婚姻法》，今天讲的是《婚姻法》总则及结婚部分，只讲了两小时。杨岷也来听课。她告诉我，前天照的相片底片已经冲出来了，不错，胶卷本身也很好。杨岷说让马文元带回去洗印、放大。我把我和敖俊德合影的底片留了下来。

1980年9月24日（农历庚申年八月十六）　星期三　晴

上午去刘保藩老师家，听他给我们讲先秦的法制问题，他主要讲了三个问题：（1）法的起源；（2）吕刑；（3）法经。刘老师治学态度是严谨的，

我们走在大同上

关于我国法起源于夏代还是商代的问题，他主张起源于商代。因为他认为从甲骨文文献和出土文物看，有实物可以证明商代是有了法（刑）的。至于夏代就有了法（刑），直到目前还没有任何实物能证实这一点。光凭后人的传说是不足为凭的。当然，不排除今后有了实物证实这一点，可以把法起源时期提前。除我们四人外，法制史教研室的资料员吴薇同志也来听课了。

11：30 辞别刘老师，我与郭成伟直接回我家（一区），经过西单买了些蒜肠、小肚、酱牛肉，以及梨、苹果等。本想在那里买只鸡，但没有卖的。我们回到家煮面条充饥。

14：15，曾尔恕、陈丽君来了，同来的还有曾尔恕的爱人潘启强同志。大家一起动手剥板栗、摘韭菜、洗碗筷。我骑车到成方街自由市场买来一只公鸡。回来时郑禄、周国钧、刘金友、史敏已经来了，并知道我姐夫刚才把修好的方桌送来了，我们正好可以使用。

大家动手搞菜。周国钧、刘金友、郭成伟剖鱼，郑禄剥板栗。三位女同学（曾尔恕、陈丽君、史敏）洗菜、切菜。今天的菜看着实丰富，大家调味掌勺的水平也不低。史敏的刀工也颇为熟练，被大家推荐为总指挥。我则主要负责后勤，供应各种原料、佐料。郑禄与潘启强剥完板栗后，也插不上手，便到楼上下围棋去了，酣战若干个回合。

16：40，我与周国钧去复兴包子馆买了4升啤酒。经过大家紧张而有秩序的劳动，到18：20就开饭了。历时不到三小时，丰盛的菜看摆满了整整一方桌。有的菜不得不叠起来摆放。数了数，有栗子鸡、红烧鲤鱼、清蒸蟹等共17道菜（汤），可以说每一道菜都很有味道，得到大家的一致赞赏。大家边吃边谈，十分畅快，并且频频举杯，祝愿国家早日实现四个现代化，祝愿我们研究生三年的学习和今后的工作取得优异成绩，祝愿每个同志生活幸福，一再干杯！真可谓开怀畅饮，酒足饭饱也！

我们这些人酒量都不大，相对来说刘金友酒量稍大一些，但今晚也只是喝啤酒，没有买白酒和葡萄酒。

20：15，会餐结束。大家又喝龙井茶，吃水果，谈谈校内外的趣闻。

21：00，他们辞去，除郭成伟回家外，其余同学均一起返回学校。我送他们到19路车站上车，把未吃完的菜看给他们带去，明天中午大家还可以接着吃。

回来又将房间收拾一下，洗了澡，较早地休息了。

需要说明的是，刑事诉讼法专业的周虹同学因家中有事未能参加聚会。潘启强同志这学期正在北京师范大学体育系进修，由于他经常来我们学校和我们下围棋，因此很熟悉了，如同学一般，所以也请他来了。因此还是九个人。潘启强在河北宣化工作，是河北师范学院体育教师。

据说107宿舍（刑法专业研究生）昨天晚上在宿舍也举行了中秋节会餐，搞得不错。

1980年9月25日（农历庚申年八月十七） 星期四 阴转晴

上午第三节、第四节课是英语课，讲第五册第6课和第7课，"Art for Heart's Sake（1）"和"Art for Heart's Sake（2）"。

1980年9月26日（农历庚申年八月十八） 星期五 晴

上午教学楼407教室听江平老师讲民法课（罗马法中的物权部分）。

下午在教学楼307教室开会，传达中央文件，邓小平同志今年8月在政治局扩大会议上的讲话。后到三楼的学生阅览室看看报纸杂志。

1980年9月27日（农历庚申年八月十九） 星期六 晴

上午去太平路中学给高三文科班学生讲讲有关文科学习的几个问题。我讲了三个问题：

（1）什么是文科？它包括哪些范围？它研究的对象是什么？

（2）怎样学好文科？

（3）学习文科有什么意义？

对我的讲课，同学们反映良好。其实我准备得并不好，我讲的内容主要是根据清华大学校长刘达与副校长何东昌发表在今年6月6日《光明日报》上的文章《重视大学文科 多办大学文科》，及今年第1期《北京社联通讯》刊登的于光远同志在北京市法学会成立大会上的讲话《当前法学界教学和研究中存在的一些问题》。

1980年9月30日（农历庚申年八月廿二） 星期二 晴

上午前两节课参加民法专业同学们的课堂讨论，关于学习新婚姻法的讨论。大家谈得比较多的问题是遗产继承和离婚问题。从司法实践来看，也是这两个问题比较多，比较严重。根据新婚姻法，离婚案件判离或不离的主要标准是看男女双方的感情是否完全破裂，也就是说在长期的"理由说"与"感情论"的争论中，还是"感情论"取得"胜利"。

1980 年 10 月 4 日（农历庚申年八月廿六）　星期六　晴

上午收到第 10 期《中国法制报》，在第二版上刊登了北京政法学院负责人答该报记者问，谈今年招的新生尚未能入学问题，言外之意是由于占用我们校舍的外单位未能如期腾房。

1980 年 10 月 5 日（农历庚申年八月廿七）　星期日　晴

16：00 去北京十一学校研究生院找敖俊德，把 9 月 21 日拍的照片给他。他的毕业论文题目改为"论我国刑法的量刑原则"，因为法学所研究员李光灿同志认为"论管制"这个题目没有什么好写的。李光灿是法学所唯一的研究员。在敖俊德那里见到最近他收到的杨登舟、李平煜、梁桂俭的来信。老同学都还不错。我们聊了聊往事。

1980 年 10 月 6 日（农历庚申年八月廿八）　星期一　晴

上午古汉语课，白玉荣老师讲荀子的《富国篇》。

1979 年 10 月号的《电影文学》杂志上发表了李栋、常彦、王云高写的电影文学剧本《彩云归》，其中有两首歌的歌词我认为写得不错。

其一：

风袅袅，雨霏霏，故园雪冬见芳菲，况复彩云归？铸剑为锄应有日，前途莫遣寸心灰，千佛山月朗，照彻彩云归。云漠漠，雾迷迷，征人踏月几时回，望断彩云归。茅舍竹篱春色秀，男耕女织永相随，元宵弄弦管，同奏彩云归。

其二：

天淡淡，日垂垂，断肠人自倚斜晖，何日彩云归？长恨天涯隔一水，白头唯有影相随，峨眉明月在，何日彩云归？山历历，水回回，山长水远莫相逢，何日彩云归？料得严冬终有尽，九天今已动春雷，起舞弄清影，共伴彩云归！

1980 年 10 月 7 日（农历庚申年八月廿九）　星期二　晴转风

7：15 到校。上午听巫昌祯老师讲婚姻法课，今天着重讲的是结婚中的婚龄问题和为什么禁止三代以内血亲通婚（主要是禁止表兄妹之间通婚）。

后去法制史教研室，见到薛梅卿老师，谈谈学习的情况，她很关切我们的学习。

下午在教学楼 419 教室召开全体教职员工及研究生大会，党委宣传部的赵吉贤同志传达搞好普选工作的文件精神。按规定每 3000 人中选出一名人大代表，但是我院目前只有 1100 多人（包括尚未入学的 1980 级新生），于是就与附近几家单位（北京戏剧学校、北京曲艺团、北京歌舞剧团、北京体育师范学院）联合起来作为一个选区产生一名代表。这个选区的选举定于今年 12 月 12 日举行。传达完这个内容之后，全体党员留下来，由党委宣传部的杨鑫同志传达中共北京市委关于召开市第五次党员代表大会的文件，也是要选代表。目前我院只有 300 多名党员，而文件要求每 1000 名党员中才能产生一名代表。不过我院也可以选出一名代表，院党委推荐了三名候选人：

严端，女，46 岁，刑事诉讼法教研室讲师。

林扑，男，49 岁，一年级（1980 级新生学生）办公室主任，新调来的转业军人。

郑治发，男，法制史教研室讲师。

1980 年 10 月 11 日（农历庚申年九月初三）　星期六　阴，有小雨

尽管今日天气不佳，细雨蒙蒙，但还是按原计划"秋游"。7：00 开车，9：15 到达八达岭长城。11：00 离开八达岭，12：20 到达定陵。14：00 离开定陵，去长陵，14：20 至 15：00 游览长陵。又去游览十三陵水库，15：40 离开水库，17：00 回到学校。

今天参加游览的人有：

哲学专业：常绍舜、宋定国、黄甫生、马抗美（女），缺解战原；

经济学专业：高坚、王裕国、刘旭明、王显平、卢晓媚（女）；

国家与法的理论专业：侯宗源、张耕，缺张贵成、刘全德、陈淑珍（女）；

刑法专业：张全仁、陈明华、肖思礼、王泰、张凤翔、王扬（女）；

刑事诉讼法专业：郑禄、周国钧、刘金友、史敏（女）、周虹（女）；

民法专业：马俊驹、程飞、刘淑珍（女），缺张俊浩、李三友；

法制史专业：江兴国、陈丽君（女）、曾尔恕（女），缺郭成伟。

此外，还有提前来报到的80届研究生朱遂斌，他是经济法专业研究生，原是我院65届本科毕业生，毕业后先在福建工作，后调到他的家乡河南某县公安局工作。今年考取我院，已经来了十几天了，目前住在108宿舍，借用张俊浩的床位。张俊浩因患病尚未痊愈，目前虽能上课，但由于要隔离居住，只好住在家里，走读。还有周虹的爱人王某、宋定国的几个熟人、程飞的四个同乡、刘淑珍的爱人陈云生，还有学校的一些人。教我们外语的张尧老师和蔡秀珍老师也和我们一起游览。共40多人。

我来长城、十三陵游览不少于十次，但在蒙蒙细雨中游览这两个地方还是头一次。长城上地势高，云雾大，不能远望，很难看出长城的雄伟景象。虽然照了不少相片（我照的不多，给别人照了不少），但恐怕成功者甚微。一路上看到沿途枫叶已经通红，深秋景色煞是好看。同学们中来过此处的不多（他们大部分是外地人），像我这样来过十几次的人就更少了，自然成为"导游"。游览十三陵水库我却是头一次，因为公共汽车是不通过这里的。在此看到毛主席、刘少奇同志、周总理和朱德同志的题词，还有郭沫若同志作的诗文。

1980 年 10 月 12 日（农历庚申年九月初四）　星期日　阴雨转阴

看陈光中、沈国锋老师合写的文章《我国封建法律文献一瞥》，并抄录之。该文发表在去年《文献》第 1 期上，去年 12 月出版，是北京图书馆主办的刊物。

1980 年 10 月 13 日（农历庚申年九月初五）　星期一　晴

上午听江平老师讲罗马法课，今天讲的是债权部分。江平老师对罗马法有很深的研究，很有学问。

后两节我们有古汉语课，不能继续听罗马法课了。古汉语课白玉荣老师继续讲荀子的《富国篇》。荀子富国的许多思想和策略对今天我们治国也是很有借鉴意义的。

学校法制史教研室最近为我们去中国人民大学买了中国人民大学出的《外国法制史讲义》第一分册和第三分册。

1980 年 10 月 14 日（农历庚申年九月初六）　星期二　晴

上午前两节课听巫昌祯老师讲婚姻法课。今天讲的是新婚姻法的家庭关系与离婚问题，用学的理论来回顾和检查我过去在司法实践中处理的许多涉及婚姻家庭纠纷、离婚的案件，我觉得都是符合党的政策与法律原则的。

第三节课又去教学楼 419 大教室听刘保藩老师给本科生讲的中国法制史，今天刘老师讲的是秦律中的刑罚量刑原则，讲得不错。

16：00 至 17：00 在研究生办公室开支部会，张玉森同志传达院党委昨天下午召开的支部书记联席会议情况。鉴于大家的意见要求，关于选举出席北京市第五次党员代表大会的代表问题，决定按市委文件自下而上地推举候选人。我支部今天下午便进行酝酿。大多数同志推荐余叔通同志和严端同志作为候选人，但也有的同志主张推荐咱们同学，程飞、马俊驹、郑禄、张全仁、张贵成、肖思礼、常绍舜、刘金友同志推荐我为候选人。但经过酝酿，大家认为作为北京政法学院的唯一代表，还是应当从教员中间产生为好。

1980 年 10 月 16 日（农历庚申年九月初八）　星期四　晴

9：50 到校。上午后两节课是英语课，讲第五册第 9 课与第 10 课，"Sister Carrie at a Shoe Factory（1）"和"Sister Carrie at a Shoe Factory（2）"。这学期英语课仍由张尧老师来给我们讲，每周两节课。

下午在阅览室看看报纸杂志，去图书馆借了一本《孙中山选集》下册。

1980 年 10 月 17 日（农历庚申年九月初九）　星期五　晴

16：00 动身去学校。因为昨天张玉森老师说今天 17：00 党支部开会，进一步酝酿出席市党代会的代表候选人。据全校各支部分别提出的候选人有

我们走在大路上

十几个人。其中提名最多的是余叔通同志，有 17 个支部（全校有 25 个支部），99 人提名他为候选人，其次是严端同志，有 5 个支部 85 人提名，再次是郑治发，有 4 个支部 55 人提名。余下的同志，据我的记忆有凌力学、甘绩华、林扑、曹子丹等同志，我也是其中之一，一个支部提名（当然是我们研究生支部了）。大家很快同意确定余叔通同志和严端同志为我们支部通过的候选人。据张老师介绍，余叔通同志，今年 52 岁，目前属我院科研处人员，在学业上颇有造诣，以前跟苏联专家学习法律，早在 50 年代就被一些人称为中国青年的法学家。去年《光明日报》的一篇报道中也称他为著名学者。他懂得四门外语，目前正在翻译一本哲学巨著，并抽出时间参与编写大百科全书的工作。余叔通同志为人正直，敢于提意见，不怕挫折和打击，在我院颇有威望。看来他当选的可能性很大。

1980 年 10 月 21 日（农历庚申年九月十三）　星期二　晴

14：00 回到学校。今天下午学校召开全体教职工（包括研究生）会议，本科生中的党员也参加。会议传达了中共中央文件，中央转发的公安部、最高人民检察院、最高人民法院关于胡风案件的复查报告。又宣读了《内部参考》刊登的邓小平同志今年 8 月同外国记者的两次谈话（答记者问），全面阐述了我国对内对外的政策。邓小平同志的讲话令人鼓舞，我也非常佩服他的治国之才。

1980 年 10 月 23 日（农历庚申年九月十五）　星期四 阴

9：10 去学校。上午后两节课是英语课，继续讲第五册第 11 课 "Lenin's Death"。

今年考取研究生的老同学裴广川、吴雪松也来报到了。晚上吴雪松来我们宿舍小坐，与郑禄、陈丽君、侯宗源等一起聊了聊。吴雪松是我们年级的老同学，毕业后被分配到海南岛工作，去年调到长春市人民检察院。

1980 年 10 月 24 日（农历庚申年九月十六）　星期五　阴雨

上午在教学楼 407 教室听江平老师讲罗马法的最后一讲"债权"。民法课下一阶段将学习中国民法和资产阶级民法。我不准备听了，否则专业课必受到影响。

下午在校看看崔春华的文章《战国时期秦封建法制的发展——读〈睡虎地秦墓竹简〉札记》，并摘抄作为资料卡片。此文写得不错。

1980 年 10 月 25 日（农历庚申年九月十七） 星期六 晴

14：30 至 15：30 在教学楼 307 教室与今年入学的研究生开联合座谈会，买了一些瓜子、糖果、茶叶等。今年共招收了 14 名研究生，刑事诉讼法专业 5 名、刑法 3 名、民法 2 名、经济法 2 名、国际法 2 名，目前已经报到 13 名。座谈会上，我们各个专业都有人致欢迎词，也表演一些小节目，气氛融洽，十分欢快。

▲ 1980 级研究生合影

1980 年 10 月 27 日（农历庚申年九月十九） 星期一 阴

9：20 到校。后两节课是古汉语课，白玉荣老师讲完荀子的《非十二子》一文。

1980 年 10 月 28 日（农历庚申年九月二十） 星期二 阴间多云

上午前两节课听巫昌祯老师讲婚姻法的最后一课，介绍苏联和东欧一些

我们走在大路上

国家的婚姻法的立法情况，有些经验值得我们借鉴。

下午在教学楼 419 教室听传达中共中央文件，中央纪律检查委员会关于瞿秋白同志被捕牺牲情况的复查报告，结论是瞿秋白同志是我党的优秀党员，不存在什么被捕后自首变节的问题。

1980 年 10 月 30 日（农历庚申年九月廿二）　星期四　晴

8∶00 到校。前两节课是英语课，讲第 12 课 "A Young Doctor's Predicament"。

下午沈国锋老师找我们一起谈谈下一阶段中国法制史课的学习问题。法制史教研室从中国人民大学买来该校编印的《各国宪法汇编》第二册（资本主义国家部分）与第三册（苏联东欧国家部分）。

1980 年 10 月 31 日（农历庚申年九月廿三）　星期五　晴

上午后两节课是古汉语课，白玉荣老师讲荀子的最后一课《尧问篇》，讲完便结束了她的课程。下周起由宁致远老师给我们讲授古汉语语法。

1980 年 11 月 3 日（农历庚申年九月廿六）　星期一　晴

上午后两节课是古汉语课，由宁致远老师讲课，讲的是古汉语语法。他说打算讲四部分内容：文字、词汇、语音、语法。今天开始讲文字的构字法。除我和郭成伟外，张全仁也来听课。

1980 年 11 月 5 日（农历庚申年九月廿八）　星期三　晴

9∶00 到北新桥板桥南巷 14 号刘保藩老师家听他讲课。

今天刘老师讲了三个问题：（1）秦律中的刑名；（2）秦律是如何维护封建地主阶级政权的？（3）秦律中怎么反映出从奴隶制向封建制过渡时期的特征？是根据郭成伟提出的问题讲的，我提出的关于秦代立法情况的问题他也讲了讲。

15∶20 去公安部找王小平。王小平说前不久赵萍来了一封信，赵萍从贵州调到湖北武汉工作了。赵萍是我们年级 2 班的女同学，毕业后同小平一同分到贵州，在遵义县人民法院工作。

1980 年 11 月 6 日（农历庚申年九月廿九）　星期四　晴

9：30 到校。后两节课是英语课，讲第五册第 13 课 "London"。这篇课文上学期我自己看过。

1980 年 11 月 7 日（农历庚申年九月三十）　星期五　晴

9：30 到校。后两节课是古汉语课，宁致远老师讲汉字的假借和异体问题。今天张全仁没有来听课，听课的只有我和郭成伟二人。

下午在教学楼 307 教室开会，由我们的选民小组组长肖思礼同学讲参加选举的注意事项，发选民证，并酝酿和提名候选人。按规定任何有被选举资格的人只要被有选举资格的一人提名，并被三人复议即可成为候选人。而且每个选民可以提名或同意若干个候选人。我们班提名余叔通、江平、江兴国、肖思礼等人为候选人。

随后，党员同志留下，传达中共中央今年 75 号文件，转发《中央关于目前农业生产责任制的几个问题的通知》。

1980 年 11 月 10 日（农历庚申年十月初三）　星期一　晴

下午和晚上进行外国法制史奴隶制法的学习讨论，陈丽君主讲古巴比伦的汉谟拉比法典，曾尔恕主讲罗马法。她们都下了不少功夫，做了大量的读书笔记，收集了不少资料，她们的学习精神值得我很好地学习。许显侯老师主持讨论。

1980 年 11 月 11 日（农历庚申年十月初四）　星期二　阴

14：00 在教学楼 419 教室听传达中共北京市委根据中共中央书记处的指示下达的关于普选工作的几点指示意见的文件，中心内容是，我们要的是社会主义民主而不能搞资产阶级的民主，也不能搞资产阶级式的竞选活动，要加强党对普选工作的领导。

15：00 各单位进一步推选我院的候选人。上次各单位共提名 70 多人，今天各单位从中选出 5 人。我们班也采用无记名投票方式进行预选，结果推选出余叔通（25 票）、江兴国（21 票）、曹子丹（9 票）、严端（7 票）、江平（7 票）5 人。

1980 年 11 月 13 日（农历庚申年十月初六）　　星期四　晴

上午第三节、第四节课是英语课，继续讲第 13 课 "London"，接着又讲 "Augustus Does His Bit（1）"。

据曾尔恕同学说，昨天薛梅卿老师来宿舍找过我们，但我与郭成伟都不在学校。薛老师听说我们将就秦律学习情况进行一次讨论，而不是像以前计划的写学习心得，有些不高兴，责怪我们学习抓得不紧。下午我去找薛老师两次，但均未见到她。我便给郭成伟留言让他找薛老师，作作解释。我们一直是按照老师们的布置学习的。

1980 年 11 月 14 日（农历庚申年十月初七）　　星期五　晴

上午后两节课是古汉语课，讲词义的引申。

14：00 在教学楼 419 教室听文件的传达：一个是北京市人民政府转发的国务院 1980 年 253 号文件，关于老干部离休的规定；另一个是中共中央转发中共中央办公厅的文件。

传达完文件，我们研究生回到教学楼 307 教室，继续进行区人大代表的第二轮选举。根据上周对被提名的 70 多人投票选举的结果，得票最多的五人是宋振国（马列主义教研室教师）、曹海波（院长）、余叔通（科研处负责人）、刘圣恩（哲学教研室教师）、姜达生（副院长）。得票最多的也只有 240 票，主要是本科生二年级学生投的票，一年级刚入学，对学校情况知道得不多，认识的人也少。不少同学投了弃权票。因此，宣传候选人是必要的。我们大多数同志投了余叔通的票。

投票后党员同志继续留下开支部大会，讨论并通过了张耕同志的转正问题。

1980 年 11 月 15 日（农历庚申年十月初八）　　星期六　晴

上午去刘保藩老师家上课，进行讨论，8：40 到达刘老师家。随后郭成伟、陈丽君也来了。曾炳钧教授在曾尔恕的陪同下也来了。9：00 开始讨论。先由郭成伟发言，他讲了四个问题：（1）出土秦律的概况；（2）出土秦律反映了早期封建社会的过渡性；（3）出土秦律的特点；（4）出土秦律所反映的司法制度。我觉得他的发言做了充分的准备，材料比较详细、充实，有分析、有理论。他提出的研究历史既要有阶级观点，又要有历史主义的态度是正确的。也就是说对历史上出现的封建法制不仅要看到它反动的方面，又要看到它在历史上起过进步作用的方面。有的东西迄今还是有借鉴意义的。他讲了一小时（还是比较仓促的）。之后我接着发言，我讲的题目是"秦律的实质及其在国家政治经济生活中的作用"，通过对秦律的学习，我感到这部封建社会早期法律充分体现了法家的以法治国的思想。从内容来说，不仅有刑法，还有类似现代国家的行政法、经济法、森林保护法、自然资源保护法、农田水利法、财政金融法、税收法、工商管理法，以及劳动法律的内容，也就是说法律广泛地运用到国家政治、经济、生产、生活的各个方面了。而且法家不仅强调礼法要完备，还强调严格执法、司法、守法，依法办事。所以认为封建社会没有法制的观点是不妥的，起码对于封建社会初期是不妥的。我的发言讲了 40 分钟。今天我们二人的发言实际上就是汇报前一段学习情况。曾炳钧教授很重视，亲自来听取我们的汇报。我们发言后，他和刘老师都认为我们讲得不错，也谈了谈他们对学习法制史的意见，认为要从史料出发，实事求是地作结论，还要用比较法与外国法律相比较地学习。我们认为这两点意见都很正确，也有这样的体会。不过我认为我们的发言毕竟是初学的体会，必然有许多不成熟或不妥之处。老师听了予以指正，可以帮助我们进一步提高。讨论到 11：40 结束。

经翠微路书店买了一本书《训诂简论》，陆宗达著，北京出版社 1980 年 7 月第一版。

1980 年 11 月 17 日（农历庚申年十月初十）　星期一　晴

上午后两节课是古汉语课，讲古汉语语法。

晚上沈国锋老师给我们布置下一段学习计划。下一段用一周时间学习魏晋南北朝的法制史。

据曾尔恕同志说，曾炳钧教授对上周六讨论会上我与郭成伟的发言比较满意，回去很高兴。

1980 年 11 月 18 日（农历庚申年十月十一） 星期二 阴

上午在宿舍看陈顾远的《中国法制史》。9：15 去薛梅卿老师家小坐，与她谈谈上周六去刘老师家讨论的情况，也谈到目前学习的情况。谈到下星期的学习时，薛老师告诉我下学期有一个外出考察，收集文物资料的计划。三条路线：西安、咸阳、延安；南京、上海、杭州；沈阳、长春。教研室打算自己动手编写一部掌握第一手资料的《中国法制史》教科书，已写报告给学校等待审批了。

下午在教学楼 419 教室听传达中央文件。

1980 年 11 月 21 日（农历庚申年十月十四） 星期五 阴

上午后两节课是古汉语课，宁致远老师讲古汉语中的宾语、补语。

下午看看报纸，主要是看特别检察厅的"起诉书"。

1980 年 11 月 24 日（农历庚申年十月十七） 星期一 晴

上午后两节课是古汉语课，宁致远老师讲古汉语语法中的句子成分，定语和状语。

下午在法制史教研室进行讨论，沈国锋老师主持，曾炳钧教授也专程来参加，除我们四个研究生外，吴薇同志也来参加了。讨论题目是："三国两晋南北朝时期法律发展变化的趋势是什么？"我和郭成伟都认为就我国封建法制来说，战国秦汉是封建法制的初创时期，隋唐是其完备时期，而三国两晋南北朝是二者间的过渡时期。封建法制中的许多重要原则是在这个时期入律、定型的，例如，改"具律"为"名例律"而冠于首篇，十二篇的结构，"十恶""八议"的入律，等等。老郭先发言，他做了较充分的准备，也掌握了不少材料。我作了些补充。后曾教授也讲了讲，沈国锋老师则对我们的发言作了进一步的深化。

1980 年 11 月 25 日（农历庚申年十月十八） 星期二 晴

晚上回到家，见信袋中插有一纸条，原来是高中（北京八中）时代的老同学于加生写的。他 16：00 来访，未见到我，便留下此纸条，说："费了好大劲今天才算找到您。不巧您又不在，真是想见您，谈谈分别多年的事情。今天别不多说，把电话告您，跟我联系吧。我在北京阀门研究所工作。电话：75××68。"和他分别有 12 年之久了。12 年前，1968 年 8 月 12 日我离开北京时，他和乔维华来为我送行，后来就失去了联系。每次见到北京八中的老同学，都曾问过他的下落，但均说不知道。想不到他也在北京了，很想见见他。21 年前，是他和赵修震介绍我加入共青团的。高中时代，他是我们班团支部书记，出身于干部家庭。高中毕业后考入北京工业大学机械系。看来北京八中的老同学在北京的还不少，可聚一聚。

1980 年 11 月 26 日（农历庚申年十月十九） 星期三 晴

外国法制史的两位女同学今天上午去潘华仿老师家，进行讨论。我和老郭也去听一听。讨论的内容是西欧封建制早期法兰克的国家制度和法典。后又听潘老师讲了下一段学习英国封建制法的要点。11：20 从潘老师家出来。

1980 年 11 月 27 日（农历庚申年十月二十） 星期四 晴

后两节课是英语课，讲第五册最后一课，第 16 课 "Monseigneur in Town"。

下午去阅览室看书，逐句阅读《唐律疏议》的"序言"部分——《进律表疏》，不太好懂。

1980 年 11 月 28 日（农历庚申年十月廿一） 星期五 晴

下午，全体研究生（包括一年级，但人未到齐）在教学楼 307 教室开会，关于各个单位推选我们选区的区人大代表候选人的事情。经五个单位各推举一名候选人的原则，已推选出下列 5 人：

孙培生，男，现年 56 岁，共产党员，北京歌舞剧团党支部副书记。

佟志贤，男，现年 49 岁，共产党员，北京戏剧学校党委委员，教务长。

宋振国，男，现年 41 岁，共产党员，北京政法学院马列主义基础教研室讲师。

常英，男，现年 64 岁，群众，北京体育师范学院副教授。

蔡方，男，现年 48 岁，共产党员，北京市曲艺曲剧团领导成员。

我们班（包括两位张老师，张玉森和张春龙老师）今天共 34 人参加投票。根据从上述 5 人中推选 2 人作为本选区的正式候选人的规定，我们班 34 人全同意推选我院的宋振国同志，由于每个选民能推举 2 名候选人，对于另一名候选人，有 33 人还同意推选常英同志，1 人同意推选孙培生同志。

宋振国同志得到 556 票（参加投票的有 900 多人）。

选举工作结束之后，张玉森老师传达了前天去教育部参加研究生工作会议时取到的几个文件，是教育部制定的《研究生工作条例》《1981—1990 年研究生培养规划》《研究生外语要求》，都是征求意见稿。大家十分关心，进行了认真的讨论。总之要加强专业课程和外语课的学习。

1980 年 12 月 1 日（农历庚申年十月廿四）　星期一　晴，大风，冷

上午后两节课是古汉语课，讲文言虚字“之”与“其”。

下午在法制史教研室听沈国锋老师讲唐律，介绍唐律的编纂情况。

1980 年 12 月 2 日（农历庚申年十月廿五）　星期二　晴

上午在宿舍看书。为了在本月教育部召开的研究生工作会议上更好地反映我们的意见，根据部分同学的建议，我起草了一个《关于当前加强研究生工作的几点意见》，中午召集大家来讨论一下，同学们又补充了一些意见。

1980 年 12 月 4 日（农历庚申年十月廿七）　星期四　晴，冷

9：45 到校。后两节课是英语课，开始讲第六册第 1 课“Spring Flood”（An Extract From Daughter of Earth）。

1980 年 12 月 5 日（农历庚申年十月廿八）　星期五　晴

10：10 至 11：00 上了一节古汉语课，讲文言字的“者”与“所”。由于宁致远老师身体欠佳，只讲了一节课。下课后去教学楼五层教工阅览室看看书报。

14：30 在教学楼 419 教室听曹海波同志传达中共中央今年 81 号文件，彭真同志在两案公审开始之前对来京旁听人员的讲话要点。之后又听时伟超同志传达前不久司法部召开的全国律师工作座谈会精神。我国 1954 年开始建

立律师制度，到 1957 年 6 月全国已有 19 个律师协会筹备会，800 多个法律顾问处，专职律师 1500 多人，兼职律师 200 多人，成为维护社会主义法制的一支力量。我国的律师队伍一度夭折，后重建律师队伍。河南、陕西、山东三省已正式成立了律师协会。北京、天津、上海、辽宁、黑龙江、江苏、甘肃等 17 省市已成立了律师协会或筹备小组，全国已建立 381 个法律顾问处，有从事律师工作的人员 3000 多名。我院已有 30 多名教师担任了北京市的兼职律师，还有 20 多名教师也将兼职。正拟筹备成立一个由我院附设的律师顾问处。

我想，以后我也可以担任兼职律师。

1980 年 12 月 7 日（农历庚申年十一月初一）　星期日　晴

晚上。根据同学们的意见，把给教育部的对加强研究生工作的几点意见写出来，这是第二稿，这个任务也不轻，花了几天的功夫，写了 9 张 16K 的白纸，下笔数千言，相当于一篇论文了。

1980 年 12 月 10 日（农历庚申年十一月初四）　星期三　晴

7：20 到校。上午请科研处的时伟超老师给我们研究生讲关于"人治与法治"的问题，题为"人治与专制　法治与民主"。他讲了将近 4 个小时，还讲得很仓促，引用了不少史料。

1980 年 12 月 12 日（农历庚申年十一月初六）　星期五　晴

上午后两节课是古汉语课，讲文言文的虚字"也""矣""焉""乎""诸"，至此，文言文的虚字部分讲完了。

今天是我们政法选区选民正式投票选举海淀区人民代表大会代表的日子。14：30 我们纷纷到设在教学楼一楼大厅的投票站投票。根据几个单位预选的结果，产生的两名正式候选人是我院的宋振国与北京体育师范学院的常英。我投了宋振国一票。根据选举法，这次选举与以前不同，是用差额选举的方法，即正式候选人人数应当多于应当当选的代表人数。其实我对于他们二人都不大熟悉，只因为宋振国是我院的老师而已。当然，我相信常英同志若当选也能代表整个选区选民的意见，为大家办事的。

我们走在大路上

1980 年 12 月 15 日（农历庚申年十一月初九）　星期一　晴

9：20 到校。后两节课是古汉语课，讲词类活用。迄此，古汉语基本知识总算讲完了，这部分知识一直是由宁致远老师讲授的。

学校的教职工宿舍新楼落成了，前天公布分配方案，从昨天下午起就陆续有老师从现在居住的六号楼搬进新居。我们研究生们纷纷协助老师搬家。薛梅卿老师、黄勤南老师都是今天下午搬家，我和郭成伟去帮助之。还有其他同学也协助经济法教研室陶和谦老师搬家。为此忙了一个下午。

1980 年 12 月 16 日（农历庚申年十一月初十）　星期二　晴

政协委员会常委会于今天 9：00 在政协礼堂举行报告会，请我国著名法学家张友渔同志作报告。我院也发了一些票，昨天薛梅卿老师给了我一张。法制史教研室只有这么一张，老师们无暇前往，便给了我。研究生班上有两张，周国钧、张耕也得到了。其他同学也有的从各自的教研室得到了票，刘金友得到一张。我们就都参加了。从 9：00 讲到 12：00，张友渔同志共讲了关于人大常委会决定设立特别检察厅和特别法庭等七个问题。

此外，张友渔同志还谈到，根据我国刑事诉讼法对已经死亡的诸犯不再追究刑事责任，这是与国际上的通例是一致的，也是由现行法律所规定的。但他个人认为人死了也应定罪量刑，以便对死者明辨是非，作出结论。我也赞成他的观点，以前我也在讨论中阐述过自己的这种观点。

晚上与郭成伟去薛梅卿老师家，因为明天院里要召开研究生工作会议，各专业导师都参加。薛老师上周就告诉我们把对教学上的意见反映给她。我们认为这学期接触专业课以来，学习情况总的来说还是好的，成绩较好，方法也正确，不过负担还是重了些，应放松对我们的外国法制史的要求。又谈到毕业论文问题。

回到宿舍又与老郭交谈了一下对唐律名例律的学习体会。

1980 年 12 月 17 日（农历庚申年十一月十一）　星期三　晴

上午到沈国锋老师家里，他给我们讲唐律名例律。除我和老郭参加外，刑法专业的张全仁、肖思礼也来听了。沈老师讲得很好，经他一讲，我们明白多了。

北京市法学会举办的法学讲座从今天开始，每周一次。今天下午在中国人民大学第九教室由北京大学沈宗灵同志讲西方法律哲学。我们法学专业研究生都发了听课证（每张听课证交 10 元，由学校出）。沈宗灵同志讲得很好。这次还没有讲完，下周接着讲。

1980 年 12 月 18 日（农历庚申年十一月十二）　星期四　晴

15：30 曹海波院长接见我们研究生，不过由于许显侯老师要来给我们传达他参加的教育部与司法部召开的法学教材编写会议精神，我于 16：10 才去参加会议。这个会议从头到尾都是曹院长一人讲话，副院长任时、张杰、姜达生，院长秘书李春霖老师，研究生办公室的张玉森老师等人也参加了会议。前些日子办公室及各教研室都征求了研究生们的意见，昨天上午院里召开了研究生工作会议，针对在教学、生活各方面的问题进行了研究，凡是能解决的都尽量予以解决。曹院长今天的讲话就是这个会议的内容，鼓励大家勇攀科学高峰。两个年级的研究生大部分都参加了会议。

1980 年 12 月 19 日（农历庚申年十一月十三）　星期五　晴

上午后两节课是古汉语课，由从河北师范学院请来的一位廖老师给我们讲训诂学，今天讲的是古汉语文字。

下午自习。16：30 至 17：20 在教学楼 307 教室开会。张玉森老师又把 17 日院里召开的研究生工作会议传达了一番。

晚上自习，做古汉语知识的期末考试题。宁致远老师出了两道题：

（1）对韩非《和氏》一文前两段的句子成分加以划分。

（2）举出韩非《五蠹》一文中有关古汉语知识方面的一些语言现象（如汉字假借、词类活用、主谓语倒装等），至少举出五类以上，并稍加分析说明。

1980 年 12 月 20 日（农历庚申年十一月十四）　星期六　晴

晚饭后去敖俊德处小坐。他的毕业论文快写完了。昨天上午胡克顺、杨岷到了北京政法学院。杨岷告诉我关于最高人民检察院调他们来最高人民检

我们走在大路上

察院工作之事，最高人民检察院已发了商调函，为了让广东方面放人，杨岷决定提前回广州，后天晚上离京。他们还告诉我老同学李彦龙已经来北京了，在中央政法干校学习。上周日敖俊德找到李彦龙，一起去杨岷家一叙。我与李彦龙有 12 年未见面了。李彦龙也在新疆博乐州，与敖俊德在一起。李彦龙在边防处工作，是现役军人编制。

1980 年 12 月 21 日（农历庚申年十一月十五）　　星期日　晴

前不久报纸报道，国务院最近成立了学位委员会，负责贯彻实施我国的学位制条例。学位委员会主任委员是方毅，副主任委员是周扬、武衡、蒋南翔、钱三强，委员若干人，其中有著名法学家张友渔。

前天的报纸报道，国务院学位委员会第一次（扩大）会议，12 月 15 日至 18 日在北京召开。这次会议讨论了《中华人民共和国学位条例暂行实施办法》《国务院学位委员会关于审定学位授予单位的原则和办法》，研究了 1981 年实施学位条例的工作部署和建立十个学位委员会学科评议组问题。会议认为，建立学位制度是发展我国教育和科学事业的一项重要立法，是适应我国"四化"建设需要的一项重要措施，也是各项改革中的一项重要改革。有了学位制，我们的教育体系才完善了。实行学位制后，我们可以培养自己的学士、硕士、博士人才，这对我国教育和科学事业的发展，有着深远的意义。会议指出，实施学位制度是一件严肃的事情，必须坚持学术标准，坚持科学态度，保证质量。为了做好学位授予工作，国务院学位委员会按学科门类设立理、工、农、医、文学、史学、哲学、经济学、法学、教育十个学科评议组，作为它在学术上的工作组织。学科评议组的成员，从能够指导博士研究生的教授和科学家中遴选，其中包括在学术上有成就的中年科学家。会议强调指出，学位授予工作的中心环节是考核、评定工作。有权授予学位的单位要按照学位条例的规定，认真建立学位评定委员会和论文答辩委员会，要依靠专家，充分发挥专家的作用；在评定学位时，坚持各级学位应具有的学术水平，保持科学的纯洁性和尊严，不允许搞平衡，搞照顾、送分、送学位。如果搞滥了，败坏了声誉，就失去了学位制的意义。一开始就要从严，建立好的风气。会议希望，各有关部门密切配合，共同做好学位授予工作。国务院副总理、学位委员会主任委员方毅，国务院学位委员会和中央有关部

研究生阶段

门的负责人参加了这次会议。(据《光明日报》记者冷铨清报道)。

1980 年 12 月 22 日（农历庚申年十一月十六）　星期一　晴，大风

下午沈国锋老师讲唐律名例律的几个刑法原则。我与郭成伟、张全仁、肖思礼四人听课。

1980 年 12 月 23 日（农历庚申年十一月十七）　星期二　晴

为了把古汉语课讲授时间集中一下，我们和老师议定把每周一、每周五两次的讲授时间改为星期一讲一上午。今天 8：30 至 11：50，廖老师继续讲汉字的造字方法，以及通假字、古今字、异体字知识。

下午全体教职员工包括研究生在教学楼 419 教室开会，听朱奇武副教授作的访问美国的报告。今年 9 月中旬至 10 月中旬，我国司法部派出了一个中国律师代表团去美国进行了友好访问。我院国际法教研室朱奇武副教授作为代表团团员，一起去进行访问。他今天讲了三个问题：（1）美国社会的基本情况；（2）美国的律师制度；（3）美国的法学教育。他说美国律师制度非常发达，全国 2.3 亿人口，就拥有将近 5000 万名律师，不到 500 人就有一名律师。我国 9 亿人口目前只有 3000 多名律师，平均 30 万人中才有一名律师。

朱奇武老师以前（我读本科时）给我们讲过英语课，十几年了，去年入学后，他见到我还认识我（那时我们政法系整个年级 300 人只有 27 人是学英语的），他对学生很好。他还告诉我他家住址，让我去他家玩儿。他早年留学英国，学习法律，毕业并获得博士学位，在英国加入了共产党，新中国成立前就是副教授了。1957 年他被停止教授法律课，改教英语课，直到去年才改过来，现在带国际法研究生。

1980 年 12 月 25 日（农历庚申年十一月十九）　星期四　晴，大风

上午后两节课是英语课，讲第六册第 3 课 "Speech at the Graveside of Karl Marx"（by Frederick Engels）。

我们走在大路上

1980 年 12 月 26 日（农历庚申年十一月二十） 星期五 晴

9：00 到刘保藩老师家。他看了我和老郭各自写的关于学习秦律的心得的文章，给予了肯定的评价。他说郭成伟在文章中提到的应给予封建法律在历史上应有的地位，而不应一概地否定其历史作用的观点是很正确的，是有道理的。不能用阶级性否定其历史作用。对我的文章《秦律的阶级实质及其在社会政治经济生活中的作用》，他说我的分析能力很强，文章运用了大量的材料，处理得当，驾驭得好。我在文章中把秦律与现代法律作对比来论述的方法，他认为大部分是可以比较的，但也有的不恰当，因为有的秦律中只有一两句话，还说不上是什么法。之后他又谈了谈以后写论文选题及运用材料的问题。

下午在北京市高级人民法院大法庭听法学讲座，继续由北京大学副教授沈宗灵同志讲西方法律哲学。16：30 结束。

1980 年 12 月 29 日（农历庚申年十一月廿三） 星期一 晴

11：20 到校。下午与郭成伟去沈国锋老师家听沈老师讲唐律的分则部分。讲完后他说期末考试让我们每人写一篇学习唐律的体会文章，他出了几道题：

（1）武则天与诬告风。

（2）唐律审判制度初探。

（3）唐朝司法制度。

（4）唐律的议、请、减、赎、官当制度。

（5）从唐律看中国古代刑法理论。

（6）唐太宗的法律思想和初唐的法律制度。

（7）贞观律在唐律中的地位和作用。

（8）试论唐律在中国法制史上的地位和作用。

沈老师认为前四题较小，后四题较大。他让我写第一题，因为我的重点是搞近现代部分。让郭成伟写后四题中的题目。

今天晚上本科生举行新年联欢晚会，很有一派节日气氛了。

研究生阶段

1980 年 12 月 30 日（农历庚申年十一月廿四）　星期二　晴

上午是古汉语课，讲古文中特殊读音问题。

晚上，我们考上研究生的原法四年级（66 届毕业生）老同学在 108 宿舍欢聚。这是程飞、张全仁、吴雪松、崔铭中、裴广川等几个今年升了一级工资的同学主动操办的，并邀请我们未得晋级的同学参加的小宴会（酒会）。除张俊浩因病未能参加外，其余同学都出席了。这些人是：马俊驹、江兴国、侯宗源、郑禄、刘淑珍、程飞、吴雪松、陈丽君、张全仁、崔铭中，另外刘淑珍的女儿小松、郑禄的女儿荣荣也一起参加。大家谈起多少往事，颇有感慨，也为今日能欢聚一堂而十分高兴，频频举杯，相互祝酒，历时两个小时。大家还说明年春天，要把在北京的全年级老同学串联起来欢聚一堂，并说要编印通讯录。都是有益的建议。

1980 年 12 月 31 日（农历庚申年十一月廿五）　星期三　晴

上午，法制史教研室举行茶话会，座谈一年来的收获，邀请我们研究生参加。我们也有较大的收获。当然在即将到来的新的一年中，我们还要争取更大的成绩。

上午胡克顺来了一趟，我们商定明天在我家欢聚。我负责通知敖俊德，他负责通知李彦龙。本来前天我曾给王小平打电话，她说元旦只放一天假，工作又较忙，所以不打算参加聚会。胡克顺说他们是有家属在北京的，家务事多，不能来就算了，咱们几个家属不在身边的聚聚聊聊。我认为这也好，仓促决定来不及通知王小平了（打电话给她，她已经回家了），给孙成霞打电话，她说如果有时间就来。至于刘爱清，离我家很近，临时再找他也可以。

为了让大家过好年，学校给每个职工发一元钱文娱费，我们研究生也有。

下午班里开新年茶话会。一年级、二年级研究生欢聚一堂。不过不少同学已回家或外出了。参加会议的有：郑禄、刘金友、周国钧、郭成伟、江兴国、张全仁、张凤翔、肖思礼、侯宗源、马俊驹、刘全德、王显平、王裕国、张耕、黄甫生、高坚、卢晓媚、刘淑珍、周虹，以及一年级的同学郭靖宇、王力威、薛瑞麟、朱孔富、吴雪松、章立军、裴广川。张玉森老师也参加了茶话会，并讲了话。大家又互相拉节目。我首先唱了一段京剧"文昭关"，吴雪松唱了两支歌曲，卢晓媚朗诵了毛主席词《沁园春·长沙》，王显平唱了歌曲，黄甫生唱了贵州民歌，王裕国唱了四川歌曲，侯宗源、张耕扭起秧歌，一年级同学王力威用英语唱歌，并用英语朗诵了一小段话，郭靖宇用日语祝贺大家新年好，又唱起了云南小调，王同学（记不清是谁了）用俄语讲了个小故事，最后肖思礼唱了首歌结束。座谈会开得很活泼。15：50结束，14：20开始的。

1981 年

1981 年 1 月 1 日（农历庚申年十一月廿六）　　星期四

9：00 到地铁一号线南礼士路站出口处接到敖俊德。我们一起回到一区，不一会儿，胡克顺就来了。9：40 又接到了李彦龙。和 13 年前相比，李彦龙变化也不大，身着上黄下蓝的边防警服。去找刘爱清，但他不在，不知道去哪了，门锁着。中午又去找他，也不在，未见回来。我们四人在一区楼上聊了一天，国家大事、各自生活、老同学的消息，无所不谈。也回忆起在学校同窗时的许多趣事。谈到毕业分配的往事，我翻阅了当年的日记中的有关记载，他们都认为我的日记颇有价值。

中午我煮了一锅稀饭，买来两斤半肉包子，克顺又去买了一瓶青梅酒，慢慢地吃，慢慢地喝，慢慢地谈，十分尽兴。老朋友在一起有谈不完的话。晚饭后，18：30 他们辞去。我和他们一起去看看刘爱清，但他还是没有回来。我们便分手了。

1981 年 1 月 5 日（农历庚申年十一月三十）　　星期一　晴

下午与郭成伟去沈国锋老师家听他讲唐律的捕亡篇和断狱篇。我谈到期末考试写论文，拟写"从唐律看我国古代的刑法理论"。此题目较大，要写好它必须对唐律有较深的掌握。我认为这个题目是法制史研究中的重大课题，不能因为难度较大就回避，而应该迎着困难上。写论文的过程，也就是学习和研究唐律及中国古代刑法理论的过程。沈老师认为这很好，也可以先大题小做，写出初稿，以后还可以逐渐积累资料，进一步充实和发挥。本学期法制史课到此结束。

1981 年 1 月 6 日（农历庚申年十二月初一）　　星期二　晴

上午继续上古汉语课。廖老师接着讲古汉语语音的反切。古汉语课到此结束。按原教学计划下学期还要学习一个学期。由于我们感到负担太重，经教研室、教务处及院领导同意，下学期不再学了。廖老师叫廖祖桂，住和平门内（原最高人民法院宿舍）。他说欢迎我们去他家看看。

1981 年 1 月 8 日（农历庚申年十二月初三）　　星期四　晴

9：50 到校，后两节课是英语课，今天只有我和曾尔恕、陈丽君三人来听课。张尧老师讲第六册第 6 课 "Unemployment"（失业）。这课书上学期我们自己读过并译过。张尧老师还讲到推荐出国留学的学生英语预考的情况。据张玉森老师去年年底正式公布的消息，这次我院研究生只有一个出国名额（据说教育部和司法部分给我院一个名额，西南政法学院一个名额），条件是 35 岁以下（1946 年 1 月 1 日以后出生的），学习国际法专业，去美国，要求是学英语的。凡符合条件的可以报名应考。由于年龄和专业的限制，研究生中只有一年级的王力威和高之国二人报考。星期一考了国际法专业知识（不知是什么试题），星期二（前天）考了英语口试，星期三（昨天）又考了英语笔试。口试试题分三部分：

（1）听一段美国之音的英语广播，连续听三遍（第三遍是张尧老师读音，速读较慢），然后准备 10 分钟，再用英语复述广播的内容（大意）。

（2）看一篇英文文章，限两分钟，然后朗读文章。

（3）用英语回答 10 个英语问题。

笔试题目分为三部分：

（1）基本语法（填空式，22 分）。

（2）汉译英（10 道题，40 分）。

（3）英译汉（三篇文章分别为 10 分、20 分、8 分，共 38 分）。

王力威与高之国考得都不错，高之国更好一些。高之国原来是吉林大学外语系毕业的，王力威是原长沙铁道学院外语系毕业的，毕业后在广州远洋公司当翻译。高之国毕业后教过两年中学英语。王力威他们都有较深的英语功底和一定的实践经验。和他们相比我们差远了，出国名额自然是他们的了。

14：30离校，15：10回到一区。看看我院学报去年第2期上刊登的司法部副部长李运昌同志去年8月2日对中央政法干校毕业生的讲话。

1981年1月9日（农历庚申年十二月初四）　星期五　晴

下午在北京市高级人民法院大法庭继续听法学讲座，北京大学沈宗灵副教授继续讲西方法律哲学，今天讲的是最后一部分，第七个问题"十九世纪西方法律哲学"和第八个问题"当代西方法律哲学"。不少同学忙于考试和准备回家未来听课，我们宿舍其他四人均未来。

1981年1月10日（农历庚申年十二月初五）　星期六　晴

昨天下午张耕等同学告诉我今天14：30开支部大会，讨论常绍舜同志转正问题。我于14：20到校。下午的支部大会顺利地通过了常绍舜同志的转正申请。

1981年1月13日（农历庚申年十二月初八）　星期二　晴

10：00赶到学校。院领导在教学楼407教室传达中央领导同志陈云、赵紫阳、李先念去年12月在中央工作会议上的讲话。中央工作会议是去年12月16日至25日在北京举行的。参加会议的有中央政治局和书记处的同志，有各大行政区、各省市自治区党政负责同志，中央各部委负责同志，解放军负责同志等，共计100多人。会议主题是分析研究国民经济形势及制定我们的经济策略和决策。

14：00在教学楼419教室传达了邓小平的讲话。邓小平的讲话是作为中央今年第2号文件下发的，要逐步传达到党外群众。

21：00收到武效义9日的来信，他说："去年10月回桂，将小陶迁来洛阳，安排在洛阳市司法局。刚报到即至郑州河南省政法干校学习，要到春节前才能回来。元旦放假，她回来一趟，要我写信，将情况告诉你。你如有机会经河南时，最好拐弯到我们这儿玩玩。""我还在部队，去年成立军事法院，我就从保卫处转到法院来了，名为一院，实际只有四条汉子。不过好在部队案件不如地方多，还能应付。"他说想买学校的业务课教材。

1981年1月15日（农历庚申年十二月初十）　星期四　晴

10：00到校。后两节课是英语课，上本学期的最后一课，讲第六册第10课"Man Alive"。This is a story about a brave Bulgarian, he is a member of the Communist Party of Bulgarian whose name is Dimitrov。仍只有我和陈丽君、曾尔恕三人听课。

10：15在教学楼前遇见老同学袁司理，他来北京出差。今天来母校想买些书，正打算来宿舍看我。他说他来京几天了，去了政法干校，见到了胡克顺、李彦龙。由于我要去上课，只简单交谈几句，他说他后天回唐山。去年5月他来京，我们曾相会并交谈过。

12：20回到宿舍收到沈如虎同志于本月11日的来信，他说："回到山西已整整五个月了，鉴于种种原因，拖拉至今才给你去信，望不要生老朋友的气。""我们去年8月12日安抵太原，我们都在山西大学体育系工作，仍搞自己的专业，我教足球，美丽上女子体操课。分到一套40多平方米的二室一厅带有厨房卫生间的单元式宿舍，职称问题，我在广西已被提为讲师了，小石去年也提了一级工资。"最后他说："桂林一别已经一年半了，别离时的景象还在眼前。现我们都回到了北方，距离又缩短了。争取有机会去北京看你。你如能来太原，我们这里也都方便。""给你写信很晚，但却非常希望早日看到你的来信。"他们的地址是山西省太原市山西大学×楼×号。

下午去图书馆还书。后找到薛梅卿老师，她昨天来宿舍找我们，说关于论文的题目已经出来了，要给我们讲讲。我说下星期二我与郭成伟一起来看看。

晚上给沈如虎、石美丽写了回信，告之来信于今日收到，十分高兴。谈到半年多来的情况，也回忆起我们多年的交往。信中说："我到广西工作了11年，在结识的朋友中，你们和张景忠算是最知己的挚友了，我们的交往十一年如一日，总是无话不谈。而且相逢总是交谈到很晚，回想起来是很难得的。"

我们走在大路上

1981 年 1 月 16 日（农历庚申年十二月十一）　星期五　晴

上午在家写评荀子"性恶"论的文章。

下午在北京市高级人民法院大法庭听北京市法学会主办的法学讲座。由北京大学法律系主任、北京市法学会主任陈守一同志讲授，题目是"鉴往追来，新中国法学三十一年再回顾"。之所以说是"再回顾"，是由于他在去年第 1 期《法学研究》杂志上发表了《新中国法学三十年回顾》的文章。与"一回顾"那篇文章相比，他今天的讲授思想更解放了些。在"一回顾"中回避了对新中国成立前夕及解放初期一些问题（如中共中央关于废除国民党六法全书及确定解放区司法原则的指示、司法改革、法学院系调整）的评价，或只谈积极方面而不谈存在问题的一面。长期以来这个问题也是法学领域中的一个"禁区"。今天尚未讲完，下周继续讲。

今天我们班只有我一人来听讲座，一年级也只有崔铭中与朱孔富两个人来听，朱孔富听了一半就退出去买火车票了。我们班的同学大都回家去了，一年级有的同学在准备外语考试。

下午听讲座时遇见我们法四年级 8 班的董振武同学，他现在在北京市人民检察院纪检处工作。毕业时留在北京朝阳区当中学教师，是 1973 年 3 月归队的。

法制史教研室资料员吴薇将举行婚礼，我们四人（郭成伟、陈丽君、曾尔恕和我）准备一并送她一份礼物，托陈丽君、曾尔恕二位女同学操办。星期二中午，她们与史敏一起到北太平庄选购了一套玻璃凉水瓶杯盘具，不错。托在学校的陈丽君送给吴薇。吴薇的爱人是中国驻日本大使馆搞翻译工作的外交官。

1981 年 1 月 17 日（农历庚申年十二月十二）　星期六　晴

昨天晚上写古汉语课的文章，到深夜 1∶30 才睡。今天继续写。除上午搞搞卫生外都用来写文章，直到今天夜里，总算写完了，题目仍为"评荀子的'性恶'论"。文章分为三个部分：（1）荀子"性恶"论的内容；（2）荀子提出"性恶"论的目的；（3）荀子"性恶"论的历史作用和其局限性。

1981 年 1 月 19 日（农历庚申年十二月十四）　星期一　晴

　　下午与郭成伟去薛梅卿老师处，薛老师把教研室各位老师出的，并经大家讨论，最后又经曾炳钧教授审定的论文题目给了我们，并一再说这只是供我们参考。还谈到对下学期教学计划的安排，并说今年 8 月中国法制史学会计划在西安举行学术讨论会，主题是"中国封建专制与封建法制"。薛老师希望我们均能去参加，并写出论文，带着论文去。这是个很好的学习机会。

　　教研室中国法制史组的老师们给我们出的毕业论文题目如下。

　　（1）封建初期国家的法制——秦律。

　　（2）从法经、秦律、汉律探索刑名的发展。

　　（3）秦代关于农田、山林、水利、畜牧的立法。

　　刘保藩老师出题。

　　（4）从《唐律疏议》看中国古典刑法理论。

　　（5）唐律在中国法制史上的地位和作用。

　　（6）《唐律疏议》"名例律"注。

　　（7）唐太宗的法律思想与唐的法制制度。

　　沈国锋老师出题。

　　（8）宋朝的敕例。

　　（9）论《大元通制》。

　　（10）唐明律比较。

　　（11）《明大诰》初探。

　　（12）明厂卫组织与司法制度。

　　（13）《大清律例》剖析。

　　（14）《大清现行刑律》剖析。

　　（15）宋元明清时期监察制度的变化。

　　（16）中国资本主义萌芽与明清律。

　　（17）帝国主义在中国的领事裁判权与旧中国的半殖民地化。

　　（18）从太平天国法律制度及其实施谈谈太平天国政权性质问题（或拟副题）。

我们走在大路上

薛梅卿老师出题。

(19) 从《中华民国临时约法》到《中华民国约法》。

(20) 北洋军阀时期的"宪政"运动。

(21) 北洋军阀政权下的司法制度。

(22) 孙中山的"五权宪法"与国民党统治时期的五院制。

(23)《中华民国训政时期约法》的实质。

(24) 对蒋记《中华民国宪法》的剖析。

(25) 国民党反动政权的刑事特别法规。

(26) 国民党反动政权的民法。

(27) 国民党反动统治下的诉讼制度。

(28)《中华苏维埃共和国宪法大纲》和苏区的民主制度。

(29) 人民民主政权的土地法规及其历史作用。

(30) 人民民主政权的劳动法。

(31) 人民民主政权的刑事法规。

(32) 抗日民主政权司法工作的经验与马锡五审判方式。

郑治发老师出题。

老师们出了这些题，但要求我们不要受此限制，鼓励我们自己选题。

我想如果这些题目都掌握了，中国法制史这门课也算是掌握得比较透了。题目有的较大，有的小一些。不过也可以小题大做或大题小做。

1981 年 1 月 21 日（农历庚申年十二月十六）　　星期三　晴

薛梅卿老师来宿舍告诉我们，她与陈光中老师联系，请陈老师给我们讲讲课，陈光中老师答应于本周日（25 日）上午给我们讲一讲，地点就在陈老师家，他现在住在教育部宿舍一号楼×门××号。陈光中老师原是我院的教师，学校解散后，他先后到了安徽、广西，在广西大学工作几年，后又回到北京，在人民教育出版社历史组。我院复办后，他也回到了北京政法学院，但现在还在人民教育出版社上班。他在广西大学时被评上了副教授。他对中国法制史颇有研究，在报刊上发表了不少文章。我上大学时，曾听过他给政教系学生讲的历史课。

研究生阶段

1981 年 1 月 23 日（农历庚申年十二月十八）　星期五　晴

下午去北京市高级人民法院大法庭听法学讲座，陈守一同志继续讲《鉴往追来，新中国法学三十一年再回顾》。

1981 年 1 月 25 日（农历庚申年十二月二十）　星期日　晴

由薛梅卿老师引见，今天我们去拜会陈光中老师。7：40，我到了，郭成伟、曾尔恕二人也才到。陈老师和我们谈了两个多小时，着重谈的是毕业论文的选题问题。他认为对于我们来说，可以选一个不大不小的题目，要有一定的现实意义。收集基本材料的难度也不太大，花一定的时间即可以找到。在吃透材料的基础上，用马列主义真正认真地作一些分析，写两三万字即可，成功率比较大一些。选择论文题目首先要看看自己的基础，同时也要注意论文的实际意义（使用价值）。他还认为研究秦律不能不读读《吕刑》，研究中国古代法则应读读《沈寄簃先生遗书》。当他知道我想搞近现代法制史时，他认为若写辛亥革命南京临时政府的临时约法或孙中山的法治思想，容易流于泛写，接近于通史，要有更深的发掘才行。不妨写写清末的立宪活动。过去对清末立法否定的多，但是否也有可取之处呢？应当考虑。我觉得他这话是很有道理的。陈老师还说，写论文要有新的东西，无非两个方面：新观点或新材料，没有新材料也应有新观点。陈老师下学期还兼有刑事诉讼法专业研究生的课。他讲得很好，我们受益匪浅。

1981 年 1 月 26 日（农历庚申年十二月廿一）　星期一　小雪转晴

上午到杨岷家找胡克顺，他不在家，杨岷父亲在家，告知我克顺在中央政法干校的学习已结束，他们调往北京之事，最高人民检察院已报到北京市人事局，待批。克顺打算再等一等，若无消息，他打算春节后返回广州。

下午去学校宿舍，郭成伟也来了。昨天下午他去白玉荣老师家，把我们写的学习荀子文选的论文交给白老师，白老师很高兴。关于我们请她讲一讲《周礼》之事，她说最好我们先看一看，并提出问题来，她针对我们的问题讲更好。

我们走在大路上

1981 年 1 月 27 日（农历庚申年十二月廿二）　星期二　晴

吴薇同志请我们今天上午去她家看看。我们相约 9：30 在地铁军事博物馆站聚齐。9：20 我到那里。郭成伟、曾尔恕二人已到，9：40 陈丽君也到了。吴薇家住在羊坊店铁道部宿舍×栋×号。她父亲也是在铁道部基建总局工作，在设计处。她家是江苏省人。1965 年她父亲被调到铁道部便在此住下了。我们到那里时皮继增、薛梅卿、沈国锋三位老师已经到了。我们在吴薇家坐到 11：15。我们向他们表示了祝福。临别时，他们还送我们每人一本从日本带回来的挂历。

1981 年 1 月 31 日（农历庚申年十二月廿六）　星期六　晴

根据 27 日的商定，今天我们四人（曾尔恕、陈丽君、郭成伟、江兴国）到校聚齐去看看我们的老师。学校同学均已经离校，只剩下郑禄和陈丽君了。今天上午李三友也到学校来了，我们也见到了他。

我们去看望了沈国锋、黄勤南、薛梅卿、张观发四位老师。中午在学校食堂吃的饭。之后，我们四人去看望曾炳钧、潘华仿、刘保藩老师。从刘老师家出来已经 17：30 了。本来还想去看望张玉森老师，但是时间太晚了，就分手各自回家了。

18：00 我回到家。见到李平煜留的纸条，她今天来看我，未遇。她准备明天晚上返回济南。晚上胡克顺、刘爱清来访。克顺的学习已结束，回怀柔过春节，年后再回广州。

1981 年 2 月 14 日（农历辛酉年正月初十）　星期六　晴

晚上回到一区，见到门口的信袋中插有一纸条，原来是老同学薛宝祥、贾书勤于今天下午来访。说他们将于 20 日返回南宁。我以为他们还没有回来呢。我决定明天去拜访一下。

1981 年 2 月 15 日（农历辛酉年正月十一）　星期日　多云转阴

上午我去贾书勤家，贾书勤、薛宝祥正在家。自从 1969 年 5 月 3 日在广西宜山县洛东农场分别，迄今已经 12 年了。尽管通信一直未断，却未能有相见的机会。1977 年 8 月薛宝祥去桂林接车，特意取道寿城返回罗城，却不料当时我又不在寿城，错过了一次见面机会。我们自然谈到十几年来各自的情况。他们是很想回北京或北方的，但是广西方面很难放人。也谈到老同学的情况。他们是上个月 24 日回到北京的，准备 20 日返回南宁。他们这次回来把原来放在南宁的两个孩子也带回来了，就放在北京了，所以他们就两个大人回去。贾书勤有四年没有回北京了，薛宝祥则有七年没有回北京了。一家人回来一趟确实不容易。老同学相见有说不完的话。中午在他们那里吃的饭。聊到 14：20 才告辞回来。

1981 年 2 月 17 日（农历辛酉年正月十三）　　星期二　晴

我骑车去杨岷家，胡克顺说他今晚就要乘 15 次列车回广州，他说他昨天晚上来找过我，我不在家，他又去找刘爱清辞行。知道薛宝祥、贾书勤回来了（因为前天下午薛宝祥和贾书勤来我家找我，偶然碰到刘爱清，他昨晚听刘爱清说的）。胡克顺想与薛宝祥、贾书勤见一面，又不知道贾书勤的家。我便带他去，薛宝祥、贾书勤正在家，与他们聊聊。11：10 辞归。克顺说调京之事，什么时候能批下来，尚不得知。因此，他先回广州。

1981 年 2 月 19 日（农历辛酉年正月十五）　　星期四　阴
中午开始降雪

据 16 日的约定，今日老同学们来我家小聚。早晨起来便收拾房子，搞搞卫生。

12：00，薛宝祥、贾书勤来到，车票已买到了。12：30，孙成霞和田旭光也来了。他们二人以前都来过我家，但今天来又有些陌生了，因为小区里多了不少防震棚。他们正在东转西转找我家，我出门看看，见到他们。他们说竹三与小平骑车来。与他们约定 12：30 在一路公共汽车南礼士路站聚齐。我便骑车到车站等他们，12：35，他们到来。我又去刘爱清家把他拉来。这样我们 8 个老同学在我家聚会。我的小楼上顿时热闹起来。薛宝祥、贾书勤与他们都是多年未见了。我们虽然在北京，但由于工作忙，也很少见面。因此谈起话来，总是没个完。

1981 年 2 月 20 日（农历辛酉年正月十六）　　星期五　晴

19：00 到北京火车站，薛宝祥、贾书勤于 19：40 到来。贾书勤妹妹来送行。田旭光、刘爱清也来车站送行。薛宝祥、贾书勤乘坐 5 次列车到南宁。

1981 年 2 月 23 日（农历辛酉年正月十九）　　星期一　雪转阴，冷

我这么早就赶来学校是为了旁听国家与法的理论教研室杨鹤皋老师讲中国政治法律思想史课，这是杨老师给他们国家与法的理论研究生开的课，是每个星期一上午讲课。这是张贵成、刘全德前天告诉我的。我觉得学习法制史应当学习一些法律思想史知识。今天杨老师讲的是这门课的前言以及夏代、商代的政治法律思想。

下午与郭成伟一起去看看沈国锋老师，又去看看薛梅卿老师。他们都和我们谈到两件事：一是根据春节后他们参加的编写《中国法制史》（多卷本）会议，北京大学、中国人民大学、法学所的同志都把研究生也带上参加这项工作。因此他们希望我们也能参加。我院目前有薛梅卿、沈国锋、郑治发三位老师参加。具体分工是沈国锋老师参加宋、辽、金、西夏部分的写作；薛梅卿老师参加明代部分的写作；郑治发老师参加新中国成立前民主革命时期革命根据地政权的法律部分的写作。从目前到明年 8 月前是收集资料阶段。如果能与我们撰写毕业论文对得上，最好能参加此项工作。二是同样根据北京大学、中国人民大学的情况，研究生要有一段给本科生讲课的实习任务，时间是到三年级的一年中，讲哪一段课都可以，自行选择。这两个问题让我们回去考虑考虑。薛老师还和我们商定她给我们讲课从下周四开始，以后每逢双周的周四下午给我们讲课。当然还是以我们自学为主。

1981 年 2 月 24 日（农历辛酉年正月二十）　　星期二　晴，大风，冷

上学期期末写的古汉语试题答卷，据白玉荣老师和宁致远老师对郭成伟说，我们写的论荀子思想的文章还可以，但古汉语常识答卷尚有欠缺。宁老师让我们再修改一下，为此今日我便修改之，并把上学期讲的古汉语常识再复习一下。还看了看廖振佑写的《古代汉语特殊语法》及张之强写的《古代汉语语法知识》。

1981 年 2 月 26 日（农历辛酉年正月廿二）　　星期四　晴

9：20 到校。后两节课是英语课。张尧老师和我们一起讨论了这学期的英语课如何上。经讨论，大家认为讲英美时论文选比较合适，以自学为主。这学期英语课仍是每周两节课。今天来上英语课的同学有曾尔恕、陈丽君、刘全德、张贵成、李三友、肖思礼、高坚、江兴国 8 个人。差王显平、刘旭明、卢晓媚 3 人。王显平是昨天晚上刚刚归校，刘旭明尚未出院，卢晓媚尚未回来。

此外，还见到新回校的同学王泰、陈淑珍、刘淑珍等。尚差刘金友、张全仁、程飞、马俊驹、张耕、卢晓媚、张俊浩等。一年级同学尚差郭靖宇、薛瑞麟。

下午与郭成伟去法制史教研室，薛梅卿、沈国锋、郑治发三位老师把他们本月 11 日至 14 日参加的《中国法制史》（多卷本）编写工作会议的情况向我们作进一步传达。对于我们毕业论文、教学实习等事也谈了谈。让我们考虑考虑。

1981 年 2 月 27 日（农历辛酉年正月廿三）　　星期五　晴间多云

14：00，到北京市高级人民法院大法庭继续听法学讲座。由北京大学法律系董瑞林同志讲 "国外比较宪法"，上周已讲过一讲了，今日是讲第二讲。据主持人说这个题目拟压缩为五讲。

1981 年 3 月 2 日（农历辛酉年正月廿六）　　星期一　晴

上午继续听杨鹤皋老师讲中国政治法律思想史课，今天讲商代的神权政治和周代的礼。今天听课的有侯宗源、张贵成、刘全德、陈淑珍、我，还有刘金友。刘金友只听了一半，休息后未听了。

1981 年 3 月 3 日（农历辛酉年正月廿七）　　星期二　晴

昨天张玉森老师说今天 14：30 开班会。于是我 13：30 动身，14：30 到校。但同学们都去教学楼 419 教室听曹院长传达胡耀邦同志的讲话了。学校的大会是 14：00 开始的。我来晚了，便回宿舍，郑禄在宿舍，与他们 5 班的老同学王家林正在谈话，王家林是出差来北京的。我有 6 年没有见到他了。1975 年我去南宁出差曾去看他，当时他正在广西壮族自治区党校学习。他那时在玉林地委党校工作。他和张洁夫妇二人于 1976 年从广西玉林调到石家庄工作。他在河北省财政厅搞宣传工作，张洁在省纪律检查委员会工作。与他们聊了聊。

传达文件会议直到 17：05 才结束。接着张玉森老师又召集我们研究生开会，简单地谈谈开学后的情况。说学校又给了我们 3 间房间做宿舍，在 6 号楼。这样女同学能 3 个人一间宿舍，男同学 4 个人一间宿舍。

1981 年 3 月 5 日（农历辛酉年正月廿九）　星期四　风

上午后两节课是英语课，应大家要求，讲《英美短篇时文选读》，由于是英汉对照的，所以老师讲课重点在于语法而不在于翻译。讲了此书的前三课：（1）"Mankind"（人类）；（2）"The Oldest Face in the World"（世界最早古人的面貌）；（3）"The 'Green Revolution'"（绿色革命）。

下午上中国法制史课，在教学楼 307 教室上课，薛梅卿老师讲《宋刑统》与宋代敕令，内容不少。

1981 年 3 月 9 日（农历辛酉年二月初四）　星期一　晴

7：20 到校。肖思礼约我和郭成伟到 6 号楼 223 房间去住，并已将我们的行李搬过去了。中午也只好去那里休息了。

上午听杨鹤皋老师讲中国政治法律思想史课，讲的是老子的思想。周国钧也来听课，刘金友今日未来听课了。马俊驹于昨天晚上回学校了，张耕尚未回来。

下午还收到李侠 4 日夜晚的来信。他说："去年 11 月下旬，我们全家迁来武汉。""目前，中南政法学院未正式恢复（还在湖北财经学院内），本科每个年级仅招 40 人左右，或一个班，属湖北省的名额。"李侠分配在刑法教研室，本学期没有教学任务。"目前我的任务是广览各种刑法论著，扩大知识面，弥补过去之不足。自己同时做些备课，回顾一下 20 多年实践中的见闻心得。"他托我买一套我院本科生的刑法讲义。又问目前有些什么科研项目。李侠是 50 年代武汉大学法律系毕业生，毕业后分配到桂林市中级人民法院工作。我通过陶祥英认识了他，我们交往比较多。

1981 年 3 月 10 日（农历辛酉年二月初五）　星期二　晴

下午在教学楼 419 教室开会，院里传达中共中央第 7 号与第 9 号文件，还有中央纪律检查委员会常务书记黄克诚同志在中央纪委第三次会议上的发言的第一部分，讲得切合实际，实事求是，是以理服人的。这个发言的第 2、3、4 部分已见报了。在传达文件前我院出席海淀区人民代表大会的代表宋振国同志传达了今年 1 月的海淀区人大会议精神。文件传达之后曹院长又结合我院的情况讲了讲。

1981 年 3 月 11 日（农历辛酉年二月初六）　星期三　晴

今天在家看书。中国古典刑法理论，这个题目做起文章来内容很丰富，为写此文我参阅了不少书，今天看吕振羽的《中国政治思想史》。

1981 年 3 月 12 日（农历辛酉年二月初七）　星期四　晴

9：55 到校。上英语课，讲的是 "Short Articles Selected for Reading"（英美短篇时文选读）上的第 4 课 "The All Encompassing Environment"（遍及全球的环境问题）、第 5 课 "On the Importance of People"（论人的重要性）、第 6 课 "English Language"（英语）。中午与同学们聊聊。这学期以来我在校时间少，和同学们接触的时间也少多了。

刘旭明已经于昨天出院，他从去年 3 月 6 日第一次住进北医三院，到去年 6 月好了些，出院了。但是去年暑假回家探亲回来后，病又逐渐复发，到上学期期末已经相当严重了，放假后又住了院。经过一个多月的治疗，现在好多了，又出院了。希望他的病不再复发。

张俊浩同学也回校来居住。他自从去年 3 月初患病后，先去北京市传染病医院（安定医院）住院治疗，住了几个月后（大约是去年 7 月）出院，但还要隔离，而学校又没有单间宿舍，他只好回家（门头沟）住。凡有课（民法专业）便来校听课，往返奔跑也是够辛苦的。现在，医院证明他的传染期已过，他便又搬回 108 宿舍来住。

研究生中只差张耕未归来了。

今天在学校还见到了朱遂斌同志，他现在河南省社会科学院，这次来北京办事，并联系来我院进修。他是搞经济法的，去年报考了我院经济法专业研究生，同时也报考了河南省社会科学院招考的经济法专业助理研究员。我院录取在前，他便先来我院报到。后河南省社会科学院也录取了，他权衡利弊，还是去了那边。他是我校65届毕业生，毕业后分配到河南省工作。他本人也是河南人。去年报考时在某县（邓县?）公安局工作，未发榜前就又调到省政法干校工作了。

1981 年 3 月 15 日（农历辛酉年二月初十）　星期日　晴

继续写文章，到深夜 1：00 总算完成了这篇约九千字的论文，题目是"从《唐律疏议》看中国古典刑法的指导思想"。文章谈了这样几个问题：

(1) 刑法代表谁的意志？

(2) 犯罪的根源是什么？

(3) 刑法是怎样产生的？

(4) 刑法的任务和目的。

(5) 刑与礼的关系。

为了写这篇文章，我参阅了不少材料，对自己的学习也是有益的，加深和提高了我对中国法制史的认识。

1981 年 3 月 16 日（农历辛酉年二月十一）　星期一　晴

7：20 到校。上午中国政治法律思想史课杨鹤皋老师讲孔子的政治法律思想。张耕同学回来了，上个星期五到校的，见面甚为亲切。

下午同郭成伟一起去沈国锋老师家上交我们的学习唐律的论文。郭成伟写的论文题为"《贞观律》的产生和作用"。沈国锋老师认为我的论文题目改为"从《唐律疏议》看中国古典刑法理论的若干问题"更好。本来我也想用这个题目的。

1981 年 3 月 17 日（农历辛酉年二月十二）　星期二　晴

下午政治学习，我们住在 6 号楼的几个人为一组。但是只有肖思礼、陈淑珍、卢晓媚、郭成伟和我五个人参加。学习《人民日报》3 月 10 日社论

研究生阶段

589

《用批评和自我批评的精神肃清极左的思想》。

1981 年 3 月 18 日（农历辛酉年二月十三）　　星期三　晴

法四年级的一些老同学早就酝酿组织一次在京老同学的聚会活动，并推举马俊驹、崔铭中、我和北京农业机械化学院的镡德山几个人负责筹备、联络、组织。前天晚上马俊驹、崔铭中在郑禄的陪同下，去北京农业机械化学院找到镡德山谈一谈。由于我未参加，他们又定于今天下午在我院再次碰头商议。昨天告诉我，让我一定参加。我便于 14：45 到校。俄尔，镡德山果然来了，后马俊驹等人也来了。研究定为下月 26 日（星期日）在颐和园举行聚会活动。下月 10 日左右再发正式通知（发早了怕有人忘记了）。活动内容、后勤事务皆做了安排。也邀请北京附近的（如天津、唐山、保定、石家庄等地）同学来参加。镡德山于 18：10 辞去。

下午 2 班的老同学白淑卿来学校。原来她与任景龙已经于本月 1 日从新疆调到保定，在河北大学报到了。现来北京接孩子去保定。与她聊聊。老同学回来的越来越多了。

晚上又与张耕聊聊。他的毕业论文拟写关于法的起源问题的文章。18：00 周国钧交给我一封信，原来是左广善的来信，谈谈近况。

1981 年 3 月 19 日（农历辛酉年二月十四）　　星期四　风

9：40 到校。后两节课是英语课，讲第 7 课 "Chinese Coins on the East African Coast"（非洲东海岸发现的中国硬币）、第 8 课 "China and the Indian Ocean"（中国和印度洋）、第 9 课 "The Early Years of Shangha"（早年的上海）、第 10 课 "Yumen Then and Now"（玉门的今昔）。讲得较快，若讲之前能预习一下效果才好，只是时间颇为紧张。

下午是中国法制史课，薛梅卿老师讲元代的法律，主要是《元典章》。

晚上与本科生二年级的几位同学座谈。二年级 9 班有几位同学组成法制史学习小组，多次邀请我和郭成伟，要我们谈谈学习法制史的方法及体会。这几位同学（张、李、隋、高）也有以后考法制史研究生的愿望。

今晚不回家了，便与同学们聊聊。在一号楼 106 宿舍与郑禄、周国钧、刘金友畅谈。郑禄今日又去首都图书馆看了一天的书。他说着重看的是《尚书》。对于毕业论文，郑禄拟写中国古典刑事诉讼方面的问题，周国钧写证据的分类，刘金友写形式逻辑与辩证逻辑在证据中的运用，史敏写二审问题，周虹写英美的诉讼制度。对于其他专业，我所知道的情况是：张耕写法的起源理论，刘全德写在法律面前人人平等，张贵成写国家的管理，侯宗源写法与道德的关系，陈淑珍写孟德斯鸠的法学思想，肖思礼写论数罪并罚，陈明华写论死刑，王泰写论共同犯罪，张凤翔写论强奸罪，张全仁写故意犯罪的几个阶段。当然，这都不是最后定论，还会有变动的。

1981 年 3 月 23 日（农历辛酉年二月十八）　星期一　晴间多云

上午有中国政治法律思想史课，杨鹤皋老师讲完孔子的法律思想，又讲墨子的法律思想。

晚上与郑禄、刘金友聊聊。下午郑禄到人民教育出版社拜访陈光中老师，谈谈毕业论文选题的事情。他想写先秦的刑事诉讼制度，但陈光中老师认为搞先秦的问题比较难。关系到先秦（商周时代）的史料考证问题，也要有较深的甲骨文、金文的基础才行。还要利用考古及出土文物的知识。鉴于此，郑禄就改变原计划，决定写秦汉以后的刑事诉讼制度。我建议他还是把基础放在唐律上才好。他也同意。陈光中老师给他一本《中国史学论文索引》（下册），都是 20 世纪 30 年代后期至 40 年代末期的一些报刊上公开发表的论文，不少论文有一定的参考价值。为此，我将此书带回来抄录一些，以便以后查找。我认为要充分利用前人的研究成果。张贵成已搬到六号楼235 宿舍了，就在我们 223 宿舍对门。

1981 年 3 月 26 日（农历辛酉年二月廿一）　星期四　晴

后两节课是英语课，讲第 11 课 "Agnes Smedley"（艾格尼丝·史沫特莱）、第 12 课 "Edgar Snow's Return"、第 13 课 "Japanese Capitalism"（日本资本主义）。

上午还去法制史教研室，吴薇发给我们四人每人一本《中国法制史参考资料选编》（近现代部分第二分册），是我们法制史教研室编印的。第一分册上周已经发下来了，是郑治发老师负责选编的。

晚上与马俊驹、崔铭中一起去北京农业机械化学院找镡德山及蒋绮敏，再次商量法四年级同学聚会之事。经听取各方面意见，将这次活动方案修正一下，时间从原来定的 4 月 26 日改为 19 日，地点从原定的颐和园改为天坛公园，经费由原定的每人交费 1.20 元，改为每人交费 2.00 元。我们到北京农业机械化学院约 18：30，我有十几年没有来过这儿了。尤记得 1963 年 8 月 23 日我与高中同学黄子衡来此找孙锦先，同游颐和园的往事。据说孙锦先还在哈尔滨工作。他本已留校在外语教研室工作，后又分配到哈尔滨去了。1968 年 12 月 30 日我还收到过他的来信，后来便失去了联系。

1981 年 3 月 27 日（农历辛酉年二月廿二）　星期五　晴

去找沈国锋老师，谈到毕业论文选题之事。我说若定为"从《唐律疏议》看中国古典刑法理论"一题，应如何进一步深化。他认为这题目写起来容易写成理论性的论文，作为法制史来说就不大合适了。或可改为"《唐律疏议》中的古典刑法理论"，这样就紧扣唐律了。另外，他让我还是再全面考虑一下，是否待法制史课全面学了一遍再定题目，并让我找郑治发老师聊聊，听听他的意见。

离校，我便去找郑治发老师。郑老师住在安德路地兴居居民楼×单元×号，我费了一番功夫才找到。郑老师见我登门求教，十分高兴，并说早就想找我谈谈，一直抽不出时间来。又说教研室人太少了，并且曾炳钧老师、刘保藩老师都年龄大了，薛老师身体也不太好，希望我们早些毕业出来好接班。院里也说让他们注意物色留校人员。他说从教研室来说，我们四个人他们都想留下来，就看司法部是否同意了。我也说我们四人都希望如此。后我又请郑老师把法制史的近现代部分各个阶段情况介绍了一下。我认为孙中山先生的五权宪法思想很可以做篇文章。

1981 年 3 月 29 日（农历辛酉年二月廿四）　星期日　晴

今天请武效义、周国钧、刘金友、郑禄四人来我家中谈谈，并在此共进午餐。为此一早去买些菜来，回来又洗菜，切菜。武效义于 9：20 来到。但到 10：30 也不见周国钧、刘金友、郑禄到来。去 19 路车站看看，过了几辆车也不见他们，便又去给陈丽君打个电话，陈丽君说他们已经动身一个小时了，估计快到了。我打完电话回来，见他们三人也刚刚到。武效义与周国钧是法三年级的同班同学。

稍微休息后，就动手炒菜，我先炸花生米。后由刘金友掌勺，做了五个热菜：肉片炒油菜、肉片炒木耳、韭菜炒鸡蛋、肉丝炒柿子椒，以及他的拿手好菜拔丝土豆，另有四个冷盘，除油炸花生米外，还有粉肠、蒜肠、香肉三种。我们边喝啤酒边聊天，主要是武效义谈到部队法制工作及中越边境反击战之事。除刘金友酒量较大外，大家酒量都不大，四瓶啤酒只喝了两瓶。到14：40结束。又聊聊。他们于15：40辞去。武效义回中央政法干校，周国钧、郑禄回学校，刘金友去前门买卡片。

1981年3月30日（农历辛酉年二月廿五）　星期一　阴转晴

上午听中国政治法律思想史课，杨鹤皋老师讲李悝与商鞅的法治思想。

15：00以前赶到中国人民大学。郭成伟、郑禄、陈丽君、曾尔恕已经到了，后薛梅卿老师也来了，带我们去林园×栋×号拜访张晋藩老师。他的爱人林中老师是我院国家与法的理论教研室的老师。这学期还要给我们讲中国政治法律思想史课的近代部分。

张晋藩老师见我们来很高兴，和我们谈起最近他获悉的西方国家研究中国法制史的动态。他说英国、美国、意大利有几名学者专门研究中国法制史。1968年、1978年前后举行了两次学术讨论会，各国学者提交了些论文。今年8月在意大利还要举行第三次学术讨论会，又介绍了国内的研究情况。他也谈到撰写毕业论文的问题。我提出写古典刑法理论和孙中山五权宪法思想的问题，向他请教。他认为像刑法理论这样综合性的大题目不大合适，还是写具体一些的好，否则材料不好驾驭。至于孙中山的五权宪法，近年来研究的人多了起来，写了一些论文，他说毕业论文最好从学术上做文章。他还说中国法制史领域空白仍很多，有很多题目可写。他讲得很好，我们都觉得受益匪浅。

1981年4月2日（农历辛酉年二月廿八）　星期四　晴

9：55到校。后两节课是英语课，讲第14课"Woman in Japan Today"（今日的日本妇女）、第15课"How Much Japan Knows About the Jews?"（日本对犹太人了解多少?）、第16课"Lenin on India and Asia"（列宁论印度和

亚洲）。

下午中国法制史课，举行课堂讨论。讨论范围是宋代敕律与加强中央集权的关系。由薛梅卿老师主持。吴薇、曾尔恕、陈丽君三人也参加了。郭成伟着重谈了敕律的产生、特点以及形成这些特点的原因。我谈了敕律中所体现的一些量刑原则。

我们商定的 4 月 19 日在天坛公园聚会的请柬，已经印出来了。文字是崔铭中撰写的，内容是我们几个人议定的。除同学们外，也向一些与我们法四年级来往较多、关系比较密切的老师发出邀请。

请柬的全文如下：

请　柳

_____老师：

_____同学：

为了让阔别十余载的老师、在京工作以及来自祖国各地在京学习的同学们齐聚一堂，重叙友谊，畅谈志趣，交流经验，抒发师生、同学之感情，加强联系，互相勉励，立志为祖国的社会主义事业作出贡献，特热诚邀请您拨冗参加 1981 年 4 月 19 日在天坛公园举办的北京政法学院法四同学大聚会。热烈欢迎外地同学返京参加聚会，并盛情邀请您的家属及子女一道光临。届时将为大家安排会面留影、游园等活动，并供应午餐。

现将有关事项奉告如下：

1. 聚会时间、聚会地点：1981 年 4 月 19 日 8：30—9：00 天坛正门（西门）
2. 活动经费：参加者每人捐助 2 元（子女免交），交给各片联络人
3. 联络人：中央政法干校：高先荣

社会科学院法学研究所：陈云生

北京市各机关单位：赵世如

公安部：刘德仁

其他单位：江兴国

外地同学返京参加聚会者由北京政法学院研究生负责安排食宿。

"人生代代无穷已，江月年年只相似。"同学们，您想看望老师吗？您想看望老同学吗？您想知道各地同学的情况吗？那就请您准时参加这次聚会吧！

数载难逢。莫失良机，期望您光临。

在京部分同学　1981 年 3 月 28 日

晚上给左广善写封回信，告知这学期开学以来我的情况，并寄去一份聚会活动的请柬，邀请他及其他在河南工作的老同学来京参加。

1981 年 4 月 3 日（农历庚申年二月廿九）　星期五　晴

9：50 从家里出来，到敖俊德处看看他，到那里已经是 10：40 了。他前天下午到北京政法学院找我，未见到我。他是 1 月 18 日离京去上海的，上月 21 日回到北京，22 日下午即去一区找过我，未遇。他即将毕业。留在社会科学院法学研究所工作，所里是欢迎的，但解决不了家属调京工作的问题，连宿舍也没有，只能住集体宿舍。因此他在回京途中到南京大学联系了一下，那里也是如此。而他的困难又比较多，两个孩子在上海，他毕业后希望能及早解决一家人的团聚问题，不过哪里也解决不了。我劝他既然如此，还是留在北京工作好。他说上周末去中央政法干校无意中碰上王小平，便去王小平家看了看。

中午在敖俊德处吃饭。下午一起出来，他应导师所招，去社会科学院法学研究所，我则去炮司。

1981 年 4 月 4 日（农历辛酉年二月三十）　星期六　晴

14：00 到校。上中国法制史课，薛梅卿老师讲明律。明律计划学习一个月。

听完课与薛老师谈谈毕业论文选题的问题。她认为还是要从自己的实际出发，选择自己体会最深的问题做文章。古典刑法理论不是不可以写，孙中山的五权宪法也可以写，也不必为适应教研室的需要而写近现代部分。

1981 年 4 月 9 日（农历辛酉年三月初五）　星期四　晴

上午后两节课是英语课，讲第 17 课 "The Caste System in India"（印度的种姓等级制度）、第 18 课 "Agrarian Problem in India"（印度的土地问题）、第 19 课 "Tourism in India"（印度的旅游业）。

1981 年 4 月 10 日（农历辛酉年三月初六）　星期五　晴

下午在北京市高级人民法院大法庭听法学讲座，由中国人民大学许崇德教授讲我国宪法，计划分三次讲完。今天讲第一个问题："宪法在国家生活中的地位"。

研究生阶段

595

1981 年 4 月 11 日（农历辛酉年三月初七）　　星期六　晴

14：30 回到一区。不到五分钟，敖俊德来访。他来得很巧，早一点儿来我还没有回来，晚一点儿来我就去炮司了。关于毕业后的出路问题，他说已经有了门路：全国人民代表大会的民族委员会（民委），他是刚从那里来。民委去年冬天就去研究生院了解毕业生的情况，他们需要少数民族干部。敖俊德是蒙古族，既是学法律的，又是共产党员，且正好年富力强，再适合不过了。民委的主要工作是搞民族立法和法律监督工作。关于家庭问题，民委方面答应在两三年内尽快解决。除此之外，还有大连的辽宁财经学院来要人，并说如果去就可按讲师待遇立即给单元式住房，并立即联系把家属调去。不过那里是搞经济法，对敖俊德来说要改行（他是学刑法的），好处是一家人能较快团圆。他来征求我的意见。我竭力主张他留在北京，到民委去工作。他也倾向如此。

1981 年 4 月 13 日（农历辛酉年三月初九）　　星期一　晴

7：20 到校。上午杨鹤皋老师讲韩非的政治法律思想。至此，春秋战国时期的政治法律思想讲完了，下次开始讲两汉时期。我听课非常认真，杨老师也非常赏识我，他想让我跟他学这门课，我也愿意。他又说他想向张杰副院长提出留下我以后教思想史课。

15：10，与郭成伟、郑禄去拜访曾炳钧导师，曾尔恕已经在家等候我们。我们把选择毕业论文选题的打算向曾老师作了汇报。我谈到古典刑法理论一题，曾老师认为题目太大，不易写深刻，不如选题小一些，写深一些。看来毕业论文选题确实不那么简单，应当慎重考虑。

17：40 回到一区。

1981 年 4 月 14 日（农历辛酉年三月初十）　　星期二　阴雨

晚上有老同学王开洞来访。他是 1978 年从贵州省兴义地区调到河北三河县燕郊冶金会战指挥部工作的。他爱人是我院 69 届（法一年级）毕业生张乔生。张乔生 1972 年就调回北京了，现在冶金出版社工作，家在东城区礼士胡同冶金部宿舍。王开洞说有一年他从北京探亲回贵州时，经桂林下车，在张景忠处住了两天。他与张景忠都是唐山人，一起从唐山考到北京体育学院预科来的，因此他二人很熟悉。后来他考上了北京政法学院，景忠则上了北京体育学院。景忠还是他的入团介绍人呢！他说吴雪松也是体院预科时的同学，应当也认识张景忠的。说 19 日的聚会他一定来。

1981 年 4 月 16 日（农历辛酉年三月十二）　星期四　晴

下午是中国法制史课，薛梅卿老师继续讲明大诰和大明律的内容和特点。关于明律的学习，布置了四个参考题：

（1）《明大诰》简析。

（2）浅谈《明律》对《唐律》的发展。

（3）明朝厂卫组织和司法制度。

（4）中国资本主义萌芽在明清法律上的反映或中国资本主义萌芽在法令上的出现。

1981 年 4 月 17 日（农历辛酉年三月十三）　星期五　晴

14：20 到北京市高级人民法院大法庭听法学讲座，继续由中国人民大学许崇德副教授讲我国宪法，今天讲第二个问题"公民在宪法中的地位"。讲座时间从本周起改为 14：30 至 17：00。

原我院党委副书记、监委书记，现我院顾问徐敬之同志，因病治疗无效，于本月 4 日上午 7：50 逝世。昨天我院在八宝山革命公墓举行了追悼会，不少老师都去参加了。徐敬之同志 1964 年至 1965 年曾带我们去四川参加峨眉县的"四清运动"，运动结束后又带我们上了峨眉山。他终年 78 岁。我对他的印象是不错的，他讲话很幽默，也很有水平。

1981 年 4 月 19 日（农历辛酉年三月十五）　星期日　晴

我们（镡德山、马俊驹、崔铭中、吴雪松和我）发起和经过多次策划的全年级（北京政法学院政法系 1966 届毕业生）老同学的聚会活动于今日成功地举行了，地点在天坛公园双环亭。时间是从 8：00 到 14：00。

今天应邀来参加我们聚会活动的老师有以下几位。

原我们年级办公室主任司青锋（现为我院本科生 79 级年级办公室主

任）。

　　原我们年级办公室副主任张玉书（现在中国地震局地震仪器厂工作）。

　　原我们年级办公室副主任张守蘅（现在我院党委宣传部工作）。

　　原我们年级办公室教师皮继增（现在是我院法制史教研室教师）。

　　我院刑法教研室副教授曹子丹。

　　我院刑事诉讼法教研室副教授陈光中。

　　我院刑法教研室教师杨福盛。

　　我院刑法教研室教师梁华仁（也是我们年级老同学丁树芳的丈夫）。

　　原我院民法教研室教师高景亮（现在北京航空学院任教）。

　　参加聚会活动的我们年级的老同学有以下诸位。

　　来自外省（区/市）、目前正在中央政法干校学习的：

　　郑平菊（女），现在黑龙江省社会科学院法学研究所（原7班同学）。

　　高先荣（女），现在河南省高级人民法院政策法律研究室（原8班同学）。

　　江燕（原名姚露莎，女），现在山西省政法干校（原2班同学）。

　　李善祥，现在安徽省政法干校（原8班同学）。

　　丛树仑，现在安徽省政法干校（原6班同学）。

　　李洪涛（原名李金生），现在安徽省政法干校（原3班同学）。

　　张国安，现在辽宁省政法干校（原2班同学）。

　　张连孝，现在新疆维吾尔自治区乌鲁木齐市中级人民法院（原8班同学）。

　　专程来京参加聚会活动的：

　　翟俊喜，现在河北省唐山市公安局（原5班同学）。

　　吴惠群（女），现在河北省唐山市公安局（原8班同学）。

　　于香铭，现在天津市司法局（原5班同学）。

　　中央及北京市各机关同学：

　　饶竹三，现在公安部一局（原1班同学）。

　　王小平（女），现在公安部一局（原1班同学）。

　　张宪民，现在公安部一局（原5班同学）。

　　刘德仁，现在公安部三局（原4班同学）。

权军（原名权景蓝），现在公安部三局，（原4班同学）。

肖凤云（女），现在最高人民法院（原3班同学）。

安智光，现在司法部中国法制报社（原5班同学）。

刘爱清，现在中央广播事业局（原1班同学）。

王开洞，现在冶金部（原3班同学）。

高黎明（女），现在水产部渔政司（原2班同学）。

高大安（女），现在中国专利局（原2班同学）。

镡德山，现在北京农业机械化学院（原3班同学）。

蒋绮敏（女），现在北京农业机械化学院（原3班同学）。

陈兴波，现在中共北京市委政法部（原8班同学）。

赵世如，现在北京市人民检察院（原5班同学）。

孙成霞（女），现在北京市人民检察院（原1班同学）。

王俊乔（女），现在北京市司法局法律顾问处（原7班同学）。

田旭光（女），现在北京市司法局法律顾问处（原1班同学）。

刘漳南（女），现在北京市东城区政法委员会（原2班同学）。

林士录，现在北京市公安局党校（原2班同学）。

王定武，现在北京市平谷县人民法院（原7班同学）。

陈耀武，现在北京市延庆县人民法院（原7班同学）。

正在中国社会科学院研究生院读研究生的有：

敖俊德，现在法学研究所读研究生（原1班同学）。

陈世荣，现在法学研究所读研究生（原8班同学）。

崔勤之（女），现在法学研究所读研究生（原7班同学）。

王子良，现在哲学研究所读研究生（原5班同学）。

在母校工作的同学：

丁树芳（女），宪法教研室教师（原8班同学）。

张文茹（女），党史教研室教师（原8班同学）。

在母校读研究生的同学：

江兴国，现在读法制史专业研究生（原1班同学）。

裴广川，现在读刑法专业研究生（原3班同学）。

马俊驹，现在读民法专业研究生（原5班同学）。

崔铭中，现在读民法专业研究生（原5班同学）。

张全仁，现在读刑法专业研究生（原6班同学）。

程飞，现在读民法专业研究生（原7班同学）。

侯宗源，现在读国家与法的理论专业研究生（原8班同学）。

吴雪松（女），现在读刑法专业研究生（原8班同学）。

此外，参加聚会活动的还有：徐桂兰（女），系敖俊德爱人（适逢从上海探亲返新疆博乐途经北京），王开洞的弟弟、高黎明的侄女及一些同学的子女等10余人。参加聚会活动的共有70余人。

我于8：00到达指定地点天坛公园正门（西门）集合，见到王开洞、镡德山、蒋绮敏已到。由于马俊驹分给我的工作是先进去选择活动的地方，我便径直进园了，在硕大的天坛公园内转了半天，选中双环亭一带，此地地势平坦，又有亭阁和假山，风光不错，绿草如茵，百花盛开，景色宜人，且较清静，在北门、东门摆设的商品交易会对此影响也很小。

我于9：15返回公园门口，老师们和同学们已经来了很多人，大家相见都非常亲切。不少老师同学之间是毕业后首次相逢。有的变化不大，尚可相识，有的变化较大，见面似乎陌生了。正如唐诗所言："十年离乱后，长大一相逢。问姓惊初见，称名忆旧容。"见面要说的话很多，所以尽管是在门口等人，却也不觉得时间过得慢。有的同学三三两两地照起相来。9：30，留下马俊驹在门口继续等后来的同学，我们请大家来到双环亭。镡德山同学代表我们几个发起者讲话，首先把组织这次聚会活动的宗旨、目的、活动内容及安排同大家讲了一下，并向来参加聚会活动的老师和同学表示欢迎。大家对我们的安排表示满意。这时司青锋主任在学校参加完运动会后也赶来了。大家对我们年级的老主任给予热烈的掌声，并请司主任讲话。司主任见到这么多同学也很高兴，他简单地介绍了母校复办以来的情况，说国务院是1978年5月3日正式决定复办北京政法学院的，母校克服了重重困难于1979年开始招生，招了本科生和研究生。目前已有两个年级的学生，本科生800多人，研究生48人，教职工数百人。今年还计划招收本科生430人，到明年（1982年）母校校庆三十周年时可恢复到近两千学生，近千名教职员工的规模。他说同学们现在已经是各条战线各个单位的骨干力量，国家的栋梁之材。到明年母校校庆三十周年时还要请大家回来参加庆祝活动。司主任的讲

我们走在大路上

话受到大家的热烈鼓掌欢迎。

随后，我们把今天参加聚会活动的几位老师介绍给大家。大家都报以热烈的掌声。我们又请张守蘅老师、张玉书老师、曹子丹老师讲话。他们都表示见到这么多同学很高兴。曹子丹老师介绍了我院各业务教研室恢复的情况，受到大家的热烈欢迎。接着开始留影。在这方面，我们要感谢专程来北京参加聚会活动，并进行摄影的翟俊喜、吴惠群夫妇。正是他们的到来，为我们解决了此一难题。老翟的摄影技术是令人信服的。我们先在假山东面依山势高低排列而照了几张合影照片。除翟俊喜拍摄外，也邀请敖俊德夫人徐桂兰为我们照了几张，后又请其他游客为我们拍照。

▲ 天坛公园双环亭留影

▲ 天坛公园双环亭留影

全体合影也并非上述人员都参加了，因为江燕与郑平菊同学姗姗来迟，未能赶上。她二人来晚了，进园后又转了很久也未找到我们，还是碰见出去买午餐的马俊驹，才把她们带来，相见时已经是该吃午餐的时间了。

全体合影后，又分班留影。各班同学都邀请老师们参加合影，所以老师们一直站着与各班照相，持续了半个多小时，不过心情是愉快的。我们班合影时，却不见刘爱清了，照完过了很久他才来，原来他去找卫生间了，随后我们又补照了一张。

大家自由交谈，或自由组合合影拍照。王开洞与我合影，说可以寄给张景忠看看。

在分班照相时，负责后勤的崔铭中与马俊驹等同学去为大家买来面包、汽水、苹果、糖果。这么多人吃午餐，他们奔走搬运也够辛苦的。午餐是"份饭"，原则上是每人一个面包、一瓶汽水、两个苹果、糖果若干。基本上以班为单位围坐在草地上，老师们被各班同学请去一起进餐。我们班

▲ 与镡德山、翟俊喜谈起 1969 年回京探亲相聚于颐和园，左起崔之山、万和平、吴惠群、蒋绮敏、翟俊喜、王立铢、镡德山、江兴国

请来张守蘅、陈光中、曹子丹老师，边吃边谈。大家都兴致勃勃，孙成霞尤为活跃。我把左广善、王维的来信带来给大家传阅，大家见了都很高兴。

▲ 天坛公园双环亭留影

午餐时，我们筹备组对大家说，这次聚会，我们还有一个收集同学们的通讯地址的任务，准备编辑《通讯录》。我和镡德山便把已收集到的部分同学的通讯地址按班级发给各班，请大家予以纠正与补充，得到大家的一致赞成。

13：30 又集合起来，全体女同学又照了张合影。我们把这次活动小结了一下，搞后勤的同学向大家公布了财务收支情况。余额有 30 多元，征得大家同意，留作洗印相片和编辑《通讯录》的经费。14：00，为了使大家互相认识，加深印象，又逐班逐人把今天来参加聚会活动的同学当众介绍了一下。最后在愉快的气氛中宣布

我们走在大路上

这次聚会活动结束。自由活动开始。

大家普遍认为这次活动是成功的，效果很好。

有些接到请柬的老师和同学由于种种原因没能参加聚会活动，我们也向大家作了解释，并转达了他们的问候。如在中央党校工作的彭宝亭老师因工作忙不能来，郑禄、陈丽君夫妇是由于要进驻一间宿舍而不能来，刘淑珍、张俊浩是因身体欠佳而请假，陈云生是因为出差了而不能来。2 班的任景龙与白淑卿来信代表保定的同学向聚会活动表示祝贺。

陈跃武、王定武同学一再向我表示感谢，因为我给他们寄去了请柬，他们及从天津来的于香铭同学是昨天到北京住在学校宿舍的。

和几位外班同学交谈。3 班的李洪涛（李金生），毕业后分配到安徽省太平县人民法院工作，太平县就在黄山脚下，他说他常去登黄山，黄山景色极好，他是个业余画家，常去写生、绘画，交谈中还带着画板呢。他今年刚刚调回省政法干校工作。我与他毕业后即未相逢了。与十几年前相比，他略微胖了些，精神依旧很好。

2 班女同学高黎明，在水产部渔政司工作，她说经常出差，不久前才从浙江省处理一件渔业官司回来。她还说我国渔业资源破坏严重，目前正在考虑加强这方面的立法。她在水产部，实际上搞的仍然是政法本行业务工作。

2 班的女同学高大安，在中国专利局工作，不久前才从甘肃省调到北京来。在此之前一直在科学院作为借调人员工作了四年。她的爱人在国外工作。去年 2 月 14 日上午 9：00，我们在北京站匆匆见过一面，当时我去北京站接人，她可能也是接人。

5 班的翟俊喜见到我，又提起 1969 年秋我们毕业后在北京的第一次相逢，并组织几位在北京的同学颐和园一游之事，还谈到 1972 年 11 月我们再次在北京相逢的往事。

8 班的李善祥是个很风趣、幽默的人。见到他我就想起 1965 年 12 月 30 日晚上，在我们年级的迎新年文艺晚会上他与赵虹同学表演的双簧剧《某公三哭》，受到大家的热烈欢迎，逗得大家捧腹大笑。

8 班的女同学高先荣比以前胖多了，以至于初见时几乎认不出她了。16 年前——1965 年夏，我们利用假期参加了学校组织的到宣武区人民法院协助工作的实践活动，为期一个月。毕业后她被分配到江苏省常州市，后调到河南省，现在河南省高级人民法院工作。

从司青锋主任那里知道我们班的王普敬已调到他的原籍——河北省黄骅县工作了，现在县司法局工作。

敖俊德说昨天下午他和他爱人徐桂兰去一区找我，并在那里等我回来，等了有三个小时。他以为我吃过饭就会回来的。小徐来北京已经四天了，过几天就将返回新疆博乐。小徐说早就从敖俊德的谈话中及我们的通信中了解了我，而且比较熟悉，只是一直没有见过面罢了。

老同学久别重逢谈话的内容很多，不能在此一一记录了。

集体活动结束后，我们1班的几个同学便在公园内转了转。孙成霞的儿子苗烽要去儿童游艺场坐飞机，骑车，坐火车等电动游戏。今天来玩儿的小朋友非常多。后我们又去祈年殿、皇穹宇、回音壁等处看了看。小徐说她虽然来过北京两次（1971年、1978年），但未来过天坛公园。

15：00我们出公园而回。

16：30我回到家，跑了一天也够累的。休息一会儿去炮司，17：30到那里。

晚上看电视，播映珠江电影制片厂摄制的故事片《雾都茫茫》（即《一双绣花鞋》）。

21：30回到一区，收到老同学李树岩17日的来信，说："请柬于16日收到。""自大学毕业，分别已13年之久，对于学友甚是怀念。在迎春花盛开的季节，你们在京部分老同学发起的66届旧友大聚会，是件很有意义的活动。阔别多年，旧友重逢，畅叙友情，值得祝贺。"由于工作忙，他不能前来参加。"请代我祝贺并向到会的老同学问候。"他也不知道杨福田的音讯，只是说在锦州地区的老同志有3班的邓建功和张明之、8班的张子耕。

今天在公园内陈光中、曹子丹二位副教授还问及我毕业论文的选题，我说还没有定下来。曹子丹认为可以写写我国民主革命政权的刑法，陈光中认为可以写写清末的法制。他认为太平天国的法制没有什么好写的，因为多是沿用封建法律的落后东西，写出论文若否定太多没有意思，肯定太多又是不实事求是了。

毕业论文还没有定题，使我确实感到有些着急了。因为我原来考虑的古典刑法理论被否定了，一下子抓起来心中无数，有些难办，我想还是待薛梅卿老师讲完明清部分再说吧。

1981 年 4 月 20 日（农历辛酉年三月十六）　星期一　晴

7：20 到校。上午中国政治法律思想史课，杨鹤皋老师讲秦汉之际秦始皇、汉高祖、陆贾、贾谊等人的政治法律思想。

镡德山同学从北京农业机械化学院来，我们当然兴致勃勃地谈起昨天的聚会活动。中午留他一起进餐，有马俊驹、崔铭中、程飞、郑禄、侯宗源、老镡和我，我们几人边吃边谈，后吴雪松也来了。上午吴雪松与陈丽君一起去崇文门外看翟俊喜、吴惠群。吴雪松不认识路，又未与陈丽君约好（陈丽君坐车去，吴雪松骑车去），最后未找到吴惠群家，白跑一趟。我们是在郑禄的"新居"吃的午餐，是一号楼 106 宿舍的对门 119 房间。

106 宿舍还有刘金友、周国钧、马俊驹三人。搬走一张床，显得宽敞多了。

1981 年 4 月 21 日（农历辛酉年三月十七）　星期二　晴

下午是党内报告会，传达中纪委王鹤寿同志的一个讲话，谈党风问题。又传达了北京市委第一书记段君毅同志最近的一个讲话，谈今年中发 4 号文件的问题。4 号文件是中共中央政治局关于中央人事变动的问题，4 号文件于 1 月传达到党内干部。

1981 年 4 月 22 日（农历辛酉年三月十八）　星期三　晴 下午大风

去甘石桥西斜街×号拜访杨鹤皋老师，他正好在家。我就毕业论文选题同他谈谈，请教关于古典刑法理论中的刑、礼、德几者之间的关系。他建议我看看杨鸿烈的《中国法律思想史》。

1981 年 4 月 23 日（农历辛酉年三月十九）　星期四　晴，大风

9：40 到校。后两节课是英语课，讲第 22 课 "Israel's Dependence in U. S."（以色列对美国的依赖）、第 23 课 "The Copts in the Nile Valley"（尼罗河流域的科普特民族）。

19：00 去和沈国锋老师谈谈毕业论文选题问题。他认为还是不要写唐律为宜，让我考虑明清部分，并说可以写写清末的法律。他的话是有道理的。

1981 年 4 月 24 日 （农历辛酉年三月二十）　　星期五　晴

下午在北京市高级人民法院大法庭听法学讲座，本来今天应当由中国人民大学许崇德副教授继续讲我国宪法的第三讲（最后一讲），因他的腰扭伤而不能来，改由我院朱奇武教授讲美国的法学教育。朱奇武教授去年随中国司法部代表团去美国进行了考察。

1981 年 4 月 27 日 （农历辛酉年三月廿三）　　星期一　晴转阴

7：20 到校，上午中国政治法律思想史课，讲董仲舒及王充的政治法律思想。

下午与薛梅卿老师谈谈毕业论文选题的问题。比较了太平天国、清末、辛亥革命三个时期的法律情况，我决定还是写辛亥革命时期的法制为宜，还要进一步与郑治发老师谈谈。

1981 年 4 月 28 日 （农历辛酉年三月廿四）　　星期二　晴

10：00 到郑治发老师家，就辛亥革命时期法制问题请他谈谈他的意见。

下午在教学楼 419 教室召开全体教职工大会，听传达几个文件：教育部、司法部关于今后政法学院和大学法律系招收新生，政审取消绝密的规定；中央组织部关于进一步做好冤假错案平反工作的通知，要求各地克服消极和自满情绪，纠正"左"的思想，实事求是地平反一切冤假错案，要做到坚决、彻底、干净、全面，并要求在党的十二大以前完成；北京市人民政府批转市劳动局关于退休退职工人应聘的规定；北京市委宣传部关于进一步学习好中央 1981 年第 1 号、第 2 号文件的通知；国务院批转国家计委、国家人事局、教育部关于 1981 年普通大学毕业生分配办法的通知；等等。

1981 年 4 月 29 日 （农历辛酉年三月廿五）　　星期三　晴

去北京十一学校的中国社会科学院研究生院找敖俊德，他正在宿舍，他的同宿舍同学义贵利、寇孟良等人也在。他们都忙于修改毕业论文。与他们聊聊。

回家见到门口的信袋里放着一张纸条，原来是高中时代的老同学刘天赋来访。他写道：

我们走在大路上

> 兴国：
>   你好！找你八趟，未见到你。可能你很忙，也不知到哪里找你。如有空儿可找
> 我。我的地址为：北京复兴门外大街有色金属冶金设计研究总院（军博对面）西楼
> ×号房间，或东办公楼东头研究生学习教室。
>
> 天赋
> 1981 年 4 月 29 日

他以前来过八次？从未听说。他也不留下字条，我如何知道？我也想去找他，但又不知道他的地址。他是 1978 年考上研究生的，今年毕业。大学时代他是在北京航空学院的读书。

1981 年 5 月 1 日（农历辛酉年三月廿七）　星期五　阴间多云

23：30，回到一区。看小说《蹉跎岁月》。23：45，突然听见楼下有人叫门，原来是老同学饶竹三来了。他家来了客人，住不下了，他便连夜来我处借宿。我忙请他上楼。我们又聊了一个多小时。睡觉时已经深夜 1 点多钟了。他家的另一间房屋被别人占着，还没有收回。

1981 年 5 月 2 日（农历辛酉年三月廿八）　星期六　晴，大风，冷

21：55 收到沈如虎 28 日从太原写来的信。他说五月中旬至六月上旬要去张家口为全国足球比赛担任裁判，往返都要经过北京，拟在我家投宿。我立即给他回信，表示热烈欢迎，也谈到我几个月以来的情况，望他来时先来信或电报，我去车站接她。

22：30，竹三来投宿，与他聊聊。后来，他先睡了，我又看看小说《蹉跎岁月》，此小说很感人，使我又想起在永福县和平公社的生活。

1980 年 5 月 4 日（农历辛酉年四月初一）　星期一　晴

上午是中国政治法律思想史课，讲诸葛亮的政治法律思想。

22：38，回到一区，竹三已经在门口等我了，他是 22：30 来的。昨天晚上他没有来，我以为他回部里上班，晚上就在部里住了呢。他说明天一早要陪家乡来的客人去动物园，然后再去上班。

1981 年 5 月 7 日（农历辛酉年四月初四）　星期四　晴

上午英语课，讲第 24 课 "Portugal's Collapse Africa"（葡萄牙殖民统治在

研究生阶段

非洲崩溃)、第25课"Tunisia"(突尼斯)。

14：20至17：40，是中国法制史课。薛梅卿老师给我们讲清代鸦片战争以前的法律制度，着重讲《大清律例》。

1981年5月8日（农历辛酉年四月初五）　星期五　晴

下午在北京市高级人民法院大法庭听法学讲座。法学研究所副研究员吴大英讲《各国法律制度的比较研究》。

1981年5月9日（农历辛酉年四月初六）　星期六　阴间多云

今天我们去游览京西潭柘寺。由于到达那里时才9：00，时间较早，我提议下午再去游览八大处。该提议立即为大家所赞成，所以今日游览了两个地方。

本来是春游，但已经是初夏了。不过今日天气并不热，早晨天阴沉沉的，穿两件衣服都有冷的感觉。

5：40起床，6：30到校。敖俊德于昨天晚上来的。7：30开车，9：00到潭柘寺。十几年未来此地了，今日是旧地重游。前两次来游的往事，自然又历历在目，不胜感慨！

由于潭柘寺离北京城较远，又较偏僻，加上以前不大提倡和组织旅游，来这里玩的人相对来说比较少。此地一度以清静幽雅而使人陶醉。但今天则大不相同，殿宇固然油饰一新，金刚罗汉菩萨观音也重新塑起，但游客太多，到处是乱哄哄的游人，嘈杂之声不绝于耳，想找个地方坐下休息一下也不容易，更不消说清静幽雅的意境了。现在已是初夏，倘若早一个月春游高峰之际，人一定更多。若单位不组织开车来，游人自己乘公共汽车来，是相当辛苦的，失去了游览消遣的兴趣。

和其他游览处一样，与十几年前相比，各种费用都贵了，连门票也从5分涨到1角，增加收入，正是近几年来大力发展和提倡旅游业的目的所在。反正是想玩就不要怕花钱。

据潭柘寺游览管理处印制的导游介绍，潭柘寺是北京最大的庙宇之一，同时也是北京地区历史最悠久的寺庙。其位于门头沟群峰环列的潭柘山山腰，山上有"龙潭"、柘树，这座古寺就被称为"潭柘寺"。据寺志和碑文记载，潭柘寺最早建于三国之后的晋代，那时叫"嘉福寺"。距今有一千五六百年的历史。唐代改名"万泉寺"。金代皇统年间（公元1141年至1149年）改名"大万寿寺"，明代天顺元年（公元1457年）复旧名"嘉福寺"，清康熙三十一年（公元1692年）又改名为"岫云寺"。现在山门上的横匾"敕建岫云禅寺"即为康熙皇帝所书。现在游客所见寺庙建筑多为明清两代的遗物。

这里的主要建筑有天王殿、大雄宝殿、毗卢阁、观音殿等。天王殿内有弥勒佛坐像，背后塑手持铜杵的韦驮立像，两侧塑有四大天王。大雄宝殿内则是释迦牟尼的塑像，左右为弟子阿难和迦叶。毗卢阁内两侧的大柱上一副对联如下：

乾隆二年岁在丁巳九月
寺枕龙潭七祖分支传妙法
山连鹫岭九峰环翠拥诸天
静海励宋万沐手敬书

偌大的潭柘寺竟然只有这么一副对联，匾额也很少，这似乎是不可思议的。我估计旧有的对联是不少的，但都被破坏了，有的可能也失传了。游览古寺而不欣赏楹联或碑文石刻是缺乏雅趣的。毗卢阁内供有毗卢佛塑像，观音殿内有观音塑像，以及善财、韦驮、天王等塑像，殿前的二龙戏珠横匾上有乾隆皇帝的手书"莲界慈航"四字。据说观音塑像前，原有元世祖忽必烈一家四人的塑像。据寺志记载，忽必烈女儿妙严公主以前是一员武艺高强的战将，杀人千万，后"良心发现"，到潭柘寺落发出家，修行多年后，在此"圆寂"，葬于寺下之塔中。

在毗卢阁东有外形像北海白塔的舍利塔，但比北海的白塔要小得多。塔后墙壁上有一古碑，据考是金代所立，有八百多年了。碑上有一首七言古诗：

一林黄叶万山秋　鸾仗参陪结胜游　怪石谰谝蹲玉虎　老松盘屈卧苍虬
俯临绝壑安禅室　迅落危崖泻瀑流　堪笑红尘奔走者　几人于此暂心休
　　　　　　　　　　从显宗幸潭柘　金释重玉

金代共有十代帝王，却没有显宗也，不知是否有误，待查。

潭柘寺内著名的银杏树依然健在，流杯亭也依然吸引着大量的游客。

转罢一圈，我与敖俊德到茶座上吃午点。我买的包子，带的烧饼，他还带了苹果等。他是第一次来潭柘寺。我们回忆 14 年前的东北之行及其他一些往事。

刘全德带着照相机，我与敖俊德在大雄宝殿前合了影。

▲ 与敖俊德在潭柘寺

12：00，大家都按时回到车上，便离开潭柘寺去八大处。

今日来游潭柘寺的同学有：

解战原、宋定国、常绍舜、马抗美、王裕国、高坚、王显平、刘旭明、卢晓媚、刘全德、张耕、陈淑珍、曾尔恕、江兴国、郑禄、周国钧、刘金友、史敏、周虹、张凤翔、陈明华、王泰、肖思礼、马俊驹、程飞、张俊浩（以上是二年级同学）；裴广川、吴雪松、薛瑞麟、沈德咏、高之国、郭靖宇、朱孔富（已改名叫黄欣）（以上是一年级同学）。共计 33 人。

另外有刘全德的爱人、周虹的爱人、卢晓媚的同学、郭靖宇的同学（一家人）、我的同学敖俊德等人。还有体育教研室的黄文添老师。据肖思礼清点人数，共计 44 人（包括 4 个小孩）。

车从潭柘寺到八大处途经门头沟时，张俊浩下车回家了，未去八大处游玩了。

13：00 到达八大处，在此玩了三小时。我们依次从二处游到八处。大家一起登山，说说笑笑倒也妙趣横生。一路上我们"任命"了几个"处长"：四处是王裕国，五处是高坚，六处是裴广川，七处是常绍舜，八处是吴雪松。八处的石刻最好，去年来就想抄下来，今日游到此处时间已晚，又未抄成。

16：00，往回返，经过白石桥时敖俊德下车回研究生院去了。

我们走在大路上

晚上去林宜家看看黄升基他们，与他们聊了聊。"五一"劳动节他们在房山过的。21：40回来。写写日记。

1981年5月11日（农历辛酉年四月初八）　星期一　晴，大风

上午是中国政治法律思想史课，杨鹤皋老师讲唐太宗及柳宗元的政治法律思想。

1981年5月13日（农历辛酉年四月初十）　星期三　晴

11：40收到沈如虎11日上午的来信，说"很快就收到你的回信，知你在京未外出，真高兴。我们很快就可以见面了。""我的行程基本已定，张家口赛区5月20日开始比赛，15日报到。我拟13日晚乘188次列车，14日早上到京。15日上午乘43次列车（京兰线），下午就可到张家口了。大会于6月6日结束。我尽早由张家口返回。在京稍留两天，以便能去一下体院等地。此是后话，去京后再商量。我于14日到京，一天无事，可听你安排。"如此说来，他是明天早晨7：35抵达北京站。188次列车是太原至北京的。他今晚21：00从太原动身。

1981年5月14日（农历辛酉年四月十一）　星期四　晴转小雨

7：20就到达北京站了。7：53，188次列车正点进站，沈如虎果然来了。自从1979年10月13日凌晨2：36在桂林站一别，已经19个月了。老朋友见面自然十分亲切和喜悦。他说我"胖了，胖多了"。我解释说"回来快两年了，心情十分愉快，所以胖了"。他则显得瘦了些，老了些，不过依然十分精神。

8：30，我们回到一区。我去买来油条，又煮稀饭，作为早点。中午我们一起动手做午饭。烧带鱼、炒花菜、肉片炒莴笋、豆腐肉片莴笋叶汤，还是十分可口的。我们还喝了一瓶啤酒，不过他酒量依然很小。

畅谈一天。谈了分别19个月各自的情况。他谈到从桂林调到山西的情况，谈到他们现在的工作和生活。我也谈到考上研究生后的学习和生活情况，也回顾了在广西的十几年生活，自然谈起张景忠和其他老朋友、老熟人。我也知道了前年我离开桂林后的一些情况。他是去年6月12日离开桂林

的，14 日到达太原，在石家庄转的车。他离开桂林时张景忠没在家，去青岛大连等地参观去了。如虎说他自从 1972 年来北京出差后，有 9 年没有到过北京了。

他提议去看看我父亲，1969 年他来北京出差时曾来我家见过我父亲。16：00 陪他去炮司，见见我父亲。父亲依然记得他。1977 年年初石美丽在北京体院进修时也曾到炮司看望我父亲。

在炮司吃过晚饭，我们直接去北京站，如虎办理明天上午 43 次列车（北京至兰州）到张家口的签字加快手续，但到了北京站一问才知道，到张家口必须去永定门站乘 414 次慢车。

回到一区。又聊聊。23：45，休息。

1981 年 5 月 15 日（农历辛酉年四月十二）　星期五　晴间多云

6：00 起床，买来豆浆与油条。8：00 沈如虎去永定门火车站乘车，我送他到南礼士路地铁口。他 6 月 6 日左右回来。

下午去北京市高级人民法院大法庭听法学讲座。曾尔恕、张耕、周虹、崔铭中、裴广川、郭靖宇也来了。我们这些人是听法学讲座的"基本群众"。今天继续由吴大英讲《各国立法制度的比较》，他掌握了大量的资料。

1981 年 5 月 18 日（农历辛酉年四月十五）　星期一　晴

今日去学校上课，有一个星期未来学校了。7：15 到校。上午是中国政治法律思想史课，讲朱熹及黄宗羲的政治法律思想。至此，古代部分全部讲完了，有些内容未讲，自己看看讲义，杨鹤皋老师的课讲到此也就结束了。从下周起由林中老师讲近现代部分。

杨鹤皋老师的讲课是不错的，我感到收获很大。学好政治法律思想史对加深理解法制史是有益的。

下午去法制史教研室就清代刑法志学习中的有关问题请教薛梅卿老师，也同她谈及其他问题。

去一号楼与郑禄聊聊。他说今天他们班的老同学万肇基来学校玩玩。万肇基在河北省第二监狱工作。上周二，7 班的老同学李秀岩曾来校看看，他毕业时被分配到吉林省工作，前两年调到大连市中级人民法院工作，他说我们班的王英吉还在大连市公安局甘井子区工作。9 日下午李秀岩曾打电话到学校来，正好是我接的电话，在电话里交谈一番，未见面。

17：40 回到一区，收到王立铄 14 日的来信。他说魏祖锦的通讯地址是广西壮族自治区党委第一办公室。

1981 年 5 月 19 日（农历辛酉年四月十六）　星期二　晴

下午听传达文件，是中央领导同志最近同外宾的谈话，谈关于国际形势的材料。传达完文件后，曹海波院长又讲了一番话。

1981 年 5 月 21 日（农历辛酉年四月十八）　星期四　晴

后两节课是英语课，继续讲 "Short Articles Selected for Reading"（英美短篇时文选读），今天讲第 28 课 "Cut in Whale Quotas"（消减捕鲸的定额）、第 29 课 "Singapore"（新加坡）、第 30 课 "Indonesia"（印度尼西亚）。上周由于沈如虎来北京，我没有来听课，讲的是第 26 课 "Agrarian Sitution in Tanzania"（坦桑尼亚农村经济）、第 27 课 "Eradication of Malaria"（根除疟疾）。其中第 26 课我自己曾看了看。

1981 年 5 月 22 日（农历辛酉年四月十九）　星期五　晴

14：30 到北京市高级人民法院大法庭听法学讲座。吴大英继续讲《各国立法制度的比较研究》，讲完了这个主题。他在讲座中共讲了四个问题：（1）什么是比较法？（2）对立法机关本身的比较研究；（3）对立法程序的比较研究；（4）对立法技术的比较研究。

1981 年 5 月 24 日（农历辛酉年四月廿一）　星期日　晴

17：00 到永定路研究生院看看敖俊德。他的毕业论文已修改完毕，答辩起码要到 7 月了。他说毕业生中原分配到中央书记处工作的 13 人被刷下来 10 人，分配到司法部的 3 人全被刷下来了，据说主要是因为解决不了家属问题。家属在外地的同学，看到家属调进北京如此困难，不如不留在北京工作。他自己去全国人大民族委员会工作的方案也有可能被取消。因而不少人毕业后的出路还是个问题。

17：30，我们俩去永定路餐厅吃水饺，还喝了点儿葡萄酒。18：10分手。

昨天是《中央人民政府和地方人民政府关于和平解放西藏办法的协议》签订三十周年的纪念日。昨天下午首都各界人士1400多人集会庆祝之。

1981 年 5 月 25 日（农历辛酉年四月廿二）　星期一　晴

7：10 到校。上午又是中国政治法律思想史课，从本周起由林中老师给我们讲近代部分。林中老师是 1957 年中国人民大学法律系毕业生，是中国人民大学著名法制史专家张晋藩的爱人。她今天主要讲的是近代部分的序言。她说近代中国有四种政治法律思想，每种都有其代表人物，地主阶级改革派，代表人物是魏源；农民革命思想，代表人物是洪仁玕；资产阶级改良派，代表人物是沈家本；资产阶级革命派，代表人物是孙中山。近代部分要讲六周（六次），到 6 月底。

中午结识了一位新同学，吴桐，女。她去年参加研究生入学考试，成绩也达到了录取分数线，但由于她的"家庭问题"，没有录取，经她多次努力奋斗，"打官司"，终于被批准录取了。她原来报考时填写的专业是刑法，现分配她学习经济法。她是北京人，到山西插过队。又被选送上了山西大学学外语，是工农兵学员。这次入学前在山西工作。她是 5 月初入学的。5 月 9 日我们去潭柘寺游玩时，见她经常和卢晓媚在一起，我把她当成卢晓媚的同学了，没想到她是我们的新同学。

1981 年 5 月 28 日（农历辛酉年四月廿五）　星期四　晴

10：40 到校。英语课讲第 30 课"Indonesia"（印度尼西亚）、第 31 课"Agriculture in Italy"（意大利农业）。

另外得知，前天（26 日）下午我们支部改选了支部委员，结果如下：当选支委的有张玉森、侯宗源、刘淑珍、黄甫生、崔铭中。

下午是中国法制史课，薛梅卿老师讲清末的法律制度。至此薛老师的课全部讲完了，下一阶段将由郑治发老师讲课了。

1981 年 5 月 29 日（农历辛酉年四月廿六）　星期五　晴

下午在北京市高级人民法院大法庭听法学讲座，由我院朱奇武教授讲美国的律师制度，今天只讲了一个问题——美国：社会概况，这个问题又分为三个小问题讲：（1）美国的经济状况，（2）美国社会的犯罪状况，（3）美国的法律制度。

1981 年 5 月 31 日（农历辛酉年四月廿八）　星期日　晴

上午武效义来访。他还在中央政法干校学习，要到 7 月底才结束。她说目前学习比较紧张，正在学习刑法、刑事诉讼法，上面要求在"七一"前学完业务课。因为"七一"将要发表党的十一届六中全会通过的《关于建国以来党的若干历史问题的决议》，7 月要学习这个决议和其他文件。他于10：30离去。

1981 年 6 月 1 日（农历辛酉年四月廿九）　星期一　晴

7：20 到校，上午是中国政治法律思想史课，林中老师讲魏源的政治法律思想。

1981 年 6 月 2 日（农历辛酉年五月初一）　星期二　晴

14：30 到校听传达文件。今天传达了三个文件：（1）国务院关于职工探亲假的规定及北京市政府的实施细则；（2）中央纪律检查委员会转发中共安徽省委纪检委关于杜绝高等学校招生中的不正之风的报告；（3）中共中央办公厅关于对人民来信来访必须认真处理不得打击报复的通知。

1981 年 6 月 4 日（农历辛酉年五月初三）　星期四　晴

10：05 到校。英语课，讲第 33 课 "Workless Youth in the Italian South"（意大利南部的失业青年）、第 34 课 "Murder on the Milk Train"。

1981 年 6 月 5 日（农历辛酉年五月初四）　星期五　晴

下午在北京市高级人民法院大法庭继续听法学讲座，朱奇武教授继续讲美国的律师制度。今日我们研究生中只有我与曾尔恕、周虹三人来听讲座。

据说国务院已经批准我院具有考核和授予法学硕士学位的资格，只限法学专业，不包括哲学、经济学。评学位主要看毕业论文的水平。

1981 年 6 月 6 日（农历辛酉年五月初五） 星期六 晴

7：20 到校，见到周思鹏同学。略谈几句，他现在吉林省长春市公安局工作。他见到我说我胖了。他却显得瘦了些，以前他是比较胖的。

根据前天郑治发老师的意见，今天 8：00 郑老师给我们安排下个阶段近现代部分的学习计划。他说近现代部分共分为五个学习单元，学习日程安排如下：

辛亥革命时期临时政府的法律制度，学习时间：6 月 8 日至 6 月 20 日。

北洋军阀时期法律制度，学习时间：6 月 22 日至 7 月 12 日。

广州及武汉国民政府法律制度，学习时间：9 月 1 日至 9 月 12 日。

国民党反动政府的法律制度，学习时间：9 月 14 日至 10 月 24 日。

新民主主义革命时期的人民民主政权法律制度，学习时间：10 月 26 日至 11 月 21 日。

重点是第 1、4、5 三个单元。

之后，又安排了第 1 单元的学习参考书目，定于 18 日下午讨论。郑老师也谈到我们毕业后学校是很想把我们留下来的，教研室人手十分紧张，还缺许多人，是属于进人单位。要找到合适的人也很困难，尽管外面不少人来联系，均不中意，遂未接收。与其接收外单位来人，不如等自己的研究生、本科生培养出来更好些。

我谈到毕业论文，郑老师说要抓紧时间把题目定下来。谈到外出考察，郑老师说必须弄清有无资料，并且人家同意给看，资料确实有用，才能去，钱要用在刀刃上。

10：30 回到一区。我又匆忙赶到永定门火车站，11：05 到那里。614 次列车从张家口开来，11：31 进站。接到沈如虎，把他的两件东西带回一区。他与体院的同志乘体院的车去体院了，今天不回来。我把一区的房门钥匙留给沈如虎一套，他随时可来。

1981 年 6 月 7 日（农历辛酉年五月初六） 星期日 晴

22：30 回到一区，如虎已经在家了。他是下午从体院回来的。他谈谈在张家口的球赛情况。他打算 10 日回太原，在北京还要买些东西。

他说黄化礼、陈美仪在体院红螺 4 门×宿舍住，请我有时间去玩。

0：30 休息。如虎在楼上住，我在楼下住。

1981 年 6 月 8 日（农历辛酉年五月初七）　　星期一　晴

早晨醒来已是 6：10 了。去外面买来豆浆油饼，与如虎同餐。

7：00 离家去学校，上午是中国政治法律思想史课，林中老师讲洪仁玕的政治法律思想和梁启超的政治法律思想。

19：00 如虎回来了。他今日上街跑了一天买了些东西，又去了一趟北京师范大学体育系。晚上和他一起吃炸酱面。

1981 年 6 月 9 日（农历辛酉年五月初八）　　星期二　晴

沈如虎今天去体院，上午他曾骑车去宣武门内大街看一个熟人。

我 22：30 回到一区，如虎已回来了。和他聊聊，谈起多少往事。

上午陪如虎去粮店买来 30 斤面粉和 14 斤大米。因为太原细粮很少，陈美仪给了他 30 斤面票，我给了他 14 斤米票。

由于如虎的东西较多，我一个人送他还不够，就打电话给王小平，请饶竹三晚上一起来送老沈。

17：20，又给竹三打个电话，请他来吃晚饭。他于 18：40 到来。我们大家一起吃，算是为如虎饯行。饭后，20：10，我与竹三送沈如虎去北京站，他乘坐的是 21：41 从北京站开往太原站的 187 次列车，正点是明天 7：32 到太原。

1980 年 6 月 11 日（农历辛酉年五月初十）　　星期四　晴

中午与吴雪松、周思鹏聊了聊，方知周思鹏是在长春市委组织部工作，而不是在公安局工作。

1981 年 6 月 12 日（农历辛酉年五月十一）　　星期五　晴

7：30 到校。民法教研室举行报告会，请来最高人民法院民事审判庭审判员马原同志讲讲关于我国婚姻法的几个问题。马原同志是 50 年代初期中国人民大学毕业生，长期在最高人民法院从事民事案件（主要是婚姻案件）

的审判工作，有丰富的经验。在全国人民代表大会前不久举行的第十九次会议上被任命为最高人民法院民事审判庭审判员。今天她主要讲离婚问题。

14：30 赶到北京市高级人民法院大法庭听法学讲座。今天由最高人民检察院政策研究室主任王桂五同志讲我国检察制度的几个问题，他讲了五个问题：（1）我国古代的检察制度；（2）西欧检察制度的起源；（3）资产阶级的检察制度；（4）列宁关于检察工作的论述；（5）当前我国检察制度工作中有异议的几个问题。今天讲前两个问题。

1981 年 6 月 13 日（农历辛酉年五月十二）　星期六　晴

今日各报发表了《〈中华人民共和国学位条例〉暂行实施办法》，共 25 条，分为"学士学位""硕士学位""博士学位""名誉博士学位""学位评定委员会""其他规定"几个部分。

各报还报道了就公布该暂行实施办法，国务院学位委员会副主任委员蒋南翔发表的谈话。另外，还报道了国务院学位委员会昨天（12 日）召开第二次会议，讨论和研究了召开学位委员会学科评议组会议的有关问题，会议通过了国务院学位委员会学科评议组分组及成员名单。国务院学位委员会按授予单位的学科分类，设立哲学、经济学、法学、教育学、文学、历史学、理学、工学、农学、医学十个学科评议组。

1981 年 6 月 15 日（农历辛酉年五月十四）　星期一　晴间多云傍晚有小雨

上午中国政治法律思想史课，林中老师讲沈家本的法律思想。沈家本是我国近代杰出的法学家，对中国历代法律都颇有考察和研究，也很熟悉西方国家的法律。他主持了清末法律的修订工作，提出了进步性的主张。可以说自他以后半个世纪以来，还没有人像他那样深入地研究法律，也未达到他那样的思想高度。对他的法律思想和修订法律的活动，很有研究和总结的必要。

1981 年 6 月 18 日（农历辛酉年五月十七）　星期四　多云

关于下学期教学实习的事情，我决定选择战国秦汉时期的法律制度作为

我们走在大路上

讲课的内容，讲课的讲稿我已写好战国及秦的部分，计 25 000 字，两汉部分目前无暇写，放假后再说。为此我写了一个《关于对教学实习意见的报告》。上午到校后去找薛梅卿老师上交报告、讲课提纲及教案，请曾教授与研究生指导小组各位老师审阅，也谈了有关问题，教学实习是必要的，也是必行的。关于毕业论文，我说拟选题为"辛亥革命时期南京临时政府法律制度剖析"。薛老师认为题目太大了，不易写深入。让我拜访一下瞿同祖老前辈，请教有关问题，并挖掘一下史料。当然需要请曾炳钧教授写一封介绍信，才好去拜访瞿同祖老先生，我认为这个意见是对的。

下午是中国法制史课，在教研室由郑治发老师主持讨论，讨论南京临时政府的法律制度，主要是临时政府组织大纲。我们发言后郑老师也讲了讲。后又布置下一阶段北洋军阀政府时期法律制度的学习。

中午敖俊德来北京政法学院，他上午去法学所旁听法学所法理专业一位研究生的答辩会，讲讲答辩情况。晚饭后我们一起从学校出来，他直接回研究生院了。19：30 我回到一区。

据报道，今年研究生招生考试将在 9 月举行，主要从 1977 年入学的大学本科生中招收。计划招收国内攻读硕士学位的研究生 1 万人，出国留学生 1500 人，7 月报名。

1981 年 6 月 19 日（农历辛酉年五月十八）　星期五　阴转晴

上午到美术馆后面的黄米胡同看望曾炳钧教授，就毕业论文之事听取他的意见。我说我想写南京临时政府的法律，他说可以上溯到清末十九信条乃至戊戌变法，下联北洋军阀的袁记约法和曹锟宪法。让我先找找参考书，找好后开好书目给他看看。10：30 告辞出来。

14：30 到北京市高级人民法院大法庭听法学讲座，王桂五同志继续讲检察制度，今天讲第 3 个、第 4 个问题。

1981 年 6 月 22 日（农历辛酉年五月廿一）　星期一　晴

上午是中国政治法律思想史课，林中老师继续讲沈家本的法律思想，也讲到沈家本与清末法律的修订。我想若以"沈家本与清末法律的修订"或"沈家本与《大清现行刑律》"为题作毕业论文是很好的。

1981 年 6 月 26 日（农历辛酉年五月廿五）　星期五　小雨转多云

下午在北京市高级人民法院大法庭听法学讲座，今天由最高人民检察院的王桂五同志继续讲检察制度的若干问题，今天讲的是我国检察机构的体制，垂直领导与双重领导的关系。至此他的讲座结束了。

见到张耕同学来了，与之交谈方知今天下午支部开会讨论并通过王裕国同志的入党问题，介绍人是王显平和黄甫生。对于王裕国同志入党我是完全同意的。其实还有些非党员同学表现也不错，都应当吸收进来。

1981 年 6 月 27 日（农历辛酉年五月廿六）　星期六　晴

上午是中国法制史课，这是上周四下午上完课，我们与郑治发老师约定的。今天讨论辛亥革命时期南京临时政府的法律制度。我们先谈谈各自的学习体会，后郑老师又作了讲解。上午未讲完，下午又继续。

郑老师也知道我为下学期教学实习而准备好了讲课稿之事，他表示赞许，不过究竟是否进行教学实习及如何进行教学实习，下周教研室还要再研究一下。

本学期的中国法制史课就讲到此为止。今天还布置了下一阶段学习的参考书目。下一阶段将学习第一次国内革命战争时期广州、武汉国民政府的法律制度。拟于下学期开学后一周内讨论。

收到沈如虎 24 日的来信，说："一别数年又能幸会，真是人生坎坷途中一大喜事。但愿我们虽不能常在一起，却能常通信，偶尔又能相聚一下，得以畅谈，也作平生之慰。""此次二经北京，耽误您很多时间，实觉不安，但重逢之情，使我顾不上这么多了，时间之失，无法补偿，只好由您日后追回吧。"他对我研究生毕业后留京的打算十分赞成。希望能成为现实。最后说："盼您能有机会来太原一行。"

1981 年 6 月 29 日（农历辛酉年五月廿八）　星期一　晴

上午是中国政治法律思想史课，林中老师讲这门课的最后一课：孙中山的法律思想。从 2 月 23 日起到今日共计讲课 19 次（每周一次），历时四个月，我一次不误地听完全部课程。我觉得收获不小，对学习中国法律制度史是大有裨益的。

下午在校与同学们聊聊。上周五支部会讨论并通过了王裕国同志的入党申请，对其他积极争取入党的同学有较大影响。近来郭成伟找我谈了好几次，显然他是迫切希望能在教研室学习期间解决这一问题的。我们法制史专业四人中还有曾尔恕也未解决这一问题。我们有责任帮助他们早日解决。下午与陈丽君谈谈此事，她同曾尔恕都是外国法制史专业的。当然其他专业同学的入党问题，我们也应当关心。只要有可能，都应帮助他们解决组织问题。

下午收到翟俊喜同学寄来的我们4月18日在天坛公园聚会时拍的照片。这次聚会参加的人很多，因此他冲洗相片的任务也很重。他一丝不苟地把每人应得之份的相片印放好，并一一分好，按班分发。一并寄给吴雪松、崔铭中，由他们分发。我们一班的照片由我分发。这些照片中，我的照片有三张，一张是全年级同学们与老师们的合影，一张是我们一班同学与老师的合影，一张是司青锋主任讲话时，老翟按动快门拍摄的，有我在其中。都照得很好。大家一致称赞老翟的摄影技术和他对工作细心负责的精神。

1981年6月30日（农历辛酉年五月廿九）　星期二　晴

昨天20：00，广播了中共中央十一届六中全会公报，这次全会于1981年6月27日至29日在北京举行，会议主要议程是审议和通过《关于建国以来党的若干历史问题的决议》。

1981年7月1日（农历辛酉年五月三十）　星期三　晴

日本来了一个研究中国及东北亚国家法制史的代表团，中国法制史学会于前天和今天在燕山宾馆请日本学者讲讲他们的研究成果。前天上午我校法制史教研室老师都去听了。前天下午告诉我们，让我们今天也去听听。为此我今天一早便来到学校。8：10赶到燕山宾馆（在中国人民大学对面），郑治发、沈国锋老师已经来了，后薛梅卿、张观发老师及吴薇同志也陆续来了。还有北京大学的肖永清、中国人民大学的张晋藩、张希坡老师，法学研究所的韩延龙老师及中央民族学院的一些同志也来了。日本访华代表团一行四人：团长、东京大学法学部教授、法学博士、法制史学会理事滋贺秀三，副团长、明治大学法学部教授、法学博士、法制史学会理事岛田正郎，秘书长、明治大学专任讲师、法学修士冈野诚、团员，东京大学法学部助手寺田浩明。前天上午滋贺秀三团长已介绍了日本学者研究中国法制史的情况，今天上午由岛田正郎副团长介绍他对东北亚国家（主要是蒙古国）法制史研究的情况。他宣读了他的论文，有翻译译成汉语。他讲了一个多小时（9：20开始的）。后中日学者进行座谈。日本学者先后问了问北京政法学院和中央民族学院的情况，我们也提了一些问题请他们回答。我问了日本东京大学法制史培养研究生的情况。滋贺秀三团长告诉我，他们也带研究生，随团来的团员寺田浩明便是。研究生学制为五年，培养方向和我们一样，是大学师资或专门研究人员。不过他说日本青年不大愿意研究这门科学，所以他教学三十年只培养了三名研究生。会议到11点结束。应日本客人要求，大家一起在宾馆门前合影留念。

今天还结识了来参加会议的北京大学中国法制史专业79级研究生曹三明与中国人民大学中国法制史专业79级研究生曹培（女）。

17：10，去薛梅卿老师处，与她谈及毕业论文选题之事。我说我想写沈家本及清末修律活动。她认为这容易写成法律思想史。后来她说可以研究一下近代外国在中国的领事裁判权问题。我也觉得这个题目倒是不错，不过涉及国际法领域，要向国际法老师请教一下。曾炳钧教授以前学过政治史，对此有较深的研究，应听听他的意见。

今天是中国共产党成立六十周年纪念日，下午首都一万多人在人民大会堂集会隆重庆祝。16：00我们收看电视台转播的大会实况。

1981年7月2日（农历辛酉年六月初一）　星期四　晴

期末学校医务室对全体师生员工进行胸部透视检查。我们研究生前两周已经安排透视过了，我因未在学校而漏掉了，今天上午教职工透视，我便专程去补上。

20：15，于力来访。他是北京广播学院63届毕业生，毕业后分配到南宁工作，先在《南宁晚报》社工作，现在自治区文化局创作组工作。他思想很活跃，谈到不少问题。他认为我搞的法制史专业很有意义，他很想了解这方面的材料。他对我能从永福县考上研究生回北京感到惊讶。因为在偏僻的地

我们走在大路上

方复习功课资料少，困难多。他还谈到他有一位老师也住在这个住宅区内，叫杨某某，在北京广播学院教过他。那也是一位敢想敢说、思想活跃又很有骨气的人，今年59岁了。1949年曾任铁道部《人民铁道报》副主编。于力说他将去上海，约8月中旬还要来北京。他坐了约一小时便告辞了。

1981年7月3日（农历辛酉年六月初二）　星期五　阴转中雨

下午去北京市高级人民法院大法庭听法学讲座。中国人民大学苏联东欧问题研究所所长苏同志讲苏联法学动态的几个问题。今天来听讲座的人不多，我们同学中我只见到周虹来了。17：10讲座结束，正在下雨，回不去。我便在屋檐下避雨，与同来听讲座的一位郑州大学法律系的老师聊起来。到17：40雨仍然不小。我忽然想起李三友同学家就在附近，便打电话给他，他送雨衣给我，我才得以回家。多亏他的帮助，否则我就要成落汤鸡了。

1981年7月4日（农历辛酉年六月初三）　星期六　阴雨转晴

上午在家看看书《大清律例》，写文章，这是作为本学期法制史考查写的文章。

1981年7月6日（农历辛酉年六月初五）　星期一　晴

见到郭成伟，他告诉我教研室老师们将于星期四上午开会，讨论我们的毕业论文选题及指导写作问题。让我们把论文选题报告写好交上去，并把期末考查的论文，即学习明清律的心得交上去。

1981年7月7日（农历辛酉年六月初六）　星期二　阴雨

14：40到曾炳钧老师家，向他汇报一下毕业论文选题问题。曾老师说前几天薛老师已来过，知道我想写领事裁判权问题。曾老师认为也是可以的，并建议我具体地写写上海会审公廨，让我先去图书馆查查资料。后他又说就怕有些资料人家不给看，且有些资料可能要去上海查找。他又说不妨写写明代廷杖和厂卫制度，只需从《明史》《明会典》中查找资料即可，又可以与薛梅卿老师搞中国法制史多卷本资料的工作结合起来。还说若选定写明代廷杖和厂卫制度可以去天津请教一下著名历史学家、南开大学的历史系主任郑天挺教授，曾老师和他很熟，可以写封信介绍我去。我认为这也好。

曾尔恕也在那里。她说今天还要去潘华仿老师家，然后再去学校。我们都感到时间太紧张了，一年级时未进入专业课，光学外语、政治课和基础课，觉得很轻松似的。自二年级进入专业课学习以来，深感时间紧张，学习任务很重，现在有些手忙脚乱了。她问我何时启程返回桂林，我说把论文题目定下来，并找些资料就走，不定下题目也不放心。

晚上写学习清律的心得。

1981 年 7 月 8 日（农历辛酉年六月初七）　星期三　晴

早上把学习清律的心得文章写完，定题目为"《大清律例》与君主专制"。文章共 6200 字，分为三部分：（1）清律的制定经过；（2）清律是维护君主专制制度的工具；（3）文字狱是君主专制的典型表现。

去薛梅卿老师家，把《大清律例》还给她，并把写的学习清律的心得文章交给她。又谈到毕业论文选题之事。我说曾教授让我写写明代廷杖和厂卫制度，她一听就连连摇头，认为写这个题目意义不大，而且浩浩明史、明实录、明会典，找起来资料很困难，光明实录就有十函，每函五十本。他们搞多卷本明代资料也不知何时才能动手，一个人在短时间内看完它，并找出有用的资料是很困难的。她认为我还是写领事裁判权为好，资料好找些，主要是有现实意义。既然如此，我就定这个题目了，明天就去图书馆查找资料。

1981 年 7 月 9 日（农历辛酉年六月初八）　星期四　晴

上午去北京图书馆查找关于领事裁判权问题的资料。我是第一次来此看书。借书的手续太繁琐了，到那里不到 10 点钟，查到书目，填写好条子递上去，光等找书就等了一个多小时，到 11：30 才借到一本书，是 1930 年出版的郝立舆写的《领事裁判权》，大致浏览了一下，是通俗读物。不过他在书后附有参考书目，倒是有一定价值，便一一抄下。

1981 年 7 月 10 日（农历辛酉年六月初九）　星期五　晴

为确定毕业论文选题的事情，上午再次拜访曾炳钧教授，谈到薛梅卿老师对写明代廷杖、厂卫制度的不同意见。曾教授不以为然，认为写廷杖可与厂卫问题结合起来写，厂卫虽然写的人很多，但还是有些问题未写到。不过对我决定写领事裁判权和上海会审公廨，他也很支持。看了我昨天从北京图书馆抄来的书目，曾教授认为这些小册子大同小异，看一两本即可。他建议我最好看周甦生写的，说周甦生原来是在外交部工作，掌握了不少材料。周甦生已经去世多年了。曾教授认为最好找到上海会审公廨处理案件的原始档案，分析其中一部分案例，这样才能写得深入。不过要看到档案，却也不是容易办到的事，要找找有关方面负责人，少不了要去一趟上海。

我认为曾教授的指点是很正确的，关键在于收集到第一手材料。

1981 年 7 月 11 日（农历辛酉年六月初十）　星期六　晴

10：15 到校。一进宿舍，就收到一封来信，原来是老同学王英吉 6 日写来的。他是听来北京出差的李秀岩回去讲，才知道我考回了母校读研究生。我与王英吉上次见面还是 1971 年 12 月 3 日，毕业后我们第一次相逢于北京，当天我们俩还去西单合影留念。所以他这次来信说："上次于行旅倥偬之间，同你重逢于北京，算起来也已近 10 年之久了，10 年中你我及我们的同学都经历了许多变化。说起来，我们这些也算是洪福齐天了。""听李秀岩说到你的点滴消息，虽然只言片语，也足够我拍手称快了。首先我祝贺你回到了北京，同父母共享天伦之乐；其次我祝贺你荣居研究生之位，英雄有用武之地。"他又颇知我地说："兴国，对于你考研究生，我很赞同。我认为你很合适去走这条路。我不知你现在搞何种研究专题，以我愚见，若有可能，我劝你设法研究法制史，我认为对你是尤为适宜的。""关于我，一直在公安机关，看来也得老死辽东了。我目前在局里担任法制科科长兼做党支部工作。"他听来大连开律师会议的方光成说到田旭光在北京第一法律顾问处工作，让我代他问候田旭光。

1981 年 7 月 14 日（农历辛酉年六月十三）　星期二　晴

我早晨乘 145 次列车离京，回桂林探亲，过暑假。来京快两年了，头一次回去探亲。

1981 年 8 月 14 日（农历辛酉年七月十五）　　星期五　晴
在永福县

上午祝昌汉来了，我们交谈了两个小时。他的毕业论文已写好，将于 10 月进行答辩。毕业分配尚未最后定下，可能去北京或回广西。他的理想是去上海或华东一带，但不大可能。他可能去北京的中国气象局研究所。他 20 日要去河北承德参加学术会议，为期五天。我也谈了谈我的情况。我们谈得很投机。

1981 年 9 月 2 日（农历辛酉年八月初五）　　星期三　晴

上午去桂林火车站买火车票，买到明天晚上的 162 次（湛江到武汉）的硬座车票。

下午先后到张景忠家和杨光德家向他们辞行。又去地区中级人民法院小坐，地区公安处已搬出去另外择址新建，此处全部归地区中级人民法院了，中级人民法院将把前楼拆掉重建，不过市规划局出于不影响独秀峰的景观而限制其建设高度。

还去桂林市中级人民法院见到黄玉珍同志，她说今年 4 月去陕西省看病，在武汉转车时在李侠家住了几天。她说李侠在武汉市不错，已有一套单元式住房。她是 8 月初回到桂林的。

晚上杨光德来小坐，他们学校已开学。我谈到在永福县见到祝昌汉、何熙雯的情况。

1981 年 9 月 3 日（农历辛酉年八月初六）　　星期四　晴

晚上乘 162 次列车离开桂林，结束了 80 年代第一次的探亲。上车没有座位，不过站了两个小时，到全州站就找到了座位。往返探亲太辛苦了，期望早点儿结束这种分居两地的生活。这次回来还是很有收获的，与原政法机关的同志们聊聊，获益匪浅。

1981 年 9 月 4 日（农历辛酉年八月初七）　　星期五　晴

车于凌晨 4：46 抵达株洲车站，会见老同学周芮贤及其夫人孙素贞，以及老同学臧玉荣，与他们聊聊。老周胖了，他们请我下车逗留几天，我说这

我们走在大路上

次不停留了，前面高培钧还在长沙等着我呢。

列车继续开了一小时零四分，黎明时抵达长沙站。高培钧正在车站等着我的到来。高培钧是我校67届毕业生，比我低一个年级。毕业后先到湖南洞庭湖农场劳动锻炼了两年，1970年春被分配到永福县公安局工作，很快便与我结识，并与我在永福县共事五年，由于他爱人在长沙市八中工作，经他一再申请，1975年他被调到了长沙市。我几次探亲往返经过长沙，他都邀请我下车，奈何都未实现，这次不好再推辞了，便下车停留一日看看他们一家。长沙，我曾两次串联到此，还同李长林、王英吉从长沙到韶山瞻仰了毛主席故居。

与当年相比，长沙站变化不小，新建的长沙站很气派，站前有一个宽阔的广场。

出站后直接到他家下榻，他家在长沙市八中内。今天见到了他的岳母，一位身体硬朗、精神旺盛而又十分好客的老太太。也见到了他的一对儿女，儿子高劼和女儿高青。高劼今年十岁，读四年级，小时候他妈妈李静茹带他去永福县探亲，我多次见过他。高青今年五岁，读学前班，我是第一次见到她。高培钧家住三间一套的平房，房子虽然旧一些，但还比较实用。高培钧告诉我，长沙今年夏天格外炎热，如果我早半个月来就会很难受，即使不动也汗流浃背。现在好多了，不动不会出汗。

李静茹买菜回来了。她在长沙市八中教物理课，是学校的骨干教师。她是长沙本地人，大学毕业，与高培钧是在湖南洞庭湖农场劳动锻炼时认识的。

我们自然谈到在永福县工作时的许多往事，我告诉他这六年来永福县人事的变动情况。小高告诉我原在永福县工作的自治区下放干部刘国藏已调到江西省工作，是个处长了。他原是广西壮族自治区政府副主席傅雨田的秘书。

我与小高是同患难的朋友，又是同一个学校的毕业生，所以尽管在永福县共事时间不长，但友谊是深厚的。他也谈到10年前（1971年春节）他们结婚时到北京住在我家的事，自然问及我父亲的身体状况。

我告诉他北京政法学院复办后的情况，我们研究生的学习情况。还告诉他陶祥英已调到洛阳工作，以及她和武效义7月到北京，我同他们见面的情

研究生阶段

627

况。总之，话是谈不完的。

吃过早点，小高去北区检察院上班，我则去火车站签字加快，本来我打算今天晚上就走的，小高一再挽留，我只好明天晚上再走。去火车站，4 日、5 日的票已卖完了。我只好又回到检察院找小高。小高说托住在长沙市八中的一位在火车站工作的大姐帮帮忙。

中午回来，李静茹已把饭菜做好了。饭后我睡了一觉，起来到附近自由市场看看，长沙的小菜也不便宜。每斤小白菜 0.13 元、冬瓜 0.08 元、黄豆芽 0.20 元、田鸡（青蛙）0.75 元、鱼 1.30 元至 1.40 元。小高说今年天旱，小菜比往年价钱翻了一番。看来东西贵，是普遍的现象，桂林物价比长沙还要贵。

晚上我们继续谈谈往事，看看他家的电视，是今年买的，430 元，质量不错。21：30，就寝，睡竹床，很舒服。

1981 年 9 月 5 日（农历辛酉年八月初八）　　星期六　晴

8：00，小高陪我去车站。昨天那位大姐说今天去车站办理加快试试，如果不行她再想办法，保证我今晚能乘 2 次列车走。我们到车站，果然加快成功了。可见在一般情况下，所谓"客满"都不是绝对的，车站都留有一定的"机动"车票。我的票是 2 次列车 3 号车厢 53 号座位。

买好车票，小高又带我到 1971 年建成的湘江大桥上看看。大桥十分宏伟，湘江两岸风光宜人。此桥的一大特点是在桥中间又有十字路口，可以从支桥下到橘子洲头，我们到长岛的橘子洲头公园玩玩。我想起了毛主席词"独立寒秋，湘江北去，橘子洲头"。此处游人不多，天气很好，风景也不错。我们坐赏江中及两岸景色，谈及多少往事。他说岳麓山上有黄兴墓、蔡锷墓，我倒是想去凭吊，不过上山费时间，来不及了，也就算了。长沙这个城市还是不错的，以后有机会再来吧。

中午回到家，静茹与其母已把饭菜准备好了。

午睡后向老妈妈及李静茹辞别。去火车站，小高送我上车，他还专门买了两包长沙名茶及两斤月饼，说带给我的老父亲，以表达他对 10 年前我父亲在北京接待他们的感谢。2 次到北京的特快列车是从长沙发车，18：03 火车开动，再见了，高培钧。

1981 年 9 月 8 日（农历辛酉年八月十一）　星期二　晴

今天乘 2 次列车于 16：35 抵达北京站。回到一区，洗澡后去炮司。

父亲见我回来了，很高兴。和他谈谈回去探亲的情况，也告诉他高培钧送他的东西，等等。

收到两封来信，一封是贾书勤于 29 日的来信。她暑假来北京一趟，见到雷淑芬老师，雷老师帮助她联系调往保定公安部办的劳改干部学校。还说周国钧回来时托他给我带一些香蕉。另一封是浙江省三门县刘星明的爱人周玉环的来信，说我给刘星明寄的书她已经收到了，刘星明被调到省警察学校去了。

1981 年 9 月 10 日（农历辛酉年八月十三）　星期四　晴

10：00 去杨岷家，因为昨天听陈丽君说杨岷回来了。到时她正在家，她这次是利用四年一次的探望父母的假期回来的。关于他们调往最高人民检察院工作的事，她说最近可能"解冻"，放一批人进来。胡克顺在广东政法学院讲课，讲的是刑事侦查学。她昨天下午也去了北京政法学院。

1981 年 9 月 11 日（农历辛酉年八月十四）　星期五　晴

上午去研究生办公室开了去北京图书馆柏林寺书库阅览室查阅资料的证明。

下午去北京市高级人民法院大法庭听法学讲座，今天由我院副教授余叔通讲《西方比较法学》。

1981 年 9 月 12 日（农历辛酉年八月十五）　星期六　晴

上午去曾炳钧教授家看看他。他正在家。曾尔恕去潘华仿老师家了。与曾老师谈谈毕业论文之事。他也是让我先把资料搜集上来看看。我汇报了这几天去图书馆查资料的情况。

又去北京图书馆柏林寺书库阅览室，但那里逢周六闭馆。便去首都图书馆看书，在参考阅览室查到新中国成立前的《法律周刊》上刊登的"法权委员会"视察上海会审公廨的视察报告，有一定价值。复印之，要到后天才能取。

研究生阶段

629

1981 年 9 月 16 日（农历辛酉年八月十九）　星期三　晴

8：00 上课，中国法制史课，郑治发老师讲第一次国内革命战争时期广州、武汉国民政府的政治法律制度。和过去上课一样，先由我和郭成伟谈谈自己学习的体会，然后郑老师讲课。11：50 下课。讲课前薛梅卿老师来了，她先给我们传达开学前教研室老师们开会研究研究生工作时，对我们研究生的学习安排意见。关于毕业论文，都由曾炳钧教授指导，沈国锋老师协助指导郭成伟，薛梅卿老师协助指导我。关于外出考察，教研室也同意我们外出，可做一个考察计划，说明考察的目的和内容，以及考察的地点。需要复印的资料可以复印。

1981 年 9 月 22 日（农历辛酉年八月廿五）　星期二　晴

上午是中国法制史课，讨论和学习批判关于国民党的伪六法中的伪宪法部分，主要是训政时期约法和 1946 年的伪宪法。通过郑治发老师的讲解，对孙中山先生的建国三时期理论有了清楚的了解。

19：10 去见薛梅卿老师，和她谈起毕业论文问题，她说上海复旦大学有熟人，可以帮我联系。她让我树立信心，抓紧时间，下苦功夫，把论文写好。去上海一事，她因为有课，不能带我去，只能由我一人前往了。上学期我写的战国、秦代部分法制史讲课稿，她已经看完，谈了谈她的一些意见，都很好。

1981 年 9 月 24 日（农历辛酉年八月廿七）　星期四　晴

今天在家写了一天的文章，题目定为"浅析广州、武汉国民政府的法律制度及其历史教训"。

17：10，敖俊德来访。8 月 2 日，他启程回新疆探亲，9 月 16 日回到北京。他回来后已经到人大民族委员会报到了，但目前单位没有宿舍，他暂时住在招待所，在厂桥。办公地点在人民大会堂里。至于家属问题，人大民族委员会答应只要联系到接收单位即可调来。只是北京市中小学教师都过剩，不大好安排。另外，我们也怀疑北京户口能否轻易地解决。他说中国社会科学院研究生院，今年共毕业 438 人，分配到各个中央机关及解放军总政的达

410 人，其余 28 人分配到北京市机关 4 人，到外地的只有 24 人。他们法学系毕业生 18 人，只有 5 人分配到外地，而且是自己要求去的。

1981 年 9 月 28 日（农历辛酉年九月初一）　星期一　晴

下午是中国法制史课，学习和讨论国民党政府的民法和商法，同每次一样，先由我们谈谈认识，然后郑治发老师讲课。时间很紧张，直到 18：10 才结束。我把上周写的《浅析广州、武汉国民政府的法律制度及其历史教训》一文交给郑老师，请他批阅。

1981 年 10 月 7 日（农历辛酉年九月初十）　星期三　晴

上午是中国法制史课，讨论国民党政权的刑法，其可以分为四部分：（1）1928 年的刑法典和 1935 年的刑法典；（2）刑事特别法规，这是维持其反动统治的主要刑法工具；（3）秘密法规；（4）特务、军警横行的法外施刑。

1981 年 10 月 10 日（农历辛酉年九月十三）　星期六　晴

到曾炳钧教授家，谈及毕业论文问题，我把我草拟的选题报告交给他，请他看看，并谈谈我的打算。曾教授很支持，说可找国际法教研室的老师请教。上海方面待叶孝信老师给薛老师回复后再定。

1981 年 10 月 17 日（农历辛酉年九月二十）　星期六　阴间多云

8：00 到校。上午是中国法制史课，讨论国民党政权的诉讼法及法院组织法。迄此，国民党政权的法律全部学完了。郑治发老师让我们下周写个学习小结。

1981 年 10 月 23 日（农历辛酉年九月廿六）　星期五　晴

上午继续在家看书，写学习小结，由于是对国民党政权的六法进行全面剖析，工作量自然较大，已写了一万多字，尚未完。

15：10 到校。陈丽君告诉我前天给我打电话，未找到我。昨天下午法制史教研室请法学所的刘海年同志来学校给本科生讲秦律，薛老师请她设法通知我与郭成伟。结果找不到我，郭成伟来了。

曾尔恕告诉我听她父亲（曾炳钧教授）说薛老师已经同上海方面联系好，欢迎我去上海看有关上海会审公廨的材料，并说刑法、刑事诉讼法等专业的同学也准备于 10 月中旬或下旬出去考察，收集资料。

见到肖思礼，他告诉我明天将组织秋游，去房山云水洞。

去教研室，见到郑治发老师。由于明天我们秋游，原定于明天的布置下一阶段学习的参考书目之事，改在下周一上午。另薛老师告诉我上海复旦大学叶孝信老师已经回信了，说关于会审公廨的材料不在复旦大学，而在上海市高级人民法院，叶孝信老师已经同上海市高级人民法院联系好，欢迎我去看材料。具体事项行前与曾教授共同商议决定。不过材料有三分之二是外文的（英文与法文）。尽管如此，她还是让我去看看，复印或抄录回来再说。

1981 年 10 月 24 日（农历辛酉年九月廿七）　星期六　晴

今天去房山县上方山云水洞秋游。天公作美，刮了几天的大风也停了，今天阳光灿烂。

7：50 开车。同去的两个年级的研究生有 30 人，另有周虹的爱人，共 31 个人。去的同学中，我们年级同学有：黄甫生、马抗美、高坚、王显平、刘旭明、卢晓媚、侯宗源、张耕、刘全德、刘金友、周国钧、周虹、张凤翔、陈明华、张全仁、王泰、马俊驹、程飞、江兴国，共 19 人；二年级同学有：黄欣（即朱孔富）、高之国、薛瑞麟、王诤、沈德咏、吴雪松、章立君、吴桐、崔铭中、裴广川，另有原二年级的同学、现在我校听课的朱遂斌，共 11 人。

7：50 汽车从学校开出，10：10 到周口店。我们在此下车去参观周口店中国猿人展览馆。此地距离北京市区 50 公里。1929 年首次在此发现中国猿人的第一个头盖骨的化石，震惊中外。迄今已经半个多世纪了，又发掘出不少北京猿人和古动物的化石，这成为世界著名的石器时期的文化遗址，在古人类学上有着重要的位置。1979 年为纪念第一个北京猿人头盖骨发现半个世纪，此处经过整理重新开放，建立了一个相当规模的展览馆。我们在此照了两张相，一张是与周国钧、刘金友、马俊驹四人合影，另一张是我个人的留影。

10：40 离开周口店，继续向西南方向行驶。翻山越岭，来到上方山云水洞。车停在圣水峪，时间是 11：20。下车后我们走北路上山，过响水湖、天王洞、臭水湖、发汗岭、欢喜台、雷劈石、瀑布崖、云梯庵、款龙桥、山门、红桥庵、堂子庵、毗卢庵、兜率寺、龙缠九柏、文殊殿、观音殿、银杏树。又走了很长的一段山路，翻过不少高峰，最后又下行走了不少路，才来到大悲庵。此庵后面即是云水洞了。我与周国钧、马俊驹同行，后又与张耕、王显平同路。到云水洞时已经是13：20了。走得相当累。到达最早的是裴广川、薛瑞麟，他们到了已经有20分钟了，最后到的是刘金友、章立君。我们在洞前照了些相片。我们老政法的同学（即原来政法学院毕业的同学们）又在此合影。不过照相时刘金友尚未来到，因此缺他。

▲合影留影

13：50进洞参观。此洞为石灰岩溶洞。据游览图介绍说：

上方山位于北京城西南七十五公里的房山县境内，是太行山脉大方山支脉的分支，这里峰怪石奇，洞穴幽奥，泉源溶溶，古木参天，有九洞十二峰之名胜和以兜率寺为中心的七十二茅庵等古迹依山而建，乘气而庵，禅房精舍，错置其间，景色之美，建筑之精，宛如仙境。

峰以摘星坨最雄，洞以云水最妙，摘星坨居上方中央，海拔七百余米，孤峰峭拔，圆柱插天，站在顶峰之上，有云流足底，头已钻天之感，极目远眺，数十里风光尽收眼底。其他诸峰，名形相应，南山北置，如入黔桂。

云水洞是我国长江以北最大的溶洞，洞长六百余米，自然形成六厅，有窄巷连接，洞内石物石像，在配景灯照射下，千姿百态，形象逼真，琳琅满目，好似一个天然的艺术之宫。其他诸洞，洞虽不大，就洞筑堂，幽静无比。

上方诸洞，始建于汉，历代有建有破，几经盛衰，不易考据。虽明清两代都有重修，终因管理不善，日就衰颓，所称七十二庵，仅有十余处较为完整。

上方山这个京郊游览胜地，早已引起人们的重视。据记载，明清两代，民国以来都有名流学者游览，写诗著文，称赞这里的名胜古迹和自然景色。

云水洞入口不远处的石壁上有一人工雕成的"大悲佛母"像，是洞内唯一的人为加工的艺术品，六个厅的主要景物分别为：（1）二龙把门，卧虎山；（2）通天柱（此柱比桂林七星岩内最高的石笋高十米），塔倒三截，石钟、石鼓、石琴，皆可敲击出音，一名工作人员为我们演奏了《泉水叮咚响》的乐曲；（3）双狮顶牛及石龟、石猴、拦路虎；（4）双鸟对歌，骆驼驮水；（5）牛心牛肺、老头看瓜；（6）十八罗汉。到第六厅洞尚未尽，往前深不可测。老乡说可通山西省。也许有些夸张，不过一定非常深远，尚未开发而已。

我们仍从原洞口而出，出来已是14：20了。大家又在洞前照了几张相。此时已无阳光照到，效果肯定不佳。

走西路而回，一路上沿"之"字形的小路下山。40分钟下到山下，回到汽车上已是15：20了。最后的同学也于15：45回来了。

15：50车离开云水洞返回北京城。

1981年10月25日（农历辛酉年九月廿八）　星期日　晴

16：20到校。直接去一号楼，见到镡德山、蒋绮敏夫妇及他们的一对儿女，他们中午就来了。进108宿舍，程飞、崔铭中正在掌勺，桌子上已经摆了不少盘已做好的佳肴，冷拼盘是美术家镡德山摆出的图案。

17：15"宴会"开始。首先大家祝福马俊驹、郑禄、侯宗源三个人四十大寿，本来还有张全仁也是四十岁了，不过他昨天晚上回家（他岳父家，在北郊沙河）了。今日尚未归来。今日参加"宴会"的有镡德山、蒋绮敏、郑禄、陈丽君、吴雪松、侯宗源、马俊驹、程飞、崔铭中和我共 10 个人。我们年级老同学还有裴广川（回天津了）、刘淑珍（回家了）、张俊浩（回家了）、张全仁 4 位没有参加。今天会餐，程飞一直热心操办，辛勤掌勺，崔铭中也勤勤恳恳，十分尽力，郑禄夫妇提供了各种炊具，并热心赞助，吴雪松也下手操刀，马俊驹则内外奔走，侯宗源甘作"无名英雄"，洗碗、打水，甘为下手。大家齐心协力，个个喜笑颜开，心情愉快。菜肴不下十道，有崔铭中用芡粉鸡蛋、白糖调制油炸的东坡肉，水炸的拔丝白薯，程飞的油炸拔丝白薯，两个拔丝各有千秋，程飞的炒木须肉、焦熘里脊肉，马俊驹的炒肉丸子，镡德山的拼盘。还有一些菜肴也说不上名字，也搞不清是谁做的，反正都不错。酒则有红葡萄酒、北京的百泉酒（白干）、啤酒（五升）。席间开怀畅饮，十分尽兴。四个第二代在 119 宿舍另开一桌，吃得也十分愉快。

第一杯酒祝福"三老"四十大寿后，我提议第二杯酒感谢今日的热心操办者程飞与崔铭中，第三杯酒崔铭中提议为欢迎远道而来的镡德山、蒋绮敏全家福而干杯。席间自然谈起 10 余年来各自在天南地北时的经历及往事，蒋绮敏讲起 1972 年一次去看望翟俊喜夫妇时的险情，吴雪松谈起在海南岛上山砍柴的艰苦往事，马俊驹也谈起他在基层的情况，他说起话来最幽默有趣，崔铭中也讲到他在江西与敌特斗争的故事。我说所有这些将写入我的日记第 63 册之中。大家对我坚持多年写日记感到钦佩。我们还谈到年级许多老同学的消息和趣闻。

宴会到 20：00 才结束。一斤白酒快喝完了，葡萄酒则全部喝完了，啤酒也喝了不少，真是酒逢知己千杯少啊！20：15，镡德山、蒋绮敏启程返回。我们大家一起外出散步，送他们到北太平庄坐 331 路公共汽车回去。

1981 年 10 月 26 日（农历辛酉年九月廿九）　星期一　晴

8：00 至 9：00，郑治发老师为我们布置了下一阶段的学习内容，民主革命时期革命根据地法律制度。

1981 年 10 月 31 日（农历辛酉年十月初四）　星期六　晴

上午是中国法制史课，讨论和学习中国共产党领导的民主革命时期革命根据地的法律制度，宪法、刑法、刑事诉讼法的内容，当然主要是单行法规。郭成伟作了详细、全面的发言，讲了一个多小时，我作了一些补充发言。郑治发老师讲了讲这些法律法规的主要内容和法律原则。

1981 年 11 月 7 日（农历辛酉年十月十一）　星期六　晴

上午是中国法制史课，讨论关于革命根据地政权的法律制度。主要是土地法规。中国革命主要是农村革命，土地法规对调动广大农民的革命积极性至关重要。至此，我们的专业课全部结束了，其他课也早已结束。从下周起可以全力以赴地搞毕业论文了。

1981 年 11 月 11 日（农历辛酉年十月十五）　星期三　晴

上午去找薛梅卿老师，她正在家。我们谈到我的论文问题，分析了有利和不利的条件。困难主要是资料缺乏，我基本上没有掌握什么材料。薛老师说以前她对这方面也没有多少研究，能找到的材料也不多。另外，上海的材料有相当多的是外文的（英文和法文）。这无疑也是一个不小的困难。对领事裁判权问题，前人的研究也不多，没有什么专门的论文，这是不利的因素，是个空白。但也是有利的因素。由于前人的研究不多，是个空白，容易出成果。薛老师说她目前有讲课任务，不能和我一起去上海。因此到上海考察全要由我自己分析、做主。由于她教研室工作多，不能抽出太多精力和时间同我一起来做这篇论文了。因此在很大程度上要靠我个人的努力了。薛老师说老师们对我有个印象，即搞学术研究的钻研劲儿还不够，史学根底也较薄弱。看来要搞好毕业论文困难是不少的。薛老师所言不错，有些问题我也是有自知之明的。不过怎样才能深入，我有些茫然。对于论文写作，我说有三种方法：一是论述法，二是考证法，三是比较法。薛老师说可以三种方法都结合起来，从微观入手，以宏观为辅，写得深入些。至于去上海考察要写个报告，经教研室、教务处同意，分别签署意见，再交给院党委研究批准。我说去上海回来我想经过武汉，再摸一摸材料，薛老师说可以一并写上。她告诉我上海复旦大学叶孝信老师来信，说已与上海市高级人民法院联系好了，欢迎我们去。

10：30，薛老师又带我去拜访国际法教研室周仁老师，请教有关领事裁判权的问题。周仁老师说关于这方面的材料也不多。他给我看看周甦生的

我们走在大路上

《国际法》和《奥本海国际法》，这两本书中各有一些论述，借给我看看。并说汪暄老师星期五上午来给国际法专业研究生讲课，薛老师让我星期五上午10：30 来，她带我再见见汪暄老师，向他请教。

1981 年 11 月 13 日（农历辛酉年十月十七）　星期五　晴

上午去薛梅卿老师处，她看了我写的申请外出考察的报告，同意我的意见。但认为给院教务处的报告不必这么详细。中午就在她那里修改了一下，笼统地提出到上海、汉口、厦门三地进行考察，时间需要 40 天至 50 天，经费需要 400 元。她又带我到周仁老师家，见到国际法教研室的汪暄老师，请教领事裁判权问题。看来这个题材的资料不是少而是很丰富，关键在于收集、整理，展开来可以写一篇内容丰富的论文。

1981 年 11 月 17 日（农历辛酉年十月廿一）　星期二　晴

下午在教学楼 319 教室参加党员大会，传达国务院 10 月 20 日发出的《关于降低涤棉布销售价格及提高烟酒销售价格的通知》。

高之国同学交给我两张照片，是 10 月 24 日下午我们政法学院毕业的老同学在云水洞前的合照，照片上的人有周国钧、程飞、马俊驹、侯宗源、吴雪松、裴广川、崔铭中、张凤翔、朱遂斌及我，另一张照片上还多了个刘全德同学。

1981 年 11 月 18 日（农历辛酉年十月廿二）　星期三　晴

晚上去曾炳钧教授家，向他汇报了近来我的学习情况及对论文的一些设想。他认为应当以上海公共租界本身为主。

1981 年 11 月 21 日（农历辛酉年十月廿五）　星期六　晴

下午在教学楼 407 教室开支部大会，讨论高之国、史敏、宋定国三位同志的入党问题。参加会议的正式党员一致同意这三位同志入党。

今天支部会缺席 3 人，卢晓媚、陈淑珍、李三友，卢晓媚已于 17 日动身去湖南考察了，行前留下她的意见，同意发展这三位同志入党。陈淑珍可能回天津了，李三友可能不知道今天下午开支部会。

研究生阶段

我们研究生中目前有正式党员 33 人，预备党员 1 人。正式党员是：解战原、黄甫生、常绍舜、马抗美（女）、高坚、王显平、卢晓媚（女）、侯宗源、张贵成、张耕、陈淑珍（女）、江兴国、陈丽君（女）、郑禄、刘金友、周国钧、张全仁、陈明华、张凤翔、肖思礼、程飞、李三友、马俊驹、刘淑珍（女），以上是三年级的同学；王力威、王诤、沈德咏、薛瑞麟、郭靖宇、崔铭中、裴广川、吴雪松（女），以上是二年级的同学。预备党员 1 人，是今年 5 月发展入党的王裕国同志。两年前的 1979 年 10 月，即现在的三年级同学当年入学时，预备党员有 4 人：江兴国、陈丽君、张耕、常绍舜，均于去年先后转为正式党员了。目前我们支部支委是张玉森老师（书记），侯宗源、刘淑珍二人是组织委员，黄甫生、崔铭中二人是宣传委员。

此外，研究生中担任院内其他工作的有高之国，任团委副书记，沈德咏任院学生会筹备委员会主席。

1981 年 11 月 22 日（农历辛酉年十月廿六）　星期日　阴

上午看看书。通过近两周来看书，找资料，我对论文的写作心里有些底了，不像以前由于心中没底而发慌。目前我的思路，论文拟分为这样几大部分：（1）帝国主义在华领事裁判权及上海会审公廨的概况，发展和消亡的过程；（2）上海会审公廨与帝国主义在土耳其、日本等国的领事裁判权之比较，与汉口、厦门会审公廨之比较，与无领事裁判权之前华洋案件的处理情况之比较；（3）通过具体案例看会审公廨的实质；（4）批驳在领事裁判权问题上的各种错误观点。当然，能否这样写，还要看所能收集到的材料情况。

1981 年 11 月 24 日（农历辛酉年十月廿八）　星期二　晴

晚饭后我去薛老师家，把上午写的提纲初步设想给她，请她看看，并定于下周我们一起去曾教授家具体商量一下。关于去上海之事，经薛老师去教务处一再说明情况，教务处苗巍老师算是批准了我的上海之行。教研室老师们也讨论过，让我们把计划写细些。薛老师说教研室的老师们对我的印象是认为我办事有魄力、效率高，但写文章抓不住重点，看资料分析问题不够深

我们走在大路上

入，写字潦草。这些意见都很中肯，也确实是我的不足之处，应当加以注意。

1981 年 11 月 28 日（农历辛酉年十一月初三）　星期六　晴

17：45，意外地收到曹光辉从上海写来的回信。他说："高兴地收到您14 日的来信，多年未见的老朋友，尤其是干校的老战友，见信如见人啊。""自分离后，由于本人的惰性难改，未能及时去信，尚请原谅。久别不知情，'面貌'大变，老弟高升，该可喜可贺！欣闻毕业前夕，将赴沪、浙、赣等地'考察'，老友可不久重逢啊！""我在鹰潭市人民医院工作，今年 2 月底来沪进修学习，地址是上海市长宁区中心医院（长宁区遵义路 111 号，即天山新村处，乘公共汽车 71 路至遵义路下车即可)。""热烈欢迎，迫切等着您的到来！""来沪时请告知，以便去车站迎接！"他还告诉我："我家住鹰潭市人民医院，家属在鹰潭市医药公司工作，有两个小孩。"由于取消了厦门之行，不必在鹰潭转车了，我以为也不会与他重逢的，想不到反而会在上海相逢。令人高兴！

1981 年 11 月 29 日（农历辛酉年十一月初四）　星期日　阴间多云

上午去曾炳钧教授家，曾尔恕也在。曾教授说他昨天上午去学校了，薛梅卿老师已经告诉他我们打算下周三下午来他家研究我的论文写作提纲之事。谈到国务院最近批准学位授予单位之事，曾教授说我院肯定不会获批博士授予单位的，我们的力量还不够，我们也没有申请，但可能是硕士授予单位。曾教授由于有事出去了。我又与曾尔恕聊了聊，谈到写毕业论文之事，也谈到她争取入党之事，以及上次支部发展三名同学入党之事，还谈到毕业后的去向及打算之事。

晚上去林宜家小坐，方知黄升基本周末又未回来，他因为腰疼严重住院了，就住在厂医院，而且说要动手术。他的腰脊椎盘突出是老毛病了，还是1960 年他在北京四中读书时得的病。不过后来治好了，十几年未发。1979 年回到北京后，一次搬家用力过猛，又犯了。今年 7 月去北戴河休养，天天下海游泳，使病愈烈，入冬以来天冷也易犯。本来我们一起读书时，他的身体是很不错的。

1981 年 12 月 2 日（农历辛酉年十一月初七）　星期三　晴

下午去曾炳钧教授家，薛梅卿老师也刚到一会儿。我们主要是谈我的毕业论文问题，包括指导思想、写作方法，及去上海考察的方法。看来这篇论文做好了是很有意义的。领事裁判权问题虽已成为历史，但回顾它还是有积极意义的，对进行爱国主义教育很有意义。而且这个问题虽然在二十世纪二三十年代有不少人撰写文章研究它、探讨它，但新中国成立以后却很少有人问津。从史料的角度来说，加以考据、整理出来也是很有价值的。我们这一代人再不进行这一工作，后人就更困难了。不足之处是时间紧张，任务重。

薛老师已经为我写好了几封信给叶孝信老师等同志。我们谈到 16：50 结束。薛老师回学校。我则拿着曾教授的借书证去首都图书馆打算借梁敬镎的《在华领事裁判权论》。但到那里已经 17：15，书库的工作人员已下班了。借书还必须持证人本人来才能借。只好又到曾教授家把借书证还给他。正好曾尔恕也要回前门她自己的家，与她一起出来，我走南池子、长安街而回，18：20 到家。

1981 年 12 月 5 日（农历辛酉年十一月初十）　星期六　晴

下午去曾炳钧教授家，把写好的参考资料目录送给他一份，又简谈几句，他勉励我到上海以后努力干，把论文写好。

20：15，去王小平家，她上午已去北京站帮我把火车票取回来了，6 日（明天）45 次特快列车，10 号车厢 11 组下铺。这正是我想买的车次。票价本身 27.60 元，卧铺 16.50 元，共计 44.10 元。竹三昨天晚上从长沙回来，他说在长沙开会很冷，长沙室内没有供暖。

1981 年 12 月 6 日（农历辛酉年十一月十一）　星期日　晴

由于东西多，沿途又要下车，便决定把书（资料）通过邮局寄去。把大部分书（资料）寄到上海曹光辉处，另写一封信给他，请他收到书后代我保存，待我去取，并请他于 10 日 19：01 到上海车站接 335 次（无锡至上海）列车，我将乘该次列车抵达上海。给他寄的是航空信。

15：40 去北京站，乘 17：12 发出的 45 次列车去上海。今天与我同一行

我们走在大路上

程的是北京大学的一位60届毕业生，搞电子计算机的，去福州开会，我们有某些共同语言。

1981 年 12 月 7 日（农历辛酉年十一月十二）　星期一　晴

9：06 抵达南京站。我在此下车，旅程第一站到了。出站后回头看看这10年前我曾到过的车站，似乎有一种亲切的感觉。到车站附近的南京旅社住下，去中山陵。11：00 到那里。10 年前是 12 月 10 日来的。为纪念辛亥革命七十周年，今年又把中山陵等关于辛亥革命的纪念处修饰一新。我在碑亭前留一影。10 年前是在石牌坊前留影的。拜谒中山陵后又去灵谷寺看看。灵谷寺是佛教寺庙。大雄宝殿有释迦牟尼塑像，两边是十八罗汉。寺内有一座光绪十五年（1889 年）铸的铜钟，上铸有三字诀："闻钟声，烦恼轻，智慧长，菩提生，离地狱，出火坑，愿成佛，度众生。"在藏经楼上有一匾，上写"深松觉苑"四字。内有一收藏释迦牟尼顶骨的木塔。在玄奘法师纪念堂内有一副对联曰：

说法如意天花落
静坐禅房春草深

从灵谷寺去后面的谭延闿墓及邓演达墓看看。他们早期都参加过辛亥革命，但邓演达成为坚定的国民党"左"派，谭延闿却成为国民党右派，大军阀。邓演达还是中国农工民主党的创始人。1931 年 11 月 29 日被蒋介石的南京政府杀害。前不久首都各界曾集会纪念他遇难 50 周年。墓前的石碑上镌刻着何香凝于 1957 年的题字"邓演达烈士之墓"，后面是中国农工民主党去年 11 月所撰写的邓演达的生平事迹。

又去灵谷塔一游，塔高九层，内有楼梯可以登楼。登上了顶层，此塔确实很高，在上面往下看令人目眩。10 年前我曾在此塔留影。

离开灵谷塔，又去中山陵北侧的明孝陵看看。明孝陵是明太祖朱元璋的陵墓。不过孝陵与他的子孙们的北京明十三陵相比，规模要小得多。这里有康熙题写的"治隆唐宋"四字石碑，是对朱元璋的评价吧。陈列室有两幅明太祖的画像，还有一幅马皇后及大头太子朱标的画像。朱标即朱元璋的长子，明成祖朱棣之兄，建文帝朱允炆之父。

离开明孝陵，我又到廖仲恺、何香凝墓看看。廖仲恺是孙中山的亲密战友，坚定的国民党"左"派，1925年被右派刺杀。何香凝是廖仲恺的妻子，中国杰出的女革命家。后担任全国人大常委会副委员长，1972年9月1日病逝，葬于此，与廖仲恺先生合葬。

天已黄昏，往北走进入南京的太平门，回火车站附近的旅社。

1981年12月8日（农历辛酉年十一月十三）　星期二　晴

早晨到雨花台，瞻仰烈士陵园。自从1927年蒋介石背叛革命后，雨花台就成为国民党反动政府杀害我共产党人和革命志士的地方。据统计自1927年至1949年在此被杀害的有十万人之多。南京解放后各界人士一致决议，在此设纪念碑永远纪念革命先烈。这里有镌刻着毛主席题词"死难烈士万岁"的奠基碑。近两年又建了一座烈士们生前雄姿的集体塑像。陵园前面也修饰一新，气魄较大。参观了烈士陈列馆。

从雨花台回到车站，收拾东西，乘11：30的铜陵至上海的341次直快列车，于12：23抵达镇江。出站后在车站附近的镇江饭店住下。

下午到焦山一游。焦山是屹立在长江中的小岛，要乘船过渡。焦山公园大门进去，迎面屏风上有"海不扬波"四个大字。我沿右手边的路走去，在公园大门外见一副对联：

长江此天堑
中国有圣人

此公园内也有一座大雄宝殿，是定慧寺的大雄宝殿，有对联曰：

山消双青玉坞潜光高士卧
潮来一碧金涧对峙仙人居

在山上壮观亭，又一对联曰：

砥柱镇中流此处好穷千里目
海门吞夜月何人领取大江秋

壮观亭还有一副对联曰：

金山共此一江水
王母来寻五色龙

另一联曰：

江天共一览
心迹喜双清

大雄宝殿内一副对联曰：

领要得江山鼎伏恰依仙隐处
观空参水月锡飞还傍鹤铭边

焦山还有一副集李杜句的对联曰：

客心洗流水
荡胸生层云

焦山位于市区东北，高 150 米，原名谯山，屹立江心，又名浮玉山。因东汉末年焦光隐居于此，汉献帝三诏不出，而称焦山。至今山上仍有他隐居时的山洞，曰"三诏洞"。山顶上有吸江楼，多次重建，最近一次重建刚竣工不久。后山有 1842 年镇江人民为抗击英国侵略者的炮台遗址。

游罢焦山，去北固山一游。此山位于市区东北角，高 48 米，有三峰。长廊墙壁间有宋代书法家吴琚所书梁武帝萧衍的赞语"天下第一江山"。山上有著名的甘露寺，即《三国演义》中所说的刘备招亲之处。还有"恨石""试剑石"等古迹。后峰有一座铁塔，为北宋神宗元丰元年（1078 年）所铸造，后遭雷劈，明代重建，又遭雷击。清光绪年间将两次雷击之残塔铸在一起，成为四层塔，遗留至今。

甘露寺后还有祭江亭，相传为刘备死后孙尚香祭江之处，有对联曰：

此身不觉出无鸟，垂手还堪钓巨鳌。

游完北固山已黄昏，步行入市区。在繁华的大市口走走，后步行回旅社。累了，休息。

1981年12月9日（农历辛酉年十一月十四）　星期三　晴

早晨去游金山寺公园。金山位于市区西北，高60米，山上建有金山寺，层层殿阁，座座楼台，把金山密密包裹，因此有"金山寺裹山"之说。山间有"法海""白龙""朝阳""仙人"等古洞。山顶有慈寿塔，建于南朝，原为双塔，后毁，又多次重建。现存之塔系清末庚子年（1900年）所建，八面七级，已只存一塔了。塔南留云亭内有"江天一览"碑，为康熙所题。

公园内有关于"水漫金山"传说的展览，用绘画及泥塑形式表现白蛇与许仙的爱情故事。法海洞内有一法海和尚的塑像。据史书记载，法海本姓裴，晋代人，因不肯出来做官而隐居山中修道，是官宦子弟，但一心信佛，并非白蛇传传说中的坏人。

在金山寺内慈寿塔前留影，离开金山寺，回到火车站。乘车到无锡，中间仅常州站停一次。

无锡市比镇江市大一些，也繁华些。但车站附近旅社皆客满，被服务社介绍到位于西门的锡惠旅社319房间住下。

下午便步行到距此不远的锡惠公园一游。此公园位于锡山与惠山之间，惠山主峰高328.9米，锡山高74.8米。锡山于公元9年至25年因有锡矿，故名锡山。后来锡被开采尽了，所以此地城市名无锡。

锡山山顶有龙光塔，高七层，到七层之上十分狭窄。可眺望无锡全市，也可远眺太湖风光。公园内还有著名的寄畅园。北京颐和园内的谐趣园就是清乾隆皇帝下江南回去后仿此建造的，果然十分相像。此地还有著名的"天下第二泉"，即民间著名音乐家阿炳创作《二泉映月》名曲的地方。第二泉是由于著名茶神陆羽（唐代品茶专家）品茶后，评此泉为"天下第二泉"而得名。北宋大诗人苏东坡来此曾写下"独携天上小团月，来试人间第二泉"的充满浪漫主义的诗句。二泉分三池，上池八角形，水质优良，深三尺；中池方形，水质较差；下池较大，长方形，池中有金色鲤鱼。

在二泉边的景徽堂有一副对联曰：

试第二泉且对明亭黯窦

携小团月分尝山茗溪茶

另有一副对联曰：

淡泊以明志
宁静而致远

寄畅园的竹炉山房前有一副对联曰：

削竹编炉原是山房旧物
烧松煮雪久为衲子珍藏

这副对联是当代人所书，篆体字，幸而旁边有楷书小字，才得认识。在镇江江边也有对联是用篆体字所写，结果很少人能认识。我想写对联原本是让别人看的，用篆字或金文写，书法上倒是别有风味，但别人看不懂，无法体验其中诗意，岂非遗憾？

游毕锡惠公园，一路步行而回。晚上又出去走走，沿人民路转中山路。无锡的夜市也颇为热闹繁华，不少人卖馄饨、面条、包子，做小生意。气温适宜。不像北京一到晚上商店都关门了，夜市也没有，街上冷冷清清。在此不用穿棉衣也无冻手冻脚之感。这次出来注意了带钱，却忘记了带全国粮票。虽然有北京市粮票，却无用。在火车上向一位解放军同志要了五斤粮票，我要给他北京面票，他不要，送了五斤全国粮票给我。

1981 年 12 月 10 日（农历辛酉年十一月十五）　　星期四　晴

早晨去鼋头渚公园，早就有来此一游的愿望。鼋头渚位于无锡市西南充山半岛（即南独山）前端，半岛徐徐向太湖伸展，三面环水，状若鼋头而得名。这里是赏游太湖的理想之所。郭沫若曾有诗云："太湖绝佳处，毕竟在鼋头。"鼋头上有块巨石，上面镌刻着"鼋渚春涛"四个大字。9：10 我在此留影。另一面镌刻着"鼋头渚"三字。此处以太湖的广阔水域而显得气势磅礴，远非北京的昆明湖、十三陵水库、密云水库所能比。古迹不多，楼台亭阁也比不上颐和园。乘游艇去湖中的三座小山上一游，山上没有什么建筑，只是自然风光，船票 1 元钱。每船载 26 人，非客满不开船。

11：30 离开鼋头渚，返回市区。途经蠡湖公园，下来一游。蠡园占据蠡湖一角，在东蠡湖之滨，临湖而建，以水饰景，是江南著名园林之一。它由三大部分组成，中间是曲径假山，东南部是千步廊，背墙面湖，长廊尽头是伸入湖中的三孔石桥，连接湖心亭和湖中宝塔——凝春塔。西北部以渔池为主体，中间有四季亭。蠡园得名于蠡湖，蠡湖原名五里湖。春秋时期范蠡偕同西施泛舟湖上而得名。这里有些亭台楼阁，有一处名"浣沙溪"，立一西施塑像，有一副对联曰：

人间漫说西施事
何处堪追范蠡踪

另一处茅草棚，曰"陶三径"，以陶潜诗意作一副对联曰：

悦春书以自得
喜松菊之犹存

今日天气不错，游人也不少。13：30 离开蠡园，14：00 回到市区。还有个梅园，不去了，因为梅园主要是看梅花，而现在不是观赏季节。游了锡惠公园、鼋头渚公园和蠡园，已不虚无锡之行了。

乘 335 次列车，17：12 开车，19：01 正点抵达上海。经苏州未停留了，10 年前已到过苏州了。

出站，果然见到曹光辉来接我。我和他是在永福县结识的，他是江西医学院 67 届毕业生，也被分配到广西永福县工作。1969 年我们曾经在永福县一起劳动锻炼。他是 1977 年 5 月离开永福县的，调回江西鹰潭。我们有四年半没有见面了。他比以前胖了，白了，他说我比以前胖多了。他是今年 2 月来上海进修的，估计要到明年 5 月才能回去。春节时准备回去看看再来。他所进修的长宁区中心医院距此较远，我就不去他那里住了。我们来到车站附近的天目路中华旅社找一平铺住下。放好东西我们又谈了谈别后几年来各自的情况，我把这几年永福县的人事变迁讲了讲，如沈如虎、石美丽已经调回山西，杨光德、王霭诚调回桂林，王琦一家回到广东，姜树励一家调到南宁，天津下放医生全部回了天津，等等，这些他都不知道。20：30 他辞别而去。

我是十年前 12 月 11 日到上海来的，整整十年未来过上海了。

1981 年 12 月 11 日（农历辛酉年十一月十六）　星期五　晴

早晨到四川北路祝昌汉家，见到伯父伯母，知道祝昌汉已去广西了，我给他的信他已经收到，不过时间紧迫，他不能等我了。回广西永福县住两周后即赴北京报到。

去复旦大学，拜见叶孝信老师。我把薛梅卿老师的信交给他，他很高兴。立即写信给上海市高级人民法院的杨峰同志，杨峰同志是上海市高级人民法院政策研究室主任。叶老师让我下午去找他。中午叶老师留我吃饭，也问问我们北京政法学院的情况，特别是招收研究生的情况。

午饭后辞别叶老师，找到位于江西中路的上海市高级人民法院，见到杨峰同志。他很热情地接待了我，并安排我在招待所住下，招待所在江西中路 170 号，距离上海市高级人民法院很近。招待所是一个大房间，可以住很多人。都是上下两层的架子床，上层可以放东西，贵重东西须存放于服务台。好在我在学校也是住上下床，习惯了。

晚饭就在市公安局食堂就餐。这样食宿问题都解决了，而且在机关内部食宿，既比较安全又比较省钱。

晚上又去复旦大学叶老师家，因为我曾托叶老师在复旦大学联系招待所，现既然上海市高级人民法院能解决就不必麻烦叶老师了。我告诉叶老师，我的食宿问题都解决了。叶老师也很高兴。

回来经中华旅社将余下的东西取回来。

1981 年 12 月 12 日（农历辛酉年十一月十七）　星期六　晴

去长宁区中心医院找到曹光辉，与他聊聊。我 6 日寄来的东西他才收到。我取了回来。

下午去上海市高级人民法院看档案。但今日是周末，人们下班较早。上午是他们的学习时间，不对外接待，所以看不成档案。

1981 年 12 月 13 日（农历辛酉年十一月十八）　星期日　晴

下午去南京西路，看看史敏同学。她说已去看过档案了，元旦后将去兰州。

1981 年 12 月 14 日（农历辛酉年十一月十九）　星期一　阴

8：30 去上海市高级人民法院阅上海公共租界会审公廨的档案。据档案室的工作人员说共有十卷档案，我先看第一卷，是前江苏省交涉署为收回会审公廨的有关文件。苦于全是外文，幸而是英文的，借助字典还可以看懂，不过比较吃力，费时间。下午继续看档案卷宗。

分别给曾炳钧教授与薛梅卿老师写了封信，内容相同，告诉他们我来到上海的情况。

1981 年 12 月 17 日（农历辛酉年十一月廿二）　星期四　阴

晚上到上海师范大学找艾周昌老师，他是历史系的老师，他的爱人是薛梅卿老师的同学，薛老师写了封信让我面交他们，并说若需要去上海师范大学图书馆查阅资料，可请他们予以帮助。20：00 我到那里，与他们聊聊。他们很热情。他们于 1953 年即到上海师范大学工作，是老教师了。

1981 年 12 月 18 日（农历辛酉年十一月廿三）　星期五　多云

上午在上海市高级人民法院档案室继续阅卷。上午看完第四卷，下午看第五卷，第五卷又分第一册和第二册。第一册为英文，内容主要是 1926 年中国与各国驻沪领事团五次会议的记录，第二册为中文，内容是 1926 年前两次会议纪要。很快看完了。接着看第六卷，这卷是中文的，内容仍是有关收回会审公廨经过交涉的文件、公函。

1981 年 12 月 19 日（农历辛酉年十一月廿四）　星期六　多云

上午到华东政法学院，找到法制史教研室的刘德镶老师，他是薛梅卿老师 50 年代在中国人民大学读研究生时的同学。刘德镶老师热情地接待了我。教研室的一位王主任也在。他们也问及我们培养研究生的情况。我谈及我来上海查找上海会审公廨材料的事情。他们说以前也想搞，但终因人少事多，抽不出人力来而未成。对我这次来十分欢迎，不过这部分材料他们也未接触过，所以谈不出什么具体意见。我谈及我的同学刘爱清、李平煜曾被分配到华东政法学院工作过，他们说也都知道。

我们走在大路上

1981 年 12 月 20 日（农历辛酉年十一月廿五）　星期日　晴

早晨给曾炳钧教授与薛梅卿老师写信，汇报这几天阅卷的情况，告知已看了一半档案，尚未见有法文的档案，英文的材料不到一半，中文资料占大部分，资料珍贵、丰富，有价值。不过都是关于收回会审公廨主权的材料。若后四卷也是如此，就要修改原来的论文写作思路了。告之已经拜访过上海师范大学和华东政法学院的诸位老师了，受到他们的热情接待。

1981 年 12 月 21 日（农历辛酉年十一月廿六）　星期一　晴

上午给研究生办公室的张玉森老师写了封信，汇报来上海的情况。

今日在上海市高级人民法院档案室继续阅卷，第六卷，内容丰富，看起来也颇有趣。

晚上去叶孝信老师家看看，把薛梅卿老师托带的书给他送去，也把一周来看卷的情况和他谈谈。叶老师十分健谈，从谈话中可以看出他的学术造诣很深。22：00 回到上海市高级人民法院招待所。

1981 年 12 月 22 日（农历辛酉年十一月廿七）　星期二　晴

今日在上海市高级人民法院档案室继续阅卷，把第六卷看完，此卷内容相当丰富，都是第一手资料。

下午开始阅第七卷，此卷分为四册，第一册和第二册是英文资料，是关于 1926 年与外国领事团的第 5、6、7、8、9、10、11 次会谈记录。第三册和第四册是中文的，是第 5 次至第 11 次会谈记录。

1981 年 12 月 23 日（农历辛酉年十一月廿八）　星期三　晴

上午去找上海市高级人民法院办公室领导谈资料的复印问题，但办公室主任李海庆同志不在，冯副主任也不在，吉副主任在开会。吉副主任让办事员告诉我找档案室，按有关规定办。回到档案室，管理人员让我填表再说。

在档案室阅卷，第七卷和第九卷（第八卷缺）。负责历史档案的同志见我很遵守他们的有关制度，很高兴，说："你这个人很好。"并把 50 年代档案的全部清理总结报告拿给我看，使我对上海市高级人民法院所存的旧档案有了一个全面了解，这对于我充分利用资料是很有利的。下午在此看总结报告，填表。

1981 年 12 月 24 日（农历辛酉年十一月廿九） 星期四 晴

上午把第九卷看完，此卷主要是上海临时法院成立后的经费问题，价值不大，故未多花功夫。第十卷也缺，故名义上有十卷，实际上只看到了八卷。下午去市公安局的浴室洗澡。

8：30一上班，法院同志便交给我一张纸条及两袋药。昨天我感到身体不适，感冒了，便给曹光辉打了一个电话，他让我下午去他那里，因我想抓紧时间阅卷，未去。电话中我说晚上再去，晚上我又未去。不想他21：00来找我，招待所他进不去，便写一字条，并留下两袋药给我，并说星期天他休息，可去找他玩玩。

1981 年 12 月 25 日（农历辛酉年十一月三十） 星期五 晴

今天上午去市公安局档案处看资料。这里保存了一些20年代帝国主义镇压中国共产党人和革命群众的资料，资料不多，比较零散，且都是英文的，但还是有用的。

下午又回到上海市高级人民法院档案室摘抄资料。由于不准复印和拍照，只好手抄了。手抄也有手抄的好处，手抄本身就是熟悉资料的过程。这些资料很珍贵，我摘抄时尽量保持其完整性，并努力做到字迹清楚（不敢说工整），编号有规律，有的加以说明。

下午下班时收到薛梅卿老师23日的回信。她写此信时尚未见到我20日分别写给她和曾教授的第二封信，仅据第一封信所言情况写的回信。说我所遇到的资料是外文的，又不准复印或拍照，困难可想而知。所收集的资料有限，必然影响论文的写作，她为此而忧急。让我向法院争取予以复印或照相。多向叶孝信老师请教，云云。

给郑禄、陈丽君写了回信，告知我来沪后的情况。问及刘金友走了没有，向刘金友推荐今年《上海司法》上发表的周作安的文章《运用间接证据认定犯罪——一件强奸案的预审始末》。因为刘金友是写证据问题的。

1981 年 12 月 26 日（农历辛酉年十二月初一）　星期六　晴

上午是上海市高级人民法院学习时间，不对外接待。

13：00 至 16：30 又去上海市高级人民法院档案室抄写资料。三个小时也抄不了多少字，看来春节前很难完成，只好春节后再来上海。

1981 年 12 月 28 日（农历辛酉年十二月初三）　星期一　晴

今天继续在上海市高级人民法院档案室摘抄资料。看来要想在四五天内完成此项工作是比较紧张的。

1981 年 12 月 29 日（农历辛酉年十二月初四）　星期二　阴

继续在上海市高级人民法院档案室摘抄资料，说是摘抄，其实已把第二卷全部抄录下来了。

**1981 年 12 月 30 日（农历辛酉年十二月初五）　星期三　阴
傍晚下雨**

今天继续在上海市高级人民法院档案室摘抄资料，不敢有丝毫懈怠。

1981 年 12 月 31 日（农历辛酉年十二月初六）　星期四　阴

今天上海市高级人民法院档案室整理内务，对外不接待。我便去上海市公安局档案处抄录资料——1914 年 1 月的会审公廨工作报告，其中有不少数字对我的论文写作是有用的。上午未抄完，下午接着抄录。

1982 年

1982 年 1 月 1 日（农历辛酉年十二月初七）　星期五　晴

给曾炳钧教授和薛梅卿老师写信，告知我之近况，拟于 1 月 7 日或 8 日返回桂林度春节，节后再来上海继续摘抄上海公共租界会审公廨的资料。

研究生阶段

1982 年 1 月 4 日（农历辛酉年十二月初十） 星期一 阴

上午去市公安局档案处抄写资料，是会审公廨 1914 年 8 月的工作报告，也有处理各种案件的统计数字。

13：25，上海市高级人民法院同志到招待所交给我一封信，原来是曾炳钧教授去年 12 月 27 日的来信，简明扼要，原文如下：

兴国同学：

　　来信收到。兹简要如下：

　　上海市高级人民法院所存上海会审公廨档案十卷，你已全部浏览一遍否？从目录看，内容究竟包括哪些方面，你已胸中有数否？

　　由于你还没有接触公廨的案例，我怀疑（不知）上海会审公廨的档案是否全部都已包括在这十卷内？如未包括全部，其余的部分存放在何处？因为我们都未接触过这些档案，应该虚心地向了解实际情况的专家和亲于共事的同志请教，要知道确实，这是重要的。

　　对现有的材料，自当悉心探究，现已去到上海，在时间精力许可的条件下，便应该尽量弄清上海方面可以接触的材料，特别是档案材料内容，必须摘抄的，还得摘抄。好好与管理同志磋商，请予照顾，方便。

　　你的工作大体仍按预定计划进行。档案材料，凡有意义的、可取的，当尽量设法吸取其精华。根据材料充实论文内容，改组章节。

　　最好还是要能找到公廨的案例。譬如戴修瓒在考察报告中提出若干对公廨办案的抨击。我们如能找到较充分的实例材料，我们的批判就能有力，如我们比戴修瓒的报告有多的发现，那当然更好。

　　至于论文题目暂时不动，但这不是阻碍你作多方面的设想。返校后提出你的意见。

　　在档案中遇对法制史特别有用的材料也要记取，以利今后的工作。

　　最后望很好地抓紧时间，同时注意健康。

　　祝你一切顺利。

　　　　　　　　　　　　　　　　　　　　　　　曾炳钧　12 月 27 日

与曾教授的要求相比，我自感我的工作还不够深入，还有不少资料应摘抄，时间确实很紧张。

晚上去看望叶孝信老师，并告诉他我即将回桂林，过春节后再来。对他给我的帮助和支持深表谢意。适逢复旦大学国际政治系支部书记汪老师也来他处，一起谈了谈。他们在筹备把法律专业从国际政治系中分出来，独立成为一个系。他对我们研究生的分配颇感兴趣，让我把法律专业全部研究生的名单列予他，包括研究生来源、其爱人所在地。他们希望能得到几人。但我们同学中没有人的爱人在沪工作，所以他们难以得到。他们说上海这里是"按'妻'分配"，即爱人在何地工作，即分配到何地去。凡爱人不在上海的一律不留，户口卡得很紧。

1982 年 1 月 5 日（农历辛酉年十二月十一） 星期二 晴

今天继续在上海市高级人民法院档案室抄录资料，1926 年的中外十一次会谈记录，很想走之前全部抄完它。

1982 年 1 月 6 日（农历辛酉年十二月十二） 星期三 晴

今天继续摘录资料。晚上加班工作到凌晨两点。

昨天中午将在上海市高级人民法院招待所结算住宿费，共计 27 天（12月 12 日至 1 月 7 日，每天 0.80 元，共计 21.60 元）。

1982 年 1 月 7 日（农历辛酉年十二月十三） 星期四 晴

今日乘火车回桂林探亲并度春节假日。

1982 年 1 月 23 日（农历辛酉年十二月廿九） 星期六 多云
在桂林市

中午收到郭成伟 19 日写来的信，说："你的来信收到了，非常感谢你的关心，爱护。你对各位老师的致意，我已带到，放心吧。""你经过顽强的努力，收集到很多难得的一手材料，我们三人都说你很有福气，马到成功，祝你春节后取得更大的成就。在京的各位老师也很为你高兴，他们认为你上海之行，是没有白辛苦的。"他告诉我自我外出后，研究生中没有人再外出考察了。他又说："我正在收集资料，写详细提纲，具体文章还未着手写，有情况一定再告诉你。""有关组织问题，研究生党支部很关心，你走以后又开过一次会议，对于发展问题又作了一些讨论，但由于面临放假，都要回家过春节，所以来不及进一步研究，所以组织发展问题，可能要到下半学期。我已按照你的意思，找了贵成与其他同志，他们也很关照。这些等你回来再详细面谈吧。""我凡是能见到的同学都给他们说了你的情况，他们也很为你高

研究生阶段

653

兴，关照我转告你多多保重身体。""我曾去张老师家，讲过你的情况，他让我转告你，我校定于 1982 年 2 月 8 日开学，你的情况另当别论。不要着急。"他这里说的张老师，就是我们研究生办公室的张玉森老师。

见到成伟的来信，我很高兴，也很想念同学们，然而论文的工作还必须抓紧。

1982 年 1 月 28 日（农历壬戌年正月初四）　星期四　阴　在桂林市

今天收到两封来信，一封是周国钧 26 日写来的回信，他是 1 月 11 日离京，13 日回到南宁。他说："自卢晓媚和你外出调查后，学校再也不批准任何人外出了。黄甫生曾打了一个报告，要求到贵州去调查，结果被苗巍批了一通，且未批准。我写了报告，见势头不对，也不敢上交了。你算是最走运的一个。""小卢到湖南长沙调查，20 多天后又回到学校。""整个研究生，只有王泰刚从家里回来，在校过春节。其他人都回去了。""我打算 3 月上旬或中旬回校，到那时写出初稿。目前论文还只写了一半。现在是抓紧时间边写边调查。下学期到校后，再修改论文。""麻烦你买到罗汉果。我已给老贾商量，准备去邮电学校取。"他又谈到在南宁过春节的情况。

另一封是薛宝祥、贾书勤的来信，也是 26 日写来的，我 24 日写给他们的信他们于 26 日收到。书勤的预备党员转正，支部大会已通过，但公安厅党委尚未批下来。调到保定之事公安部政治部已下商调函，但自治区公安厅政治部已回函，不肯放人。而且目前又是调整工资之际，她也不便多言。她说自治区公安厅对周国钧十分重视，可能他毕业后还得回广西。

见到他们的来信，我十分高兴。

1982 年 2 月 12 日（农历壬戌年正月十九）　星期五　阴

列车于凌晨 3：30 抵达杭州站，晚点 4 分钟。

天亮后去刘毓钧家。他见到我来了十分高兴，见到他夫人小施同志，他们的住房很不错，两间正房各 14 平方米，厨房、厕所设备齐全，还有浴室。这一套住房就是放在北京也是很好的。他们是去年搬进来的，是银行的宿舍。同时建好的有四栋 6 层的宿舍楼。刘毓钧上班的信贷部即在附近，上班步行即可。小施上班骑车也就 15 分钟。中午他们各自在单位吃饭，晚上回家自己做。他们

654

的儿子平时送去幼儿园，全托，每周一早晨送去，周末下午才接回来。我对他说，在杭州这个地方有这样的住房，工作又安定，就是过一辈子也是很好的。

上午他们去上班，我睡了一觉解除几天来的疲乏。他们说春节以来一直是雨雪交加，而且很冷。室内又无取暖设备，十分难过。而夏天又是酷热难当，而且酷热长达两个月之久。

中午毓钧从食堂打来饭菜共餐。自然聊起许多往事，谈谈老同学们的情况。

下午我沿西湖漫步，到了岳王庙，这是来杭州的主要游览地之一。因为10年前来时岳王庙被毁，在举办反对日本军国主义的展览，未能瞻仰岳庙及里面的岳王坟。目前看到的皆是1979年重建的。据说这次重修共用去人民币40万元。大殿内有重塑的岳飞戎装坐像，十分威武。岳坟也重新建好，岳坟对面有重新铸的秦桧、王氏、万俟卨、张俊四个罪人的铁像。此庙内有不少对联和诗文。

从岳王庙出来，回到刘毓钧家已经是17：40了。小施也回来了。今晚给我接风，搞了几个菜，天气寒冷，我们便在厨房就餐，喝了点儿酒，他们二人酒量都比我大。开怀畅饮，纵谈今昔诸事。

1982年2月13日（农历壬戌年正月二十）　星期六　多云

今天上街一行，更体会到街道也失修，到处坑坑洼洼，积水不少，泥泞难行。只是西湖周围的道路好一些。与10年前相比，杭州变化不大。看来哪里的建设也不如北京，北京毕竟是首都啊！本来刘毓钧打算今天陪我外出玩玩，但他今天要开会，不好请假。我说我自己出去转转，随便走走。

1982年2月14日（农历壬戌年正月廿一）　星期日　晴转阴

9：15，与毓钧骑车外出。先到西湖边上看看，然后沿西湖漫步。先后游历了柳浪闻莺、花港观鱼、西堤、岳王庙、平湖秋月、断桥，在几处留影。一路聊聊，自然也谈及黄升基、缪德勋、衣立、胡业勋等老同学，也谈到北京四十四中、北京八中母校的情况。我与毓钧是初中（北京四十四中）时代的同学，由于他患病，初二时休学一年，所以后来他比我低一个年级了。1959年我上了北京八中，1960年他也上了北京八中。所以我们初中高中都是同学。不过始终不在一个班而已。

下午我一个人外出，去游览玉泉和灵隐寺。玉泉主要是看池中的大青鱼，我是头一次来此。灵隐寺我于十年前来过，现在修建得比十年前更好了。游客颇多，香火旺盛。买了一本小册子《灵隐初探》。

1982年2月15日（农历壬戌年正月廿二）　星期一　晴转阴

去拜访我们年级8班的老同学黄献安，见到了他。1967年毕业分配，他是被分配到中国科学院社会科学部的，他说在那里只工作了三个月，社会科学部解散，他去了军垦农场，1971年来到杭州，就一直在这里了。目前在办公室工作，不久将到经济审判庭去。前年和去年，他曾两次回北京，并到母校看看，见到我们年级许多同学，但没见到我。我说我在家里住，不经常在学校住。他又介绍了我院1965年的毕业生袁秀荣，在杭州市中级人民法院民庭工作。袁秀荣说，她原在广西壮族自治区高级人民法院工作，因爱人在浙江省高级人民法院工作，她于1970年从南宁调来。我问起潘玉臣、张佐民，她说都认识。与他们聊了半个多小时。

回到刘毓钧家。小施已上班了，孩子也送到幼儿园了。毓钧说今天他请假了，陪我出去玩玩。我们去六和塔一带玩玩，骑车沿杭州至富阳公路南行，经过动物园，进去看看。10年前我来杭州时，此动物园尚未建，当时动物园设在柳浪闻莺公园（或儿童公园）内。新建的动物园虽然面积不如北京动物园大，动物也没有北京动物园多，但该园依山而建，各种动物室建筑别具风格，也值得一看。

11∶10离开动物园，在附近小吃店吃点儿面条、包子，继续南行。此时天气转阴，似要降雨，还好一直未下雨。

到虎跑泉，进去一游。十年前我也曾来过，如今新添了一些仿古建筑。有一民国三十六年（1947年）上海龙华善会建造的建筑物遗址，在柱子上隐约可见这样一副对联：

佛祖无奇但作阴功不作孽
神仙有法祇生欢喜莫生愁

王致恭书

虎跑以泉著称，泉水清澈见底，用此泉水泡的茶，三角钱一杯。刘毓钧欲请我饮用，我说："太贵了，且我不善于饮茶。算了吧。"

离虎跑去六和塔。六和塔在钱塘江边的大桥旁，是国务院重点文物保护单位，闻名天下。我幼时读《水浒全传》，说宋江征方腊后，武松擒住方腊，也失去一臂，便在此出家，鲁智深的骨骸也葬于此，这是我对六和塔最初的印象。10年前来杭州时专程来此看看。我和毓钧登塔远眺，钱塘江从塔下流过，令人心旷神怡。我们在塔上盘桓良久才下来。大桥边有蔡永祥烈士事迹陈列馆。

沿公路返回。毓钧又带我去登玉皇山，此山在西湖旁，高300多米，山上有古庙，可饱览西湖及钱塘江风光。山后有一块"八卦田"，煞是好看。

下山而回，又去火车站签了明天去上海的车票，从杭州站发车的车票没有了，只能签路过的108次直快列车（从长沙至上海）的票，还是别人退的票，付加快费4元。

晚上毓钧特意杀鸡加菜为我饯行。

1982年2月16日（农历壬戌年正月廿三） 星期三 晴

早上毓钧送他儿子去幼儿园，之后我们又畅谈，20多年的老朋友了，要谈的话很多。12：05，他送我去车站，步行去车站只要十几分钟就到了。我乘坐的108次列车是12：40进站，杭州上车的人不少，但是到车上还是能找到座位的。13：00晚点五分钟从杭州开出，与毓钧分别，下次来杭州不知道是什么时候了。

16：44列车到上海站，出站后直奔上海市高级人民法院招待所住下来。服务员小郭告诉我春节后有我的信，从北京寄来的。法院将信退了回去，退去又寄来了。她让我去上海市高级人民法院办公室看看。我放下东西就去法院，办公室同志说是我的信，是2月8日来的，已经退回去了。我问是不是北京政法学院寄来的，她说"好像是的，记不清了"。不知道是何人给我的来信。

去市公安局食堂吃饭。晚上先到祝昌汉家看看，见到伯父，知道祝昌汉春节时曾回来探亲，现已回北京了，知道他分配在中国气象局天气气候研究所一室工作。何熙雯目前在常州，约二十九号回来，经上海回广西。伯父还告诉我王老师（王霭诚）来过，留下她在上海的住址，不是在淮海中路，而是在附近的海伦西路。

1982 年 2 月 17 日（农历壬戌年正月廿四）　星期三　晴

早晨依旧去市公安局食堂吃饭，又按一个多月前的规律生活了。

下午去上海市高级人民法院档案室继续摘抄资料，抄录中外会谈的第 9、10、11 次会谈记录。

1982 年 2 月 18 日（农历壬戌年正月廿五）　星期四　阴有小雨

上午和下午都去上海市高级人民法院档案室抄录资料，将会谈记录全部抄完。

1982 年 2 月 19 日（农历壬戌年正月廿六）　星期五　晴

下午继续抄录，今日抄的是会审公廨档案第四卷。

收到从桂林转来的薛梅卿老师给我的回信，薛老师肯定我外出考察的成绩，也提出几点建议，让我抓紧时间，早点儿回学校。

1982 年 2 月 22 日（农历壬戌年正月廿九）　星期一　阴

今天一天皆在上海市高级人民法院档案室抄录会审公廨的档案材料。

晚上给薛梅卿老师写封回信，告诉她我又回到了上海继续抄录资料。

另给郑禄、陈丽君写封信，告知我的近况，问问学校及同学们的情况。

1982 年 2 月 23 日（农历壬戌年正月三十）　星期二　小到中雨

今天继续在上海市高级人民法院档案室抄录资料。

晚上试译《上海会审公廨诉讼程序规则》（*The International Mixed Court at Shanghai Rules of Procedure*）。这是去年从市公安局档案处找到并复印的资料。

1982 年 2 月 24 日（农历壬戌年二月初一）　星期三　晴

我依然是去上海市高级人民法院档案室抄录资料。今日上海市高级人民法院召开全市法院系统大会，传达中共中央 1982 年第 5 号文件《关于加强政法工作的几点意见》和去年最高人民法院在石家庄召开的全国第三次刑事审判工作会议精神。明天上海市高级人民法院讨论会议的精神，对外不接待。

1982 年 2 月 25 日（农历壬戌年二月初二）　　星期四　晴

9：20，去祝昌汉家，何熙雯果然在家，她是前天下午从常州回到上海的。已签好后天的 79 次车票回桂林，将于 28 日晚抵达桂林，3 月 1 日上午回永福。我托她带些东西回永福，她说可以。我们正欲一起去找王霭诚，王霭诚却来了。我们就一起谈谈。小何谈了谈老祝去北京后的情况。中午何熙雯留我们吃饭。祝昌汉的父母做了不少菜。我曾于 1978 年在永福县见过他父母。

13：00 辞别他们，回到招待所，然后翻译英文资料。

晚上去复旦大学叶孝信老师家，叶老师正在给他的研究生进行指导，不一会儿就结束了。叶老师说这些研究生明天要给本科生讲课（实习）。他们目前是二年级，是 1980 年入学的。叶老师问问我返回上海后的情况。他也认为尽量多收集些资料好。我把去年在北京首都图书馆复印的关于会审公廨的资料给他看，他说这些资料很好，他打算也复印一份留下。我们又谈了谈其他事情。

1982 年 2 月 26 日（农历壬戌年二月初三）　　星期五　多云

今天一天在上海市高级人民法院档案室抄录资料，把第四卷抄录完毕，又开始抄第六卷的内容。

1982 年 2 月 27 日（农历壬戌年二月初四）　　星期六　晴

今天是星期六，档案室照例不对外开放。上午去淮海路看看。

下午送何熙雯回广西，把托她带回的东西交给她。王霭诚也来了。何熙雯说范仁俊及其爱人张雪娣回来了，昨天来祝昌汉家见到小何，并邀请王霭诚和我明天去他家玩玩。我与王霭诚约好明天在提篮桥碰头一起去范仁俊家。我与王霭诚去上海站送小何上车。79 次列车是 16：17 发车。小何说她打算今年夏天放暑假回北京探亲。

研究生阶段

1982 年 2 月 28 日（农历壬戌年二月初五）　星期日　晴

今天与王霭诚去范仁俊家做客。8∶30 在提篮桥 47 路终点站聚齐，到位于杨浦路的范家。老范拟于 3 日返回永福县。在那里我们谈起许多往事。中午饭后于 13∶45 辞别出来，王霭诚回海伦路，我回到上海市高级人民法院招待所。

1982 年 3 月 1 日（农历壬戌年二月初六）　星期一　阴转晴

今天继续抄录资料。

1982 年 3 月 2 日（农历壬戌年二月初七）　星期二　晴

今天继续在上海市高级人民法院档案室抄录资料。

中午服务员给我送来一封信，是周国钧 25 日晨写来的回信，从邮戳上看是 28 日寄到的。他谈到他听到的关于中国法律大学筹办的消息，地址选在北京十三陵，北京大学原分校的地方。我们北京政法学院将成为中国法律大学的一个部分，曰"本科生院"，大学还有"干训部"和"研究生院"。明年（1983 年）开始招生。对我们毕业后的去向，他争取留在北京。不过自治区一直是想要他回去的。自治区的史清盛副主席可能又要找他谈谈，做他的工作。他感到不好办。在学校的王泰同学给他来过信，说回校者寥寥无几。他的毕业论文写出一个轮廓了，四五万字。他打算 3 月 14 日回到学校。他托我买一本上海社会科学院法学研究所出的《刑法》一书（是我告诉他，问他要不要的）。下午我便去买了回来，这是该所编译的"国外法学知识译丛"之一。《刑法》一书的主编是曾庆敏，知识出版社 1981 年 12 月第一版，0.52 元。"国外法学知识译丛"各册主要是从英、法、德、苏、日等国百科全书的法学条目中选译编成的。这些百科全书的文章都是各国著名学者所撰写的，代表各国的学术观点和水平。

1982 年 3 月 3 日（农历壬戌年二月初八）　星期三　晴

今天继续去上海市高级人民法院档案室抄录资料。中午和晚上都没有外出。晚上翻译英文资料。

1982 年 3 月 5 日（农历壬戌年二月初十）　　星期五　雨

在上海市高级人民法院档案室抄了一天的资料。

17：20 收到武汉李侠 1 日的来信，热情欢迎我去武汉，告诉我他在武汉市的地址。

1982 年 3 月 7 日（农历壬戌年二月十二）　　星期日　多云

今天在招待所翻译英文资料。

中午收到薛梅卿老师 3 日的来信，叮嘱我若上海有《明大诰》，可以复印两份，代图书馆复印一份。并嘱"惟宜早日返校为盼"，我也想早日回去了。

1982 年 3 月 8 日（农历壬戌年二月十三）　　星期一　晴

今天在上海市高级人民法院档案室继续抄录资料。

1982 年 3 月 9 日（农历壬戌年二月十四）　　星期二　晴

今天在上海市高级人民法院档案室继续抄录资料，这两天抄的都是英文资料。

1982 年 3 月 10 日（农历壬戌年二月十五）　　星期三　晴

今天在上海市高级人民法院档案室继续抄录资料，英文资料能看懂个大概了，抄起来劲头也足，抄了一篇又一篇，可谓爱不释手了。

1982 年 3 月 11 日（农历壬戌年二月十六）　　星期四　阴有小雨，晴

今天继续抄英文资料。这些日子复旦大学历史系的师生也来抄资料。他们拟写一本关于汪伪政权的书。其中所谓"生"是指 77 届毕业生中留校的同学，从 77 届毕业生中留了 6 个人。

晚上把抄录的资料逐卷填写好《历史档案摘录、复印材料登记表》，明天请上海市高级人民法院审查。

研究生阶段

1982 年 3 月 12 日（农历壬戌年二月十七）　星期五　晴

今天上午去市公安局档案处阅有关的资料。本想把去年在此抄的关于会审公廨的 1914 年 1 月和 8 月工作报告校对一下，但由于我当时未抄下编号，档案处管理员未找到，答应有时间再找找看。

下午又去上海市高级人民法院档案室抄录资料，并把昨晚整理好的摘抄材料交给法院办公室审查。

1982 年 3 月 15 日（农历壬戌年二月二十）　星期一　多云

上午在上海市高级人民法院档案室继续抄录资料，下午法院开大会，不对外接待。

1982 年 3 月 16 日（农历壬戌年二月廿一）　星期二　晴

今日继续去上海市高级人民法院档案室抄录资料，并把学校出的八本教材送给上海市高级人民法院档案科的胡馥英科长，谨表示他们对我的热情接待的感谢。八本书是《刑法参考资料案例汇编》《民法总则案例汇编》《民法讲义》《资产阶级民商法讲义》《经济法讲义》（上、下册）和《刑法参考资料：法规选编》（上、下册）。

1982 年 3 月 17 日（农历壬戌年二月廿二）　星期三　阴雨

上午在档案室继续抄录英文资料，1926 年 4 月 30 日中国政府外交代表与各国驻京使团关于交还会审公廨第三次会议纪要。但是内容太多，昨天抄了一天，今日又抄了大半天，才抄了一半。

1982 年 3 月 18 日（农历壬戌年二月廿三）　星期四　阴有小雨

今天继续抄录资料，上午在市公安局档案处，下午在上海市高级人民法院档案室，抄录的都是英文资料。

中午收到郑禄、陈丽君 11 日的回信，说："你是有福之人，去一趟上海，得到偌大一批资料，这足够你用的了。""学校还是老样子，外地同学回来的不到三分之二。近日可能会陆续回来一批。大家都在忙于写论文，有的写初稿,有的在修改。""近来外地同学都在发愁分配的事情,怕解决不了家属问题。""老郭才从教研室带来消息,论文在 6 月底一定要提交答辩委员审阅,不延期。"我必须抓紧时间,尽早从收集资料转入起草论文。

今天下午上海市高级人民法院档案科胡馥英科长将我上次送去审批的摘录的材料退还给我,让我带回学校,请单位签意见后寄回来。

1982 年 3 月 21 日（农历壬戌年二月廿六） 星期日 多云

今天终于不再下雨了。9：00 外出,到长宁区中心医院找曹光辉。他刚外出买了一个瓷盘回来。今天天气不错,我又快走了,他便邀我一起去游龙华寺。我们乘 73 路汽车到终点站,下车后走不多远就是龙华寺。这是一座佛教寺庙,建于晋代。附近还有一座龙华塔,寺和塔都在修复中。一个小时便玩完了,出来后与曹光辉分别。

1982 年 3 月 22 日（农历壬戌年二月廿七） 星期一 晴

上午去市公安局抄录资料。

下午先去上海市高级人民法院档案室又把有关资料看看,把中外会谈中西文本对照看看,看看大家是如何翻译的,尤其是看看一些专有名词是如何翻译的。

黄献安于今天从杭州来上海出差,也住在这里。他于晚上 11：00 回来,与他聊聊。

1982 年 3 月 23 日（农历壬戌年二月廿八） 星期二 晴转阴

吃完早饭,去买船票。居然还买到了明天（24 日）13：00 开船的快班船四等舱票,票价 13.80 元。须航行 53 个小时,26 日 18：00 到武汉,是东方红 18 号轮。

给李侠写封信,告知我 26 日晚上乘船抵达武汉,请他接我一下。写完信立即寄出,寄的是航空信。结算房费,2 月 16 日到今天,共计 36 天,28.80 元。

晚上与黄献安聊聊,告诉他我明天离沪,经武汉返回北京。

研究生阶段

1982 年 3 月 24 日（农历壬戌年二月廿九）　星期三　阴转小雨

早晨把行李收拾好，共有 5 件行李，也不轻。9：30 至 10：40 又去市公安局摘抄一些资料。只要未走，资料总是有的抄。

昨天上午打电话告诉曹光辉，他于今天 11：00 赶来为我送行。我与他及黄献安三人一起去食堂吃晚饭。他二人送我到十六铺码头。十六铺码头是上海港新建的码头，去年年底才开始使用，宽敞、美观。我们到那里才 12：00。曹光辉、黄献安送我到检票口，与他们分别。我被安排在二楼 1 室。四等舱皆是每室 12 位旅客，还可以。船上设备齐全，有淋浴室，下午我便洗了个澡。有阅览室，可看报纸杂志，比坐火车舒服多了。我还很小的时候坐过江轮。13：00 轮船起航。

1982 年 3 月 26 日（农历壬戌年三月初二）　星期五　晴，有阵雨

18：00，船到武汉码头，这是本次行程的终点站。旅客全部下船，我东西较多，便等大多数人走了才下船。出港，见到李侠来接我了。

19：20 到武昌区大东门千家街，李侠夫人周老师正在家，还有一位华中师范大学的老师也在，一起聊聊。

晚上与李侠夫妇谈及分别两年多来各自的情况。看来他们对来武汉后的情况是基本满意的，他们的住房也不错。女儿在武汉大学中文系，明年即将毕业，想搞儿童文学工作，儿子明年初中毕业。周老师教公共外语课，李侠讲刑法课，这学区每周三、周六上午各有两节课，要讲一个学期。

1982 年 3 月 27 日（农历壬戌年三月初三）　星期六　多云

李侠今日有课，前两节上课。我同他一起出来，我去买火车票，买到 29 日的 38 次到北京的硬座车票，23.80 元。27 日至 30 日的卧铺票都售完了，我若再来晚一点儿，29 日的硬座车票也没有了。我的票是 38 次列车 9 号车厢 71 号座位。

去湖北省图书馆，但今天上午内部学习，不开放。

1982 年 3 月 28 日（农历壬戌年三月初四）　星期日　晴

下午去财经学院拜访法律系的吴传太老师，呈上薛梅卿老师的信和托带

给他的书籍。吴传太老师又带我去拜访政治系的袁继成老师。他正在搞汉口租界史，与他聊聊。他说尚未接触到关于汉口租界会审公廨的资料，建议我去地方志编辑部看看。

1982 年 3 月 29 日（农历壬戌年三月初五） 星期一 晴

上午先到湖北省图书馆看看，未找到我所需要的材料。在那里给祝昌汉写了封信，请他 4 月 1 日 14：36 来北京站接我，以便及时把他家带给他的东西交给他。信立即寄出，寄的是航空信。

从图书馆出来乘 10 路汽车到武胜路，转乘 2 路电车，找到设在武汉市人大常务委员会内的武汉地方志编辑部，与一位叫李泽的同志谈了谈，他说人尚未调来，工作尚未开展，目前提供不了什么资料。

下午李侠陪我到武汉大学，见到了陶毅，与她聊聊，却未见到她的爱人张铭新。他们以前在新疆博乐工作，张铭新于 1978 年考入北京大学法律系中国法制史研究生。陶毅于 1980 年调到武汉大学教民法。张铭新研究生毕业后也被分配到武汉大学工作。张铭新是我院 64 届毕业生。我早听敖俊德提过他们，却一直未见过面。今日特来拜访。陶毅也介绍了武汉大学的情况，还是不错的。

回到李侠家。听周老师说吴传太老师来过了，托我带一封信给薛梅卿老师。

晚饭后李侠送我去武昌车站。与李侠告别。19：10，38 次特快列车从武昌站开出。

1982 年 4 月 1 日（农历壬戌年三月初八） 星期四 晴

14：36 回到北京。祝昌汉果然来车站接我，他是昨天上午收到我的信的。他说 8 日将去江苏南通出差，拟去上海看看。我把他家托带的东西交给他。

1982 年 4 月 2 日（农历壬戌年三月初九） 星期五 晴

10：20 到达学校。一进校门就见到了许显侯老师，他说教研室老师见我迟迟不归，都十分挂念，为我的论文而担心，许多同学都完成初稿了。我谈到向教研室汇报考察情况，他让我先去找薛老师谈谈。

研究生阶段

去薛老师家，她不在家，见到黄卓著老师，把吴传太老师托我带给薛老师的信和东西交给他，谈谈考察情况。他说大家都挂念我。

去研究生办公室，见到张玉森老师，谈谈情况。张老师说曾给我去过一封信，我已离开上海，所以信被退了回来。

先后去六号楼和一号楼，见到班上的同学们。大家都认为我考察满载而归，同时又嘱咐我要抓紧时间写论文。全班最后回到北京的三名同学是张耕、程飞和我，我们三人均于昨天回到北京。35 名同学都回来了，不少同学的论文已写出初稿了，有的甚至完成二稿了。

午饭时见到周国钧，他是 14 日回来的。

去看看薛老师。她为我迟迟不归而着急，认为我搜集了许多有价值的材料是好的，但若因此耽误了论文写作就不好了。我汇报了考察的情况。

下午去教研室见到郑治发老师、许显侯老师、沈国锋老师，谈谈去上海的情况，把在上海市高级人民法院摘抄的材料送给许显侯老师审阅并签字，后又到教务处请苗巍老师审阅签字。

1982 年 4 月 5 日（农历壬戌年三月十二）　　星期一　晴

继续在家写论文的详细提纲。

由于写论文提纲，无暇去曾教授家，便给他写封简信，告诉他我已回到北京，等修改好提纲再向他当面汇报。

1982 年 4 月 10 日（农历壬戌年三月十七）　　星期六　晴

今日去学校，去图书馆还书借书，但图书馆今天闭馆了，原因是本科生去圆明园郊游了。

去六号楼与一号楼，与同学们（马俊驹、陈明华、王裕国、高坚等）聊聊。得知这几天司法部和国家计委正在审批我们这届毕业的研究生分配方案。据说无论留校还是到北京或外地任何单位，司法部都予以批准。学校早已把留校的人员名单落实了，主要看导师的意见。我们法制史专业的四名研究生都被留了下来。其他约有一半多也被留了下来，如法学理论专业的张贵成、刘全德，刑法专业的王扬，刑事诉讼法专业的郑禄、刘金友、史敏、周虹，民法专业的刘淑珍、张俊浩、李三友（不过三友本人想去法制委员会），

我们走在大路上

还有王显平、高坚、解战原、宋定国、常绍舜等。另外，程飞可能去全国人大民法起草小组，马抗美也去北京某单位，马俊驹可能去南开大学，侯宗源拟去郑州大学法律系，陈淑珍回天津。其他有的同学尚在自谋出路，周国钧在与中央政法干校（公安学院）联系，张耕在与公安部联系，陈明华可能去西北政法学院，肖思礼想去铁道部。卢晓媚、黄甫生都想去长沙，卢晓媚是湖南人，黄甫生的爱人虽在贵州，但黄甫生也是湖南人，这次他回长沙，是回老家去了。我想不留校也没有什么合适的单位可去，而且目前正值精简机构之际，能要人的单位不多。到外地去无论何处，也不能立即解决夫妻两地分居问题，不如留在北京再说。

张玉森老师见了我，也问我："你留校工作，有什么意见吗？"我说："没有意见。"张老师又说："家属问题一时解决不了。"我说："那就以后再说。"他说："有这句话就好办了。"

在教学楼见到薛梅卿老师，她说教研室是想把我们四人都留下来。如果你们自己不愿意留校，教研室就要考虑从外单位调人进来，或从本科毕业生中选留。

上午张玉森老师给我一本《中国共产党大事年表》，是党内发的，每名党员一册。

1982年4月13日（农历壬戌年三月二十）　星期二

上午将论文提纲撰写完，将近九千字，一式两份，14：20带到学校，分别交给薛梅卿老师和曾炳钧教授。

下午班里开会，欢迎81级研究生新同学。81级招收了5名研究生，国际法专业2人，刑事诉讼法专业2人，外国法制史专业1人，都是男同学，于今年春节后入学的。前一段时间5名一年级的同学有的外出考察了，有的回家了，人缺很多，所以迎新会一直没有开，现在人都回来了，才开这个会。为了加强研究生办公室的工作，学院又给研究生办公室增派了人，原在院党委办公室工作的田玉英老师到我们研究生办公室来了。

今天参加会议的人不少，大家都忙于写论文，彼此也难得见面。今天见到郭成伟和曾尔恕，畅谈一番。老郭热情地介绍他在撰写论文中走的弯路和体会，也谈到学校和教研室的若干事。会后回宿舍与同学们聊聊。去图书馆

研究生阶段

还书，还是去年借的，我说明情况，并将其中需要的书办理了继续借阅的手续，又去报刊阅览室借了几本杂志。

1982年4月14日（农历壬戌年三月廿一）　星期三　晴，大风

去曾炳钧教授家，但他未在家，师母说他去图书馆了。我把论文提纲留下并写了几句说明而归。

1982年4月19日（农历壬戌年三月廿六）　星期一　晴

上午去薛梅卿老师家。她正在批阅我的论文提纲，就此交谈了几句。问题是曾教授阅得很慢，老人家身体不好，精力有限，看起来是很费力的。薛老师也帮我找了些参考书和文章。薛老师还说华东政法学院刘德镶老师来信，寄来了他们编写的《中国法制史纲》，也给了我一本。

1982年4月21日（农历壬戌年三月廿八）　星期三　晴，晚上小雨

上午到北京图书馆办理科研阅览室的阅览证，到那里时正好碰见曾尔恕出来，她说上午这里不办公，13：30才开始办公。她告诉我曾教授定于后天下午去学校，与薛老师共同研究我的论文问题。她已打电话给学校，请陈丽君转告薛老师。我们又谈谈毕业论文写作问题及毕业留校问题。

既然如此，我就不必去曾教授家里了，便去国子监首都图书馆查阅资料。下午在那里复印了6张资料，取自1923年的《法律周刊》第14期至第16期。另交复印梁敬錞的《在华领事裁判权论》一书。

15：15从首都图书馆出来，经圆恩寺去看看郭成伟。他正在家，与他聊聊。他昨天去了学校，见到薛老师。薛老师对我从上海带回来的材料是满意的。我们也谈谈其他事情。

从首都图书馆出来时还遇见郑治发老师，他来柏林寺书库找点资料。与他聊了聊。

1982年4月23日（农历壬戌年三月三十）星期五　晴

8：30到达曾教授家，他正在家等我。我先谈谈我在上海抄录回来的资料。9：00薛梅卿老师也来了，我先谈了我的论文提纲思路，然后他们分别

谈谈他们的意见，都很好。不过要达到要求还得找些资料。

1982 年 4 月 28 日（农历壬戌年四月初五）　星期三　晴，大风

上午见到李梦福，他于今年春节后又回到北京政法学院了。他说回到学校曾到一号楼找我，知道我去上海考察了，只见到了周国钧。不过他在广西时还不认识周国钧。目前李梦福还住在北京卷烟厂的宿舍。

1982 年 4 月 29 日（农历壬戌年四月初六）　星期四　晴

上午到北京图书馆看书，摘抄和复印资料。主要是 1924 年至 1927 年的《现代评论》杂志，摘录复印一些有关上海公共租界会审公廨的文章。

下午去首都图书馆，取出上次送来复印的梁敬錞的《在华领事裁判权论》一书。

1982 年 5 月 4 日（农历壬戌年四月十一）　星期二　晴

下午分组讨论宪法草案。我们法制史专业和国家与法的理论专业及民法专业为一个讨论组。今日参加讨论的有侯宗源、张贵成、张耕、刘全德、程飞、马俊驹、刘淑珍、曾尔恕、陈丽君、郭成伟、江兴国。缺张俊浩、李三友、陈淑珍三人。大家久未在一起讨论了，十分热烈。

党支部决定 7 日（本周五）开会讨论发展新党员，我和张贵成负责做郭成伟的介绍人，会后我们在一起谈了谈，详情后天再来议定。

1982 年 5 月 5 日（农历壬戌年四月十二）　星期三　晴，大风

今天开始写第 65 册日记了。每天犹如在记录历史，以个人经历和见闻为内容的历史。写日记关键在于毅力，失去毅力，写一天停三天的日记就没有什么意义和价值了。

1982 年 5 月 6 日（农历壬戌年四月十三）　星期四　晴

今日来校主要是与张贵成同志一起把明天下午在支部会上介绍郭成伟同志入党之事落实好，在他的入党志愿书上签署我们介绍人的意见。

研究生阶段

1982 年 5 月 7 日（农历壬戌年四月十四）星期五　晴

下午在教学楼 319 教室召开支部大会。目前我们研究生支部共有党员 39 人，其中研究生办公室 2 人：张玉森、田玉英；我们研究生三年级有 27 人：侯宗源、张贵成、张耕、陈淑珍、解战原、黄甫生、常绍舜、马抗美、宋定国、王显平、高坚、卢晓媚、王裕国、陈丽君、江兴国、刘金友、周国钧、郑禄、史敏、陈明华、张凤翔、肖思礼、张全仁、程飞、马俊驹、李三友、刘淑珍；二年级有 9 人：裴广川、崔铭中、吴雪松、薛瑞麟、郭靖宇、王力威、王诤、沈德咏、高之国；一年级有 1 人：高鸿均。39 人中有预备党员 4 人：王裕国、史敏、宋定国、高之国。今日到会 35 人，缺 4 人：张玉森、张全仁、陈淑珍、崔铭中，不过他们都留下了同意发展的意见。

今天讨论了五位同志的入党申请。

会议由支部组织委员侯宗源主持，依次讨论了曾尔恕、郭成伟、张俊浩、王扬、周虹同志的入党申请。这五位同志的介绍人分别是：曾尔恕由陈丽君、刘淑珍介绍，郭成伟由张贵成、江兴国介绍，张俊浩由马俊驹、程飞介绍，王扬由陈明华、张全仁介绍，周虹由周国钧、刘金友介绍。支部大会的程序是本人提出入党申请，介绍人予以介绍，支部大会讨论，举手表决，宣读支部决议，鼓掌通过决议。讨论结果是五位同志入党问题皆一致通过。这五位同志除王扬较年轻外，都是从 60 年代就开始提出入党申请，将近 20 年来孜孜不倦地认真学习马克思主义和党的有关知识，坚持不懈地努力要求进步。可以说经过了长期考验，都具备了入党的条件，应该发展他们入党。五位同志的家庭出身不尽相同，个人处境也不完全一致，但他们要求入党，追求真理则是一致的。

散会后回家，与郭成伟同行到中央民族学院，他今天很激动，这是不难理解的。

1982 年 5 月 11 日（农历壬戌年四月十八）　星期二　多云转小雨

早晨给老同学王立铼写封信，他是与我共患难过的朋友，好久没有给他写信了。信中告诉他半年来我的情况。

670

1982 年 5 月 13 日（农历壬戌年四月二十）星期四　晴

今日在炮司写论文，完成了第一个问题，会审公廨成立前中国司法主权状况，仅这个问题就写了一万多字，估计整篇文章七万字，原计划写五万字。

1982 年 5 月 15 日（农历壬戌年四月廿二）星期六　晴

今日在炮司继续写论文，将近两万字了。

晚上去叩饶竹三、王小平家的门，与他们畅谈。老同学了，又是挚友，相距又不远，我自笑这是"拄杖无时夜叩门"。他们告诉我梁桂俭从辽宁去新疆出差，经过北京，住了两三天，昨天晚上到他们这里来过，今天上午乘飞机去新疆了。梁桂俭说曾到北京政法学院一趟，找过我，未见到我，给我留下一简信。遗憾得很，未能与他重逢，毕业十几年了，一直未见到他，很想与他聊聊。他回来时还要经过北京，还有机会相逢的。

1982 年 5 月 18 日（农历壬戌年四月廿五）　星期二　晴

下午遇到郭成伟，我们一起去法制史教研室，见到薛梅卿、郑治发、沈国锋、许显侯及时伟超五位老师。薛老师和我谈到梁桂俭来学校见到她，希望能介绍他来北京工作。没有见到我，给我留下一封简信，说从新疆回来经北京时再找我。

去一号楼，参加党小组的关于党的发展工作的讨论。我们年级尚有刘全德、刘旭明、王泰三位同志未解决入党问题，但都在积极申请加入，我们小组认为都可以发展。

与同学们聊聊。国家与法的理论专业的同学的论文已送去打印了。等候答辩。

1982 年 5 月 24 日（农历壬戌年闰四月初二）　星期一　晴

昨晚听说木樨地的一位姓饶的同志来找过我，让我今晚去他家一趟。我想一定是竹三来访，必有要事，我等不到晚上了，早晨 7：00 就到竹三家，他说公安部一局想找一名法律顾问，即对法律比较熟悉、有一定的实践经验、有系统理论基础的人，让他举荐。他便想到了我，问我是否愿意去。我直爽地说我不感兴趣，因为我不大喜欢做机关工作，更不想每天8小时坐班式的生活，不如在学校当教师自由些。竹三又想从比较熟悉的老同学中推荐。我说可以问问我们研究生同学，看谁愿意。

去薛梅卿老师家，见到从上海华东师范大学来北京出差的艾周昌老师。去年12月我到上海时曾受薛老师之托去看望过他，他这次来北京，是到教育部搞统编教材的修改工作。

与薛老师简谈了几句，我说我的论文已写了三万多字了。薛老师说她不要求我写得这么快。

今天薛老师把梁桂俭经北京时给我的简信交给我，如下：

江兴国同学：

　　我公出路过此处，来薛老师这里，没见到你。十天左右从乌鲁木齐回来，再看望。请告知张守蘅老师及司主任他们。

梁桂俭
1982年5月14日

今天正好十天了，还不见他回来。

1982年6月1日（农历壬戌年闰四月初十）　　星期二　晴

下午在教学楼319教室参加全院教职工及研究生大会，朱奇武副院长传达北京市高教局召开的关于做好高校教师职称评定工作的会议精神，评定工作基本原则是十六字方针："坚持标准，保证质量，全面考核，择优提升。"标准有三：政治上坚持四项基本原则，业务上要有较好的本专业知识，另外外语要达到一定的要求。助教的评定院校学术委员会可审批，讲师的评定院校学术委员会亦可审批，但要在市高教局备案，副教授由市高教局审批，在教育部备案，教授由教育部审批。自1979年以来的三年中全国共新评定了教授2000多人，副教授2万多人，讲师14万多人。其中北京市教授300多人，副教授3000多人，讲师11 000多人（目前北京共有58所大专院校），我校预测是评定出教授5人、副教授22人，讲师180多人。至于教学管理行政人员如何评定职称，正在草拟办法。我院尚未评定职称的有50多人。朱奇武老师是前不久提升为副院长的。16：40结束会议。

在会上见到郑治发老师，把他去年借给我看的《治外法权》一书还给他。见到薛梅卿老师，把摄制的《元代的法律特色》一文胶片给她。

见到曾尔恕，知道曾教授家已搬到花园路这边来了。

1982 年 6 月 5 日（农历壬戌年闰四月十四）　星期六　晴

上午继续写论文，总算把第二部分写完了，已将近四万字了。

1982 年 6 月 8 日（农历壬戌年闰四月十七）　星期二　晴

上午去一号楼与同学们聊聊。有的同学（如程飞、侯宗源、张耕等）的毕业论文已经打印出来了，有的同学毕业论文已送去打印了，更多的同学还在修改毕业论文。少数专业的同学可于放暑假前答辩，大多数人的毕业论文答辩则安排在下学期了。究竟我们何时毕业，尚无消息。谈到家属问题、工资问题，个个牢骚满腹。

郑禄、陈丽君说昨天给我打多次电话，均未找到我。原来我们法四年级的在学校读研究生的老同学们拟一起去照一张相作为留念。由于找不到我，又由于崔铭中家中有事回家去了，便以后再说了。对于照集体相的事情，我完全赞成。

11：30，收到张景忠 4 日的来信，他说 7 月 20 日将来北京，是广西壮族自治区区体委组织的 20 人参观团到北京参观国际足球邀请赛，然后参观全国大学生运动会。让我告诉王开洞，他于 7 月 20 日来北京，可能住在国家体委招待所。

1982 年 6 月 14 日（农历壬戌年闰四月廿三）　星期一　晴

上午到一号楼与同学们聊聊。郑禄告诉我昨天下午镡德山来学校商量我们在校的法四年级老同学分手前照相的事情。

到法制史教研室见到吴薇同志，她自从去年 12 月 14 日分娩起已休产假半年，今天开始上班，他们母子身体均好。她告诉我经教研室研究决定让我们四人加上 81 级研究生高鸿君参加本科生期末考试的监考工作，时间是本月 25 日上午和 28 日上午。我愉快地答应了。

到教学楼 425 房间看看在这里奋战的周国钧、王裕国等人。据刘金友、马俊驹说周国钧已经三天三夜没有回一号楼 106 宿舍好好睡一觉了。他在

425 房间放一张小床，困倦时就在那里稍加休息而已。这种刻苦的写作精神值得我学习。他们的刑事诉讼法专业导师张子培老师限他一周内拿出定稿来，月底便进行答辩了。史敏是全班第一个答辩的，定在本月 28 日。侯宗源将在 7 月 3 日、程飞将在 7 月 10 日进行答辩。不过也有遥遥无期的。

1982 年 6 月 16 日（农历壬戌年闰四月廿五）　星期三　多云间阵雨

继续写论文，因为使用的是英文资料 "*International Mixed Court, Shanghai, Report on the Duties of the Regisrar, the Staff Employed, and Its Sub Division into Offices*"（《上海公共会租界审公廨检察处各部职员职务之报告》），边译边用，因此进度较慢。

1982 年 6 月 22 日（农历壬戌年五月初二）　星期二　晴转阵雨

去一号楼，见到同学们，聊聊。曾尔恕说，曾教授在家曾问她："不知江兴国的论文写得怎么样了？"刑事诉讼法专业和国家与法的理论专业的同学们将于本月底、下月上旬陆续进行论文答辩，先要填写硕士学位申请书。

1982 年 6 月 24 日（农历壬戌年五月初四）　星期四　晴

上午继续翻译英文资料，到 9：15 总算把这篇长达 36 页的文章译完，译成中文尚有七千多字。

打电话给学校法制史教研室，正好是薛梅卿老师接电话，我问明天监考的事情有无变化，薛老师说没有变化，让我明天 7：30 到。又问我的论文写作情况，批评我久未与老师联系，也不去曾教授家看看，汇报情况。我说等我写出论文初稿再去。她让我明天监考后一定去一趟。我觉得有事儿去才好。

下午继续写论文，将第二部分结尾处续写了一些。第一部分、第二部分近四万字。

1982 年 6 月 25 日（农历壬戌年五月初五）　星期五　晴

7：30，去法制史教研室，老师们都来了，我们五位研究生（郭成伟、陈丽君、曾尔恕、江兴国及高鸿均）也陆续来到。薛梅卿老师讲讲监考注意事项，念了念分班名单。这次考试的是二年级同学（80级），共14个班449人。我负责监考7班，有31人。参加监考的老师是：薛梅卿、郑治发、沈国锋、郝殿海、皮继增，另有80级办公室的两位老师，还有一位不知姓名的女同志，不像是老师。加上我们研究生五人，吴薇同志负责巡回联系。

考试从8：00至10：30。试题是：

（1）名词解释。（30分）

①君主立宪　②领事裁判权　③国民党伪六法

④权能分治　⑤五权分立　⑥会审公廨

（2）简述孙中山废除刑讯的司法改革法令。（30分）

（3）评国民党法院的"审判独立"原则。（40分）

监考前后老师们问了问我的论文写作情况，我亦汇报之。薛老师让我把情况向曾教授谈谈，说："你不能光闭门造车，可能的话应多征求各位老师的意见，尤其要主动争取曾教授的指导。"11：10去花园路曾教授的新居拜访曾教授，但是师母说他去学校开会了，8：30就去了。我只好返回。

中午在学校食堂吃饭。得知明天我们毕业班同学一起去参观中南海毛主席故居，并计划在那里集体留影。快毕业了，合影留念是不少人的愿望。回想起来时间过得好快啊！虽然有一多半同学将留校，但毕竟有十几名同学要回外地工作，即便留校也不是一个小单位了，联系肯定要少多了，让人又一次体验到毕业分别之感慨……

晚上敖俊德来访，他送来了两张人民大会堂的电影票，放映国产故事片《佩剑将军》，外面尚未公开放映。他爱人小徐暑假将来北京，从新疆博乐到北京往返要用半个月时间。他的爱人单位7月底才能放假，在北京住不了多久。他的论文经过修改，将再次打印，再次答辩。谈到国家将要办的政法大学，他也听说拟在北京政法学院基础上创办。校址大概选在北京体育学院后面，中央已批复启动资金4000万元。我们又谈到一些老同学的消息。22：20他辞归。

1982年6月26日（农历壬戌年五月初六）　星期六　晴

上午去瞻仰毛主席旧居，旧居在中南海内。我于8：15到达那里，解战原、李三友已各自从家里来，先到了。后又见到曾尔恕和她爱人潘启强，潘启强现在借调在钢铁学院工作。接着见到了张玉森老师，他也是从家里来的。此后又有刘淑珍、郭成伟、刘全德来了，他们也是从家里直接来的，却久久不见学校的大队人马来到。大家边等着边闲聊，站累了，就或蹲着，或坐着。曾尔恕说她父亲（曾教授）昨天下午去参加教研室会议，讨论评定我与郭成伟的中国法制史成绩，说都是好成绩，自然是优秀了。

9：00，住在学校的同学才来到，整队鱼贯而入。前来瞻仰毛主席旧居的人可真不少。名义上是参观中南海，实际上只开放南海的范围。毛主席住的地方在丰泽园内，是毛主席从1949年3月到1966年8月居住的地方，也是他办公、开会、接见外宾和处理国家大事的地方。

除丰泽园外，还有瀛台也可一游，瀛台就是清末慈禧囚禁光绪帝的地方，1908年光绪死于此。

我们参观到毛主席旧居后，在丰泽园门前集体合影留念，是崔铭中摄影的。然后各自组合，或以专业，或以宿舍，或自由组合，纷纷留影，也还有趣。用马俊驹的话说："今日我可露脸了，照了不少。"

今日来参观的同学有：

哲学专业：解战原、常绍舜、黄甫生、宋定国、马抗美。

经济学专业：高坚、王裕国、刘旭明、王显平，缺卢晓媚——据说她忙于论文，而且此处她来过了。

国家与法的理论专业：侯宗源、张耕、张贵成、刘全德、陈淑珍。

法制史专业：郭成伟、曾尔恕、陈丽君、江兴国。

▲毛主席旧居留影

刑事诉讼法专业：周国钧、史敏，缺郑禄、刘金友、周虹，据说都忙于论文。

刑法专业：张全仁、王泰、陈明华、张凤翔、王扬，缺肖思礼，感冒了。

民法专业：马俊驹、程飞、张俊浩、李三友、刘淑珍。

还有二年级的崔铭中，他忙于给大家照相。研究生办公室的张玉森老师和张春龙老师也来了，还有院党委办公室的杨鑫老师，曾尔恕的爱人潘启强，他今日也为我们照了不少的相。还有一位我不知姓名的女同志，据说是住在女同学宿舍的外单位的同志，还有来京出差的程飞的哥哥。

据悉，5月7日支部大会通过的曾尔恕、郭成伟、王扬、周虹、张俊浩五位同志的入党问题，院党委已经批准了。

今日是王裕国同志预备党员的预备期满一周年之日，应讨论他的转正问题了。

1982年6月28日（农历壬戌年五月初八）　星期一　晴

今天一年级学生（81级）考外国法制史。我们还得参加监考。7：30到校。今日参加监考的同志是：许显侯、皮继增、薛梅卿、沈国锋、郝殿海老师，及曾尔恕、陈丽君、江兴国以及一年级办公室的三位同志，吴薇照例机动巡回。81级共有13个班，425人。我在7班监考，考场在教学楼401教室。7班共32人，今日参加考试31人，缺席1人（吕伟红，因伤）。从8：00开始，10：15最后一人交卷。

今天早晨一到教研室，薛梅卿老师就告诉我梁桂俭已经从新疆回来，但在北京只停留一天，无暇来看我了，留下一封信给我而去。他的信如下：

> 兴国同学：
> 　因为我去新疆途经北京时未找到你，回来时只停留一天，急于结案，所以，我们未得相见。听竹三说你向他打听。因我在前门招待所停留，离他较近，我去见了一面。当天下午的车，已经买票。他告诉我应当去你住所，考虑你很忙，我又仓促，就不必了，故未相见。待以后定有机会相见。
> 　祝全家好。
> 　此致
> 　敬礼！
> 　　　　　　　　　　　　　　　　　　梁剑　　1982年5月23日

从信的内容来看，是他回到辽宁朝阳后写给薛老师，附言给我的。薛老师说他要资料，给他准备了一些，他也未顾得来拿。

1982年6月29日（农历壬戌年五月初九）　星期二　晴，大风

5：00醒来，天已大亮。我立即起床，赶到永定门火车站。买好去石化

的 741 次（市郊车）车票，到石化车站下车，找到石化工厂职工总医院，时间是 8：30。

找到升基所住的外科一区 305 病房。他神智很清楚，目光也很锐利，我在门口刚从门上的玻璃窗向内窥视，他就发现了我。我一推门进去，他立即叫出我的名字，并转向他母亲介绍起我来。我立即向前称呼"伯母"，并自我介绍。我一提伯母便记起来了，她还记得有一年曾在后百户胡同林宜家见过我一次，那是 1975 年初。伯母今年 63 岁了，身体尚健，精神尤其好。从贵阳坐火车来北京，两天两夜未坐卧铺，昨夜抵京后休息一夜便又精神抖擞了。

升基脸色土黄，似乎也消瘦了一些，然而精神尚好。各种管子已拔掉。为了不使他多消耗气力，我未与他多交谈。在走廊与他的同事聊聊，方知 25 日 11 点多，升基因腰部剧烈疼痛，被同事们用自行车送入医院的。他肝痛已有两个月之久，但一直没有认真对待，也未去医院检查。在医生给他换药时我见到他前胸右侧开刀的直角形伤口很长，不过愈合尚好。

见到林宜，她很忙。林宜给升基熬了一小碗稀饭。升基今日可以吃些稀饭了，前几天不能进食，靠输液维持。见到升基的四弟，个子长得很高，他在贵阳工作。还见到升基的六姨等人。

我在那里也帮不上忙，不宜久待。9：45 与他们告别。又乘一路车来火车站，到车站才 10：20。候车。乘从灵丘开往永定门的 434 次车回永定门。13：05 到达永定门站。

1982 年 6 月 30 日（农历壬戌年五月初十）　　星期三　晴
傍晚阵雨

今日在家继续写论文。经多日对资料的分析，决定以英文资料为主进行阐述，写起来就快多了，一天下来可以写四千多字。

1982 年 7 月 2 日（农历壬戌年五月十二）　　星期五　晴

上午去郑治发老师家拜访。郑老师见我来，他很高兴。他说教研室已决定把我们全都留下来，而且作为骨干力量使用。待毕业论文搞完之后，就给我们分配任务。可能要到外地（如内蒙古、甘肃等地）去给函授学生讲课，是司法部交给的任务。另外，中央有关部门还要组织力量写晋察冀边区的历史。我们也要抽人参加写政权建设部分。总之工作很多。后又谈谈我的论文，我把论文写作情况汇报了一下，他也谈谈他的意见，都很好。

11：20辞别出来，到校吃午饭。知道了我们法四年级老同学相约后天上午到天安门前的华表齐聚合影。

1982年7月3日（农历壬戌年五月十三）　星期六　晴

抄录翻译好的英文资料，以便曾教授审阅。

16：30，给刘瑾老师打个电话，电话打到专利局。刘老师说她到那里快两年了，她对我打电话找到她感到很奇怪，我告诉她我到母校，从方老师处知道了她的电话及工作单位之事，也告诉她升基的病情，她亦愕然，说也很想去看看升基。她让我有时间去她那里玩玩。

今日领到了《毕业研究生登记表》，这是教育部制定的。表上要求贴本人的相片，作自我鉴定，班组也要有鉴定。看来此表是市高教局或教育部要的，不是学校自己收存的。

1982年7月4日（农历壬戌年五月十四）　星期日　晴
下午大雨

9：00到敖俊德处，与他聊聊。9：30我们出来，步行到天安门前西华表下，到那里9：40，尚未见有人来。便去天安门内看看，有小贩为游人照古装相。

9：50出来，见到张全仁来了，然后镡德山、蒋绮敏也来了。镡德山告诉我昨天刘漳南与他们到了学校，买了西瓜、桃子之类的水果，庆贺我们毕业，特别是为即将毕业到外地工作的侯宗源、程飞、张全仁、马俊驹四人饯行，是昨天晚上去的。刘漳南说今天就不来天安门了。

裴广川、崔铭中从学校骑车来。吴雪松与刘淑珍一起来。程飞到时10：20了。不过为了不让大家指责他，他竟然把手表倒拨了半小时，因此他还说他早到了10分钟。来得最晚的是郑禄、陈丽君与侯宗源。只好挨罚，买冰棍请客。

10：40，我们这些人便去天安门广场合影，照的是彩色胶卷相片。今天来的同学共15个人，1班：敖俊德、江兴国；3班：裴广川、镡德山、蒋绮敏；5班：马俊驹、张俊浩、郑禄、陈丽君、崔铭中；6班：张全仁、刘淑珍；7班：程飞；8班：侯宗源、吴雪松。

▲大学同学在天安门广场合影

除请摄影社的人为我们照了一张合影外，我们自己又买了一卷胶卷照了几张。

很意外的是，在天安门广场遇见了郑州市中级人民法院刑三庭的庭长杨裕福同志，是他先和我打招呼的，然而我一时竟没认出他来，主要是想不到会在这儿碰到他。16 年前我们在郑州市中级人民法院实习。与十六年前相比他老了，胖了，却很精神。他是来公安学院（原中央政法干校）学习的，为期半年，才到北京几天，分在三部 2 班。他来时陈寅生同志给了他我的地址，却不料今日在此相逢。我便拉他先合个影再说。他谈谈一些老同志的情况。我也告诉他当年在郑州市中级人民法院实习的其他同学的情况，云云。

12：10，我们结束在天安门的留影活动，分别。我与裴广川到敖俊德处坐坐。裴广川与敖俊德都是搞刑法专业的，谈谈毕业论文选题的问题，一直谈到 15：00 才告辞而回。

今日报上说我国首批硕士学位授予工作已审批结束，全国共有 8562 人荣获硕士学位。

1982 年 7 月 5 日（农历壬戌年五月十五）　星期一　晴

今日在家继续翻译英文资料，还是前次翻译的那份资料。这次是把译好的中文抄一遍，有的地方做些核对及修改，以便送给曾教授审阅。这次翻译英文资料对我也是一次锻炼，因为我从来没有独立地翻译过这么长的专业文章。

1982 年 7 月 6 日（农历壬戌年五月十六）　星期二　晴，大风

上午收到杨岷 7 月 2 日的来信，说调令 4 月就下到广东了，但省里一直对他们封锁消息。他们知道后多次去与省里"谈判"，也无结果，还得去"磨"才行。她给吴雪松写了一封信，托我转交。

去学校，9：35 到校。张守蘅老师约我们几个法四年级的同学在教学楼

我们走在大路上

前合影。我到校时他们正在教学楼前准备照相，我来得正合适。还有刘淑珍未到。大家决定不等她了。今日参加照相的除张守蘅老师外，还有江兴国、裴广川、郑禄、陈丽君、张俊浩、马俊驹、崔铭中、张全仁、程飞、侯宗源、吴雪松，共 12 个人，缺刘淑珍 1 人。

拍完照，去曾炳钧教授家，见到曾教授，把论文写作的情况向他作了简单的汇报，并把我翻译的英文资料"International Mixed Court，Shanghai，Report on the Duties of the Registrar，the Staff Employed，and Its Sub-Division into Offices"（《上海公共租界会审公廨检察处各部职员职务之报告》）送交给他，请他审阅，请他看看我的翻译有没有什么原则错误。至于论文，我说待修改和抄写好，再呈上请他审阅。他同意了。曾尔恕也在那里。她说这几天几名同学进行了论文答辩，建议我也来旁听一下才好。她说国家与法的理论专业学生的答辩，老师卡得很严。

11：15 回到学校，我找教务处苗巍老师签字，当初学校给了我 400 元，我用了 262.66 元，退回 137.34 元。用苗巍老师的话说："你还是老实。"即指我未用多少钱，给学校节省了经费。我这次去上海考察，确实比较节省，住的是上海市高级人民法院的招待所，大房间，有几十张床，上下铺，吃饭就在附近公安局的大食堂。

14：30 在教学楼 407 教室旁听陈淑珍答辩。教室前方的黑板上写着"北京政法学院硕士学位论文答辩会"字样，前面放着几张桌子，一字排开，桌上铺有淡蓝色的桌布。五把椅子是答辩委员会的委员们的席位，对面是答辩研究生的席位，后面是旁听人员的座席。两侧有人负责记录和录音。今日参加陈淑珍答辩的老师们是：我校的程筱鹤、张浩、周树显、汪暄及中国人民大学的孙国华。答辩委员会由张浩担任主席，由他主持答辩会。第一项由陈淑珍的论文指导教师周树显介绍陈淑珍的学历、入学后的学习情况、论文写作情况；第二项由论文评阅老师汪暄宣读对论文的评语；第三项由论文写作者陈淑珍同志介绍自己的论文主要内容及写作过程，需要补充说明的问题，等等；第四项由答辩委员会的诸位老师提出问题。休息半小时，陈淑珍做答辩准备，然后陈淑珍就老师们提出的问题进行回答。最后答辩人及旁听人员都退场，答辩委员会的委员们就是否授予陈淑珍硕士学位用无记名投票方式进行表决。由于我在休息时就退场了，后面的程序是听张贵成等同学告诉我的。

陈淑珍的论文题目是"论孟德斯鸠的法律思想"。从老师们的评语来看，认为她的论文是成功的、较好的。看来通过授予学位是没有问题的。

迄今国家与法的理论专业五名研究生的硕士论文答辩全部结束，他们写作的论文题目及论文答辩时间、参加答辩的老师们如下。

答辩时间	答辩人姓名	论文题目	参加答辩的老师	评阅人
7月1日上午	张贵成	论法的继承性	程筱鹤　张浩　杨鹤皋 潘华仿　孙国华	潘华仿
7月2日下午	张耕	论法的起源	程筱鹤　张浩　杨鹤皋 潘华仿　孙国华	杨鹤皋
7月3日下午	侯宗源	社会主义法与共产主义道德	程筱鹤　张浩　汪暄 孙国华　吴大英	汪暄
7月5日下午	刘全德	试论法律面前人人平等	程筱鹤　张浩　汪暄 孙国华　吴大英（缺席）	汪暄
7月6日下午	陈淑珍	论孟德斯鸠的法律思想	程筱鹤　张浩　汪暄 周树显　孙国华	汪暄

以上五人都是在教学楼 407 教室答辩的。

刑事诉讼法专业的研究生已有两人（史敏、周国钧）答辩完毕，具体情况待 12 日郑禄答辩后再列表记载。后天是刘金友答辩。

去一号楼与同学们聊聊。近日，研究生们对答辩情况十分关心，也颇有些紧张的气氛，谈话自然也以此为主要话题了。

对于我自己的论文，我还是有信心通过答辩的。

1982 年 7 月 12 日（农历壬戌年五月廿二）　星期一　晴

7：40 给学校打个电话，史敏接的电话。我问她学校有什么活动，她说明天照毕业照，然后会餐。我想知道我们专业的情况，请她找陈丽君来接电话，结果是郑禄来接的。他让我下午去学校一趟。今天上午郑禄进行论文答辩，很想去听听。因为他的论文题目是"唐代刑事审判制度初探"，与我们法制史联系甚大，但终因时间紧张、事情繁多而未去。

另给黄升基的单位（石化长征厂生产科？）打了一个电话，询问他的病情。答曰最后确诊仍是肝癌，已无希望了，不过对他本人只说是胆结石。目前升基仍在医院，也不可能出院了。哀哉！

上午写个人鉴定，我从政治思想、学习生活作风、身体健康及家庭情况几个方面作了自我鉴定。

14：55 到校。郭成伟已经来了，陈丽君也在校，曾尔恕始终未来，据说是手破了。四个人缺一人，不好作小组鉴定了。

去法制史教研室，曾炳钧教授、刘保藩副教授也来了。刘老师说我胖了，很久没看见他了。他身体尚好，精神也好。我们告诉老师们明天 10：00 在教学楼前拍摄毕业照，请老师们参加。指导教师中只差潘华仿老师未在，郭成伟说他回去时去他家邀请他。对年纪大，又住得较远的潘老师，学校已答应派车去接。薛老师嘱咐我将论文写好一些，以便请汪暄、时伟超等老师过目。她说我今天上午应当来听郑禄的论文答辩。据郭成伟介绍说他的论文答辩是成功的，评价不错。

1982 年 7 月 13 日（农历壬戌年五月廿三）　　星期二　晴，大风

今天我们全班同学与曹海波及其他院领导、各专业指导教师和教过我们的外语教研室的张尧老师、蔡秀珍老师一起照毕业照。中午又会餐，下午搞小组鉴定。

10：00，老师及同学们陆续来到教学楼前。我们从院会议室搬来 30 把折叠椅，照相时分四排。前面是院领导及年纪较大的一些教授、讲师，都坐在椅子上，中间当然是曹院长了，第二排是中年教师和女同学，还有部分男同学，站在椅子后面，第三排站在砖头上，第四排站在椅子上。由刑侦教研室的金老师摄影。

▲法制史专业研究生毕业照左起：（前排）许显侯、潘华仿、曹海波、曾炳钧、刘保藩、薛梅卿；（后排）郭成伟、江兴国、郑治发、沈国锋、陈丽君、曾尔恕

全体合影后，又分专业合影。我们法制史专业邀请曹院长，教研室老师曾炳钧、潘华仿、刘保藩、许显侯、薛梅卿、郑治发、沈国锋和我们四个研究生一起照。之后其他专业研究生及指导教师纷纷合影。他们都邀请了研究生办公室的三位老师（张玉森、田玉英、张春龙）参加，后来我们又邀请他们一起拍了照片。

我们是首届毕业的研究生，人数最多，院领导、老师们看我们这么多人毕业成才自然十分高兴，我们自己也非常高兴。大家都喜形于色，气氛十分热烈。

11：30拍完照。12：30我们会餐。35个研究生分为五桌，每桌七人。八菜一汤，每桌七瓶啤酒。刑事诉讼法专业指导教师张子培与我们共同会餐，其他教师没有来，研究生办公室的三位老师也没有来，只是田玉英老师席中来看看我们。张玉森老师带我们三年了，我们十分希望他能与我们一起会餐。但他十分注意这些事情，以前历次我们出去郊游他也不参加，却依然为我们联系车辆，辛勤奔走。三年来我们的成就与他的辛勤劳动是分不开的，我们从内心深处很感谢他。我们法制史四人与马俊驹、刘淑珍、程飞一桌，席间大家相互敬酒，或以各种理由或借口相互碰杯。

我提议向大家征集三年研究生生活的集体活动照片，拟搞一个专门记录研究生生活的影集。大家一致表示赞同。我们也向辛勤为我们服务的厨房大师傅敬酒表示感谢。吃到最后只剩下我们一号楼106宿舍的五个人了：刘金友、周国钧、郑禄、郭成伟、江兴国。我们又边吃边谈一番，相约等今年中秋节前后，在我们法制史四人也完成论文答辩后，再在我家欢聚一次，就像前年那样。

吃完后与大师傅们一起收拾餐具，把地扫干净，已经13：40了，回去休息。

下午分专业搞小组鉴定。由于他们三人的个人鉴定尚未写好，就先由我做个人鉴定，然后通过小组鉴定。民法专业的程飞起草了小组鉴定稿，措辞恰当，我们便拿来"借鉴"，很快搞出了小组鉴定。刑事诉讼法专业的郑禄过来一看，不禁哈哈大笑，原来他们用的也是这个稿子。其实大家的情况都差不多，这种鉴定都是适用的。我开玩笑地说："应当付给程飞稿费。"程飞说他的鉴定的"版权"应有保障。

张玉森老师说大约15日以后即可发派遣证了，同学们可陆续到新的单位报到了。即便留校的同学也可以回原单位把工资关系转过来。我争取把论文写出来送老师审阅后即回去办手续，早点儿把工资关系转过来。

全班 35 人毕业分配情况如下（大体）：

哲学专业（5人）：解战原、常绍舜、马抗美三人留校，宋定国去中央团校（北京），黄甫生去湖南长沙。

经济学专业（5人）：王裕国去四川成都，卢晓媚去湖南长沙，刘旭明去国家物价总局（北京），王显平与高坚二人留校。

国家与法的理论专业（5人）：侯宗源去郑州大学法律系，陈淑珍去天津南开大学，张耕、张贵成、刘全德三人留校。

法制史专业（4人）：郭成伟、江兴国、陈丽君、曾尔恕皆留校。

刑法专业（6人）：张全仁与王泰二人去公安劳改干部学校（河北保定），张凤翔去河北石家庄，陈明华去西北政法学院（陕西西安），肖思礼去交通部水上法院，王扬留校。

刑事诉讼法专业（5人）：郑禄、刘金友、周国钧、史敏、周虹皆留校，周国钧去学报编辑部。

民法专业（5人）：马俊驹去武汉大学法律系，程飞去辽宁省辽阳市政法部，张俊浩、李三友、刘淑珍三人留校。

从地点来说，共分9个地方：北京、保定、石家庄、郑州、武汉、长沙、西安、成都、辽阳。留校21人，在京其他单位3人，外地11人。

三年的研究生生活结束了，我们毕业了，心情自然十分高兴，比十几年前大学毕业时还要高兴！

迄今为止，除国家与法的理论专业研究生进行了学位论文答辩外，还有刑事诉讼法专业的4名研究生也进行了学位论文答辩，如下：

答辩时间	答辩人姓名	论文题目	参加答辩的老师
7月5日上午	史敏	试论我国刑事诉讼中的上诉制度	张子培　曹盛林　程味秋　虞以泰　陈光中
7月5日下午	周国钧	论刑事证据的分类	张子培　曹盛林　严端　虞以泰　陈光中
7月8日上午	刘金友	略论刑事诉讼证据的审查与判断	张子培　曹盛林　严端　虞以泰　时伟超
7月12日上午	郑禄	唐代刑事审判制度初探	张子培　程味秋　陈光中　时伟超　陶髦

刑事诉讼法专业的周虹，她的论文题目不明，好像是关于刑事诉讼中的审判问题，要到下个学期才能答辩了。

上述四人的学位论文答辩皆通过了。

此外，哲学专业、经济学专业、民法专业的研究生要到外单位（如中国社会科学院、北京大学、中国人民大学等）去申请学位论文答辩。在毕业前要先在本校教研室进行一次毕业答辩，还有刑法专业，虽然不必到外单位申请学位论文答辩，但目前论文未打印出来，无法进行。他们六人中有五人要分配到外单位工作，所以在毕业前也必须进行一次毕业答辩。这些同学的论文相关情况如下。

哲学专业：黄甫生《论怀疑》，7 月 16 日上午答辩

宋定国《人的本质的揭示与唯物史观的形成》，7 月 16 日下午答辩

常绍舜《系统发范畴的哲学探索》，7 月 17 日上午答辩

马抗美《因果联系释义》，7 月 17 日下午答辩

解战原《论分工》，7 月 30 日上午答辩

经济学专业：高坚《美国反托拉斯立法产生的历史背景及其在美国经济发展中的作用》

王裕国《生产劳动学说从古典经济学到马克思的发展论略》

刘旭明《论消费结构的形成和发展，以及消费结构的形成对生产的反作用》

王显平《政治经济学从抽象到具体的逻辑方法的由来和发展》

卢晓媚《试论我国城镇经济》

民法专业：马俊驹《论法人责任的几个问题》

程飞《论侵权行为民事责任的法律性》

李三友《关于我国民法物权的几个问题》

张俊浩《论知识产权的一般特征》

刘淑珍《论我国公民人格权的民法保护》

刑法专业：张全仁《论犯罪的未遂》

王泰《论共同犯罪的概念及其基本特征》

我们走在大路上

王扬《试论我国刑法中的累犯》

张凤翔《论我国刑法中的强奸罪》

陈明华《论刑法上的错误》

肖思礼《论罪数的标准》

至于我们法制史专业四个研究生的论文题目，除我自己的以外，对他们三人的论文题目，我尚未搞清楚，只知道郭成伟是写宋律中的贼盗律，曾尔恕写美国限制言论自由的法律，陈丽君写法国的什么法律。

1982 年 7 月 15 日（农历壬戌年五月廿五）　　星期四　晴

9∶15 到学校。高坚已于昨天离校回家，高之国也于今天走了，周国钧于今天晚上回南宁。

与陈丽君一起去曾教授家，但他不在家，便去许显侯老师家小坐。许显侯老师搬新家了，换到花园路了。许显侯老师说我们四人全留在教研室，使教研室一下子充实了不少新生力量，教师平均年龄也下降了不少。

回到学校，去研究生办公室。今天开报到证了。张玉森老师已为我们开好了。和 15 年前本科毕业时的报到证一样，是教育部统一制定的，名曰《高等学校毕业生统一分配工作报到证》，以北京市高等教育局名义派遣并盖其章。我的报到证上书：

北京政法学院：

　　按照国家制订的 1982 年高等学校毕业生调配计划，现分配你院毕业生江兴国（男）到你处工作。

　　请接洽

北京市高等教育局
1982 年 7 月 15 日

　　专业：中国法制史

　　修业年限：三年

　　报到地址：北京

　　档案材料：另转

　　报到期限：自 1982 年 7 月 15 日到 8 月 15 日

　　已发费用：（空白）

　　备注：研究生

　　京研字第 07659 号

报到证的背面有三项注意事项：

（1）毕业生凭证向工作单位报到。

（2）毕业生对本证应注意保存。如有遗失，应立即报告工作单位和向发证部门申请补发证明信。

（3）毕业生报到后，持本证及接收单位证明到当地公安部门报户口。本证交工作单位留存。

与15年前相比，关键的变化乃是报到地点由"广西"改为"北京"了，这一改变可不容易啊。当年也想不到还会有二次领取高校毕业报到证的机会。

吃完午饭回家。15：00到炮司。把报到证给父亲看看，他十分高兴。

1982年7月18日（农历壬戌年五月廿八）　星期日　晴

8：30赶到学校，先把书还给刘旭明。他过几天去报到，还想回江西老家一趟。王显平今天走了，回家了。张耕昨晚已走。王泰在捆行李，他和张全仁近日内也将去保定报到。陈明华、张凤翔的家属都来了，来北京玩玩。他们都将去外地工作，以后家属来北京就不容易了。史敏爱人也来了。侯宗源也准备走了。

见到陈丽君。她说薛老师要看看我的论文，初稿也行，好评定我的毕业成绩。另，毕业登记表上有几处填写不当，需要改正。办公室的田玉英老师找我。

我便去薛梅卿老师家。我说我的论文快写完了。她说过几天看也可以。关于毕业登记表上应当填写法律系中国法制史专业，指导教师一栏应当填写"曾炳钧等"，我光填写"曾炳钧"了。郭成伟也是如此，昨天他来学校已同他讲了。我又与薛老师谈了谈论文的问题。

听王裕国说我们的工资关系学校已向原单位发函请他们转来，我们不必去跑了，并说只要一报到就可以按国家21级干部标准发工资。原单位已发的由学校补发差额款。

1982年7月19日（农历壬戌年五月廿九）　星期一　晴

今天继续写论文。上午给学校研究生办公室打电话，张玉森老师接的电话，我问学校是否已给我们原单位发函催办工资关系。他说是人事处发的，已于放假前发出了，发的只是我们留校同学的，往外地派遣的由研究生办公室发了。

下午给敖俊德打电话，7 月 4 日照的相片他已取到了。

20：50，到敖俊德处。他的论文已修改好，又送去打印了。见到 7 月 4 日上午我们大家在天安门的留影，是彩色照片。他说他爱人徐桂兰将于明天晚上抵京，过几天孩子也将由外公从上海带来。只是他目前住处太简陋，又无炊具，甚为不便。我谈到学校不少同学已毕业离京。

1982 年 7 月 20 日（农历壬戌年五月三十）　星期二　晴

侯宗源今天上午到北京站托运行李，明天离京去郑州大学报到。刘旭明也于今天晚上离京回江西。学校剩下的同学已不多了：王裕国、马俊驹、程飞、宋定国、常绍舜（他去房山了，过几天回来）、郑禄、陈丽君（他俩是以校为家）、卢晓媚（他爱人小熊来北京探亲了）。陈丽君说郭成伟上星期六曾去找我，一区不见我，又去五棵松一带找我，因为薛老师又有些着急了，让我把论文初稿给她看看。我把彩色照片交给陈丽君，请她分发，并说马俊驹、程飞、侯宗源的我已面交了。

1982 年 7 月 23 日（农历壬戌年六月初三）　星期五　晴

今天继续写论文，中午也未休息。到 16：20，将论文的第一部分和第二部分整理好，飞车去学校，17：00 到校。先到院办公室，今天有人事处的人值班，白岚同志值班。我问她今天可以报到吗？她说要找徐桂英老师才行。徐老师是 25 日至 27 日来学校值班，她负责办理工资关系等事项。

去薛梅卿老师家，把论文前半部分交给她。半年多来她对我的论文写作给予很大的关心和帮助，也为我担负了不少责任。我一再向她表示感谢，也就论文问题和她谈了我的思路、写作中遇到的问题。她让我把这份稿子先送给沈国锋、郑治发老师看看，请他们多提意见。

去沈国锋老师家，将论文送上，请他审阅，多提意见。

到六号楼，见到黄甫生、常绍舜、王裕国、马俊驹、郑禄、陈丽君。马俊驹说程飞原说今日进行论文答辩，又推迟到明日了，在中国社会科学院法学所进行。

1982 年 7 月 26 日（农历壬戌年六月初六）　星期一　晴间多云

今日到学校报到了，这意味着我为期三年的研究生生活结束了（严格说

研究生阶段

689

起来不到三年，还差三个月呢，因为我们是 1979 年 10 月入学的），三年来我写了 11 本日记（第 55 册至第 65 册，用的是 36K 笔记本），逐日记载了研究生生活的全过程。也意味着我的新生活开始了，可能今后半生将一直从事此工作了：大学教师，从事中国法制史专业的教学工作。我喜欢教学工作，也热爱教学工作。

9：30 到校。先到院办公室找到徐桂英老师，她是人事处专管此事的老师。她给了我若干表格，又要填写表格。

见到薛梅卿老师，把论文交给她，论文分订成 10 本。她考虑再三，让我先送给曾教授审阅。人事处和财务处让我立即回原单位（广西永福县人民法院）办手续和搬家。薛老师说最好待论文答辩后再回去，但又涉及报销问题，薛老师让我去花园路找曾教授及许显侯老师谈谈，他们是教研室正副主任，由他们决定。

1982 年 7 月 27 日（农历壬戌年六月初七）　星期二　晴转阴，有小雨

上午绕行中国气象局去祝昌汉处看看，8：00 到那里。何熙雯已经来了，正在吃早点，她是 22 日抵达北京的。他们的女儿祝安是老祝出差接来的，16 日抵京的。我们谈谈各自的情况，也问及杨光德、王霭诚的情况。之后老祝去北京大学听一个学术讲座。

9：25 到校，去沈国锋老师家，把论文的后半部分送他审阅。他已经看了我的论文前半部分。我一去他很高兴地说："你的论文不难修改，内容丰富，但要压缩一下，不必面面俱到，只挑选体会最深的几个问题写即可。分析还可再深入些。写多些也不是没用，对准备答辩是有用的。以后也可写成专著。"沈老师说我的文笔也不错。后肖思礼来了，请他讲讲唐律上的有关问题。后又有人来，我和肖思礼便告辞了。沈老师说周末即可看完。我说星期一来取，再送给郑治发老师审阅。

去法制史教研室，薛老师正在教研室，我把昨天去许显侯老师家的情况和她谈谈。后郑治发老师、许显侯老师也相继来了。关于我回桂林之事，经许老师与财务科联系，财务科许科长让我去她处，她写了封信让我寄给原单位（永福县人民法院），请原单位将我的调动工作的搬家费用寄来，以后我

回桂林的旅费就可以从学校支付。

去一号楼看看王裕国，他今日下午离京，乘 135 次列车，后天才能到成都。

1982 年 7 月 28 日（农历壬戌年六月初八）　星期三　晴转阵雨

去市工人体育场，见到张景忠。他是 22 日从南宁直接来北京的，观看北京国际足球邀请赛，7 月 31 日将去唐山老家看看，8 月 8 日再回北京。8 月10 日至 20 日带广西运动员参加全国第一届大学生运动会，8 月 22 日回桂林。他有五年没有来北京了，上次还是 1977 年暑假来北京接车。他说未见山西有人来看足球赛。估计 8 月的运动会沈如虎或石美丽会有一人来的。

1982 年 8 月 2 日（农历壬戌年六月十三）　星期一　晴

上午去沈国锋老师处，他已经将我的论文全部看完。他认为可以把前言及第一部分合并作为前言部分，概括地谈谈鸦片战争前我国司法主权状况，不必花这么多笔墨谈唐宋以来的状况，也不必详细论述领事裁判权的产生。第一部分可直接从会审公廨是从领事裁判权的延伸谈起。他认为我对会审公廨几个权力的演变的分析是比较好的，可以保留。至于会审公廨机构的分析，可着重谈谈检察处的产生及职权，即可以不必面面俱到，这一部分他认为是我写得比较好的。第二部分可写对孙传芳所谓收回会审公廨的评论，这一部分写得也是好的。至于"二战"后我国司法主权仍受到美军的践踏之部分，可以不写，几句话一带而过即可。第三部分可写对帝国主义侵犯我国司法主权的驳斥，而这种驳斥应当有力，有理，不能否认当时我国的法律比欧美法律的落后性。我认为沈老师的意见很好，值得我认真考虑。

从沈老师家出来，又到薛老师家小坐。她正在看我的论文，已经看过一遍了。她谈了谈她的初步意见，说还要请曾教授看后再详细交换意见，系统地谈谈对我的论文的意见。

1982 年 8 月 9 日（农历壬戌年六月二十）　星期一　晴

下午去北新桥刘保藩老师家，经过郭成伟家时看看老郭。他正在根据陈光中老师提的意见进行第四稿的修改。听他谈谈他在写作中的体会、经验、教训，对我是十分有益的。到刘老师家，他正在家。我说我的论文已经写出初稿，郑治发老师正在审阅，等过几天郑老师看完，就送来请他审阅，他答应了。

1982年8月10日（农历壬戌年六月廿一）　星期二　晴

去薛梅卿老师家，曾教授让她转告我把复印的资料送给他看看。今天我带着这些资料，从薛老师家出来就去曾教授家，送给他一阅。他正在看我的论文，他让我把论文写作的参考资料目录列出来。

回到学校去一号楼，见到陈明华、张凤翔、张俊浩。陈明华的爱人已经回去了。他的报到之事陕西方面手续尚未落实，他不是去西北政法学院，而是去陕西省委政法部。张凤翔的爱人和孩子尚在京，他是分配到河北省人大常委会法制委员会，也还在等待落实手续。张俊浩还在修稿论文。郑禄、陈丽君去首都图书馆了。

1982年8月14日（农历壬戌年六月廿五）　星期六　晴

根据2日的约定，今天上午我去郑治发老师家听取他对我的论文的意见，他把我的论文看了两遍，肯定了我的成绩，也指出了不足，与沈国锋老师所提意见大同小异，他强调指出，应当弄清楚前人研究成果如何，我们自己在前人研究的基础上又有哪些提高，这是在论文中应体现出来的，也是准备答辩所需的。第五部分"历史的结论"，除得出爱国主义的结论外，应当从法制建设方面总结出有益的经验教训来。郑老师的意见很中肯，很好。

11：00从郑老师家出来，到刘保藩老师家，把论文送给他审阅。他看了我的论文目录，听了我的介绍。他倒是认为领事裁判权不可不阐述清楚，否则会审公廨成了无源之水、无本之木了。

1982年8月16日（农历壬戌年六月廿七）　星期一　晴

上午给阀门研究所打了个电话，找于加生，他不在，他爱人接的电话，说他母亲患脑出血住院了，他去医院照顾病人了。当她知道我是于加生的高中同学江兴国后，说上个月一些老同学在他家聚会时还谈起过我，并说出国留学的王福洋回来时他们聚会的。很遗憾，我不知道，否则我也会参加的。

去薛梅卿老师家，听她讲讲她和曾炳钧教授对我的论文的意见，他们的意见都很好。他们对我的论文如何修改，也提出了提纲性的意见，要求我注意充分发挥已掌握的材料。他们的意见是正确的。

1982 年 8 月 17 日（农历壬戌年六月廿八）　星期二　晴

决定去找老同学衣立，前几天翻阅 1974 年 11 月 25 日的日记，查出衣立的家在月坛北街 12 号楼×门×号，找到那里却敲不开门。问邻居才知道他们家搬家了，找到新家，衣晓（衣立的妹妹）开的门，衣立的妈妈也在家。八年没有见到她了，她头发已花白，但精神很好。她见到我也很高兴，并告诉我衣立也回到北京了，而且回来有两年多了。现在市公共交通总公司基建处工作，并告知了电话和工作地点。

与她们谈了约半小时，便去公交公司找衣立。找到基建处，敲他的办公室门，听见喊"请进"，便推门进去。他以为我是来办公事的，向我点点头，并问："你有什么事？"我笑而不答，他定睛一看，原来是少年时代的挚友，立即高兴地笑了，说："原来是你呀。"我说："想不到吧？分别 14 年了。"他说："你胖了。"与 14 年前相比，他却瘦了，黑了，依然十分精神。自从 1968 年 8 月 12 日我离京赴广西，我们就没有见过面了。以前我与黄升基在一起多次谈到过衣立，多么期望见到他，却一直没有他的音信，现在终于找到他了，然而升基却已重病缠身。衣立说他是 1979 年 12 月调回北京的，已有两个女儿，爱人被安排在汽车六场卫生室工作。他们最近才分到一套住房，在小马厂。他邀请我有空去他家看看。我说星期天上午吧。我自然也谈到我近来的情况，并告诉他黄升基、缪德勋、刘毓钧的情况。衣立听说升基病重，十分诧异。我们决定抽时间去探望升基。

1982 年 8 月 18 日（农历壬戌年六月廿九）　星期三　晴

上午去曾炳钧教授家，就论文之事曾教授又谈谈他的意见。他说："你们写论文还是个训练，要求你们一定有多少新观点是不切实际的，你们能把问题说清楚就行了。"他一再说论文要朴实、扎实，论点论据要经得起推敲，不要搞华而不实的东西。他说得很有道理。

研究生阶段

693

1982 年 8 月 20 日（农历壬戌年七月初二）　星期五　晴

10：30 到校。去法制史教研室，中国法制史教学组几位老师正在开会，见到了曾炳钧、刘保藩、郑治发、薛梅卿、沈国锋、郝殿海诸位老师，他们在研究下学期的工作。郑老师见我来了，又向我推荐了一篇资料。薛老师让我有时间去找时伟超老师，向他请教。另外薛老师让我过两天找她一趟，有些事和我谈谈。我们约定下星期二下午来学校找她。

1982 年 8 月 22 日（农历壬戌年闰七月初四）　星期日　晴

9：00 到达小马厂衣立家。他一家四口人都在家。衣立父母也来了。我见到他们十分高兴。他爸爸比八年前明显老了，但精神尚好。他们都说我胖多了。

衣立的两间房子相当不错，在四层，南面有两个大窗子，采光充分，前面又没有高层建筑，放眼望去，视野十分开阔。北面有走廊，冬天北风也不能直接吹进来。衣立说是上个月才搬过来的。与14年前相比，他爱人倒不见老多少，她毕业后分到安徽合肥某工厂医务室工作。1975 年被调到广东梅县衣立那里，到梅县才三个月就随衣立一起被调到河南了。他们的两个女儿也不错，大的已 11 岁，小的也 4 岁了。

和他们畅谈十几年来的生活变迁，自然也回忆起当年的许多往事。和衣立相识 26 年了，关系一直很好，用他爸爸的话说这是很不容易的。中午应邀在他们家吃饭，吃韭菜猪肉馅水饺。衣立还下厨房炒了四个菜。与衣立共饮几杯山楂酒，为我们14年后再重逢而干杯！

1982 年 8 月 23 日（农历壬戌年七月初五）　星期一　晴

早晨给杭州的老同学刘毓钧写封信，和他分别半年多了，甚为想念。告知他我已毕业，留校工作，告诉他找到了衣立，也告诉他升基不幸患了癌症，已到晚期了。

1982 年 8 月 24 日（农历壬戌年七月初六）　星期二　晴

15：10 去薛梅卿老师家，把我的论文修改稿内容提要和她讲一讲。她仔细斟酌一番，提了些意见，一再强调文章主线要明确突出。关于时间问题，我计划在 10 月中旬答辩。她说这与教研室的意见相符合。为此我得在 9 月 10 日左右拿出第二稿，国庆节前后拿出第三稿。9 月外国法制史二人（曾尔恕与陈丽君）先答辩，我与郭成伟都安排在 10 月。

薛老师说她与曾教授的意见是拟请我院副教授时伟超同志做我的论文评阅人。时老师从事中国近代史教学工作有 20 多年了，放假前曾为刑事诉讼法教研室研究生刘金友、郑禄做过论文评阅人。

17：00 离校返家。经月坛时到时伟超老师家一趟，他又不在家。但他家与我家相距不远，便等他一下。17：50，他回来了，我把薛老师的信交给他，并把我的论文思路和他谈了谈。他也提了些意见。我觉得时老师比较强调从通史的角度论述问题。他又热情地借了些书给我参考。

1982 年 8 月 27 日（农历壬戌年七月初九）　星期五　晴

下午去刘保藩老师家，他正在家。他说我的论文材料收集得很丰富，但组织得不好。他说他在论文中各处都有详细的批语。我一再表示感谢。他说这文章是不大好写的。

回来时经西单到王扬家看看，肖思礼也在那里。王扬出去了，不在家。我与肖思礼等她回来，与肖思礼聊聊，听说王扬的弟弟今年考取了中国人民大学第二分校档案系或法律系。肖思礼今日去交通部水上法院报到了，他的单位全称是"交通部水上运输高级法院"。他说学校里王显平、高坚、刘金友已经返回了。刘金友又由教研室派往唐山参加带学生实习的工作去了。高坚想去财政部，不想留校了。新的研究生（82 级）已来了一些人，新来的大学生、研究生有的也报到了，但为房子问题争执不休。张玉森老师也很着急，学校一时对此尚未作出妥善安排。约等了 20 分钟，王扬及其爱人外出回来。她是 8 月初去上海，本月 20 日回来的。我们聊聊。她的论文也还需要修改。肖思礼的论文也才开始写第二稿。

1982 年 8 月 29 日（农历壬戌年七月十一）　星期日　晴，大风

下午给林宜写了封信，告知找到了衣立，拟于 9 月 5 日或 12 日去医院探望升基。衷心希望他早日痊愈。

1982 年 9 月 3 日（农历壬戌年七月十六）　星期五　晴

早晨给学校打了电话，找陈丽君。问问她教研室是否有事。她说研究生办公室田玉英老师找我。我说下午我去学校一趟。

14：25 到校。在教学楼 319 教室听曹海波院长传达中央政法工作会议纪要。与李梦福坐在一起，聊聊。

见到田玉英老师，她让我告诉我的导师把我的《毕业研究生登记表》签好意见交到教务处。另外告诉我安排了一名新研究生到我们宿舍住宿。我们这些留校人员的住房已打报告给学校，另行解决我们的住处，让我把宿舍房门钥匙交给新来的研究生使用。我答应了。在田老师处见到侯宗源的来信，他已经到郑州大学法律系报到了。

听报告时还见到张贵成、史敏、陈丽君、曾尔恕。在 107 宿舍见到郑禄，他们已从对门的 119 室搬到这里来了。也见到尚未能去报到的陈明华、张凤翔，以及前两天刚回来准备论文答辩的马俊驹，他们暂住在 106 宿舍，周国钧尚未回来。刘金友已去唐山带学生实习了。108 宿舍住的是张俊浩，110 宿舍住的是张耕、王显平。张耕把他的小女儿带来了，在明光寺小学读二年级。111 宿舍住的是常绍舜与高坚。还有两个新来的研究生。高坚不想留在北京政法学院工作，已联系到财政部，并已报到，分配在综合计划司工作了。隔了一个暑假又见到了这些老同学，自然十分高兴。不过大家似乎不像以前学生时代那么自由自在、无忧无虑了，因为有一大堆问题提到应解决的日程上来了，爱人进京的户口问题、住房问题、孩子上学问题、工资问题等等待解决。他们许多人都问我："你为什么还那么乐观？你爱人问题解决得怎么样了？"好像我在北京有什么通天本事似的。其实他们存在的这些问题我也都存在，而且同样没有更好的解决办法。而且我不常来学校，或许他们解决了我还解决不了。但我觉得还是乐观点儿好，毕竟比以前在广西的处境好多了。

23：00 到达北京站，到候车室，祝昌汉、何熙雯比我稍晚些到了。他们告诉我今天下午收到李红、王家才夫妇 27 日从贵阳写来的信，他们在贵州省农业科学研究院工作。

我和祝昌汉送何熙雯上车，车上未满员。23：59 发车，托她带些东西给小孙。何熙雯自己带的东西并不多。

送走小何，与祝昌汉骑自行车沿长安街而回。回到一区已经 0：40 了。我又煮些面条充饥，洗了洗，聊聊，与老祝从广西聊到北京，谈起当初分配到永福县的那些大学生，外地人都走得差不多了，睡觉时已经凌晨两点了。

1982 年 9 月 10 日（农历壬戌年七月廿三）　　星期五　晴

上午在家将论文修改完成，这是第二稿。比第一稿字数上压缩了一半，只有 76 页稿纸。每页 400 字，共计三万四百字。

完成了第二稿，压力减轻了。

下午去学校。教研室开"全体会议"迎新。所谓"新"，既是指我们四人留校正式参加教研室工作，也是指去年入学的研究生高鸿均和今年刚刚入学的研究生小贺，他们二人都是攻读外国法制史专业，高鸿均是吉林大学法律系毕业生，小贺是西南政法学院毕业生（山东人），我说我是安徽安庆人。小贺告诉我他有一个同学考取刑法专业研究生，叫阮齐林，也是安徽安庆人，与我是小老乡。有机会见见阮齐林同学。今日的会议，除潘华仿老师与刘保藩老师没有来以外，其他老师都来了。许显侯老师主持会议，曾炳钧教授及郑治发老师都讲了话，热烈欢迎我们加入教师队伍，欢迎两位研究生入学学习。我们也一再表示感谢老师们三年来对我们的教育与培养。根据上学期期末的商定，我们买了些水果（苹果、梨、葡萄等）及糖果，表示对老师们的感谢之意。沈国锋老师下午有课，来晚了一些。在今天下午的会议上，大家推举陈丽君同志为我们教研室工会小组组长。

散会后去一号楼，见到陈明华、郑禄等同学。特意去看看从安庆来的阮齐林同学。

中午从炮司出来先到一区，时间是 13：15，收到一封从后百户胡同写来的信，那里是林宜家，一定是关于升基的消息，我急忙拆阅，传来竟是噩耗，全文如下：

> 江兴国：
>   你好！
>   你的来信收到了，谢谢你的问候。
>   从信中得知升基的好友衣立已经找到，并且也在北京，我们真为您们高兴。您们原打算在9月12日来房山看升基，已经不可能了，升基已于9月7日1：55与世长辞，病魔夺走了他的生命，我们大家都十分难过。升基的音容笑貌，时时在我们面前，他去世得太可惜了，我们永远怀念他。
>   准备今天（9月9日）进行火化。我姐姐准备今天下午进城去。你若有时间可去后百户胡同，因为我姐姐极为难过，不能动笔，只能我代笔了。
>   余言面谈。
>
>   林宜的弟弟 小文
>   9月9日 上午

升基去也，何其匆匆啊！我十分懊悔5日未去看他。想起他的为人，想起他的才华，想起我们相交26年来的深情厚谊，我十分哀恸，禁不住双泪交流。少年时代的好友竟然就逝去了，令人感伤不已。

我决定邀衣立晚上一起去慰问林宜。

19：00我们去林宜家看望她，她正在家。她谈到升基病中的一些情况。他自己是有所察觉的。他曾对长一辈的人说："看来晚一辈要走到老一辈前面了。"临终前吐了些血。终时林宜未在他身边（林宜于6日中午进城买药了），升基的妈妈和弟弟也未在身边，只有两个同事在。夜间去世后（凌晨1：55去世）同事叫起在那里的黄母及黄弟，他弟弟就乘车（厂里派车）进城来接林宜去工厂。升基的病是从8月29日开始恶化的，很快就去世了。虽然后来从广州买来尚未大量生产的抗癌药，也把肿瘤医院的主治医生请来了，但是太晚了，良医良药已无能为力了。我29日写去的信他是看到了，听到已找到了衣立的消息他很高兴。却未想到竟未能相逢。呜呼！林宜告诉我升基的追悼会将于17日举行。她告诉厂里治丧委员会给我发一封讣告，请我去参加追悼会，早晨会有车来城里接。我们劝她节哀保重而回。

送走衣立回来不久，又有人敲门，开门一看，是高中时代的老朋友刘天赋。有10年没有见到他了，他的变化不大，只是老了些。和以前一样，不修边幅。他一进门就嚷道："我来这里找你不下于八次了，总找不到你。"我问他最近一次是什么时候，他说大约有一年了。他研究生已于去年毕业，留在所里工作了，家属尚在山东。我问他见到于加生没有？他说昨天下午还到了他那里，聊了很久。他也谈到上次王福洋从加拿大回来探亲之事，并说万良国也在加拿大。王福洋是考取留学研究生去的，万良国是单位派去进修的。万良国在内蒙古某单位工作。我问及殷德其，他说他不在文化馆了，调到文化局去了。难怪我打电话总也找不到他。刘天赋说他还见到过王彬、张志东等人。问起张荣仁、张维群、董尚夫、沈念安等人，他也不知道，云云。我把黄升基去世的事情告诉他，他亦愕然。初中我们都是44中的，所以他也认识黄升基，并且他们都住在有色金属设计院宿舍，还是比较熟悉的。我们又谈起高中时代的往事。我把当年的日记找出来，念了几段，他很感兴趣，说："以后可以把老同学聚集起来，专门听听你的日记，回忆美好的高中时代的生活。"我说今年是咱们高中毕业二十周年，我早想组织一次老同学的聚会活动纪念之。只是论文尚未完成，抽不出时间来，等我论文答辩完了再说。以前大学时代的多次聚会都是我发起和组织的，那时大家大都在北京读大学，比较好联系、好组织。大学毕业后，留在北京工作的人很少，联系自然困难多了。

1982 年 9 月 13 日（农历壬戌年七月廿六）　　星期一　　晴

今日继续抄写论文。

收到刘毓钧 11 日的来信，如下：

兴国：

　　因为出差，回来才看到信，迟复，见谅。

　　惊闻升基患不治之症，很为伤感。我们和升基一同度过初中时代，留下很多值得回忆的片断。那时，大家都是风华少年，天真烂漫，多少美丽的幻想，多么美好的前途，曾在我们之间酝酿，少年的生活是愉快的，尤其是我们共同度过的营火晚会、夏令营、"新年邮局"，等等。升基聪明伶俐，一头黑黑卷发，老师和同学们都喜欢他。尤其是他天真无邪，活泼可亲，不骄不躁的性格和作风，是深得大家爱戴的。虽然初中以后，以致大学毕业我们各奔东西，总觉得升基是聪明有为的人。谁能料到，他人到中年，竟身染沉疴，失去生的希望，怎不令人伤心痛惜。

　　记得你来信说，1976 年他曾出差路过杭州找过我，我却在县里学大寨。这竟成了终身憾事。

　　代问衣立好。不知他变成什么样子了。有机会请他来玩。你同衣立看升基时，代我慰藉、鼓励他，倘有一线生机，也要拼搏，毕竟他还年轻啊。

研究生阶段

我今年 3 月 7 日到京，为父亲办了后事。其间曾到你家和学院找你，虽然知道你可能还未归来。你家中无人，门缝中看好像久无人居，很凌乱，学校中有几位同学说你考察未归。我也没留条子。4 月 6 日回杭州后，又写过信往上海，大概你都没收到。

　　人，到将要离开世间的时候，才体会到喜怒哀乐，只有那么一瞬间，让我们这些活着的人各自为安吧。

　　祝安好。

毓钧　　9 月 11 日

　　没有想到他今春回京，也想不到他父亲竟然去世。我是 4 月 1 日回到北京的，若知道他在京，一定会去找他的。下次不知道何时他才有机会来京了。

1982 年 9 月 14 日（农历壬戌年七月廿七）　星期二　晴

　　去教学楼 319 教室开会。传达中央 78 号文件，是批转中央宣传部关于学习党的十二大文件的安排，后又布置我院对学习的安排。

　　到人事处，徐桂英老师告诉我广西永福县已经将我的工资关系转来，从 9 月起我就可以在北京领工资了。在广西时我的每月工资是 53 元，粮食补贴为 2.70 元，生活副食补贴 5 元，洗理费 2 元，共计 62.70 元。徐老师说需要到司法部办手续（备案）后通知财务科即可领工资了。

1982 年 9 月 15 日（农历壬戌年七月廿八）　星期三　晴

　　10：20 到校。到图书馆借几本杂志。去一号楼见到马俊驹，他于 10 日完成了毕业论文答辩，拟 21 日离京赴武汉大学报到，现正在收拾行李。他邀请我回去广西探亲时经过武汉逗留几日玩玩。我高兴地答应了，并把李侠、张铭新、陶毅的名字写给他，可去看看他们。

　　去薛梅卿老师处，与她谈谈这次毕业论文的修改。她又说教务处要教研室总结一下带研究生的经验。她问问我们的意见和体会。我谈了几点，她觉得我谈得很好，希望我能写出来。

　　12：10 离校，到曾教授家，但他不在，把毕业论文第二稿留给他，请他审阅。

1982 年 9 月 16 日（农历壬戌年七月廿九）　星期四　晴

9：40 到林宜家。升基的妈妈和弟弟升增已经来了。东西已经收拾好，等候车来。黄伯母说升基看到我 29 日写去的信后，一直盼望我们去，9 月 5 日下午还不见我们去，只好叹道："今天不会来了！" 5 日那天他讲话已经非常困难了。我听了十分懊悔，没有在 5 日甚至最好在 29 日就去看他。6 月 29 日一别竟成永别，而 5 月 16 日中午匆匆的交谈竟成了最后一次交谈。思之，实令人痛心！

10：00，厂里派来接家属的面包车，我们一行六人前往：有升基的妈妈（王澄华）、升基的七弟升增、林宜、林宜的弟弟林文、林宜的妹妹林满、我。林宜的妈妈和小弟弟小谦在家，黄朔明天再去。林宜的爸爸 9 月 4 日去兰州开会，迄今未归。

10：07 开车，开得较快，11：23 到达长征化工厂林宜家门口。途中逗留了 5 分钟，实际车行 1 小时 15 分钟。

第一次来到升基与林宜的小家，很不错的一个小家庭。升基多次邀请我来这里玩儿，因学习忙，我一直未能来，不过我一直是想来的。想不到今天是在这样的情况下来此，实令人伤感……

午饭后与小文去厂里招待所休息。

下午，厂工会主席王某、委员刘某，及升基生前所在的生产科科长荣某来看看家属，询问意见，将追悼会的安排及悼词、所写的送花圈挽联的落款人称呼、姓名有无差错核对一遍。我见在生前好友所赠送的花圈挽联落款人中只有我和衣立，便加上了缪德勋、刘毓钧、胡业勋三人。悼词对升基的评价是很不错的，升基也是当之无愧的。他对工作向来是一丝不苟，在长征厂三年来尤为兢兢业业，努力工作，总是把医生开的病假条揣在兜里，一声不响地带病工作，他的早逝也是积劳成疾的结果。

他们走后，林宜拿出他们家的相册给我看。升基还为每本相册写有文采颇佳的说明。其中他的某些照片，还是我拍摄的。

晚饭后又谈谈，21：00 去招待所休息。

1982 年 9 月 17 日（农历壬戌年八月初一）　星期五　晴

6：10，小文起来随车去城里接来参加追悼会的亲友，升增则于 8：10 去

研究生阶段

火化场礼堂布置追悼会会场。

我们于9：20乘车去火化场，到那里时城里来的亲友已经到了。林宜的父亲是今晨4：00刚下火车。还有升基的三弟升坿，他是来北京开会的，还有升基的其他亲友。升基的大学同宿舍同学白惠良及邱某也来了。白惠良又是我高中时代的同学，但我们不是一个班。他现在国家医药总局技术干部处工作。

追悼会会场庄严肃穆，升基12寸照片高挂于会场正中，下面安放着他的骨灰盒。亲友们送的花圈与厂里各单位送的花圈分别摆在两旁。升基的照片，是从今年三月他与林宜小朔三人的合影照片中剪裁下来的，还是不错的。从照片上看，他身体精神都很好，谁能料到那时他的生命只剩下半年了。

追悼会于10：00开始，全体肃立默哀，奏哀乐。然后由荣科长致悼词。其后由升坿代表亲属讲话（致答词），最后向升基遗像告别，我们依次走到遗像前鞠躬，告别，并向亲属表示慰问。

追悼会后，林宜及小朔送升基的骨灰盒去房山县骨灰堂存放。我与小文、小满、升增及厂里的荣科长等人陪同前往。直到把骨灰盒安放好才返回。

人的一生就这样结束了。今后再无处去寻觅升基了，再也听不到他的肺腑之言了，再也听不见他爽朗的笑声了，再也看不到他文笔动人的来信了。

1982年9月19日（农历壬戌年八月初三）　星期日　晴

按照薛梅卿老师的要求，上午写了一份对三年研究生教学方法的体会，供她总结研究生教学经验时参考。

1982年9月21日（农历壬戌年八月初五）　星期二　晴

下午去教学楼319教室听曹海波院长传达党的十二大会议精神。见到薛梅卿老师，把前天写的小结交给她。她说已经看完我的论文并与曾教授交换了意见，约我明天10：00到她家和我谈谈。

1982年9月22日（农历壬戌年八月初六）　星期三　晴

9：50到校。10：00到薛梅卿老师家，听她详细谈了她与曾教授对我的论文二稿的意见。他们认为我的二稿与一稿比较，进步很大。主线突出，但材料删得多了些，有些可用的材料没有用上。第二部分是重点，应多用些笔墨。第三部分写得不好，不深入，驳斥帝国主义的谬论应从第三部分分出来。第四部分写得比较好，比较自然，但不是论文重点，不必再增加笔墨。第一部分中的领事裁判权及租界与会审公廨的关系交代得还不够清楚。结论部分写得不好，不必分几点，可简洁些写几百字即可。薛老师对我的论文逐页作了详细批阅。她和曾教授确实用了很大的心血。

1982 年 9 月 23 日（农历壬戌年八月初七）　星期四　晴

下午去花园路宿舍曾教授家，听他对我的论文二稿的意见。他肯定我的论文二稿比初稿好多了，并称赞我笔头很快。嘱咐我要安下心来写。也谈了对论文的具体意见，与薛老师所谈大致相同。

1982 年 9 月 28 日（农历壬戌年八月十二）　星期二　晴

14：30 在教学楼 319 教室召开教职员工中的党员大会，传达胡耀邦同志在十二届一中全会上的讲话，以及刘复之同志在中央政法工作会议上的发言。

后回教研室开会，薛老师传达今天上午学校召开的函授教学工作会议情况。函授任务是司法部交给我院的，有四个教学点：天津、太原、呼和浩特、银川。今年 9 月 1 日开学，共讲授 12 门课。中国法制史课安排在第三学期（明年秋季），学生自学 87 学时，讲授辅导 25 学时。而明年秋季学校内也有教学任务。

去人事处领了《工作证》和校徽。

回到六号楼，在门口见到高坚。他在财政部工作，住在财政部大楼，前不久才从长沙出差回来。他在长沙见到了卢晓媚，卢晓媚在省委党校工作，一个人住一间房子，条件挺不错的。

1982 年 10 月 2 日（农历壬戌年八月十六）　星期六　晴

8：15 给敖俊德打了个电话，约他出去走走。他欣然同意，并提议去天坛公园，定好 9：30 在天坛西门售票处见面。飞车外出，经过木樨地去竹三、小平家看看，本欲拉他们一起去天坛公园玩玩，但他们已定好去小平娘家，只好作罢。9：20 到天坛公园西门。敖俊德于 9：45 到达。我们来此不在于游园，而在于聊天。进公园散步，谈及大家都很关心调整工资的事情。他说见到中央编发的情况简报上有科学院某所的 66 届大学毕业生写给中央的信，要求把 66 届与 65 届毕业生调资时划在一起，信中还提出了若干理由，反映了我们的心声。当然也谈及法学界的一些情况。我也告知学校的情况。

1982 年 10 月 5 日（农历壬戌年八月十九）　　星期二　晴

上午在家继续写论文第三稿，将第一部分写完，连前言部分共 18 页，用的是每页 400 字的稿纸。

13：55 到校。从本周起学校的作息制度改为 14：00 上班，原来是 14：30 上班。下午学校未集中传达文件，各单位自行组织学习党的十二大文件。今天我们教研室到会的老师有郑治发、沈国锋、皮继增、郝殿海、薛梅卿、吴薇和我，许显侯老师来了又有事出去了。曾尔恕、陈丽君将去安徽大学参加司法部主持召开的外国法制史专业教学经验交流会，明日启程，为期半个月。

学习到 17：15。去一号楼，听说马俊驹从武汉大学来信，他已于 25 日到那里报到了，一切均好。他被分到民法教研室了。陈明华于前天离京赴西安，他是 30 日完成毕业论文答辩的。黄甫生也完成了毕业论文答辩，于昨天去长沙了。见到高坚，他来学校看看。

1982 年 10 月 8 日（农历壬戌年八月廿二）　　星期五　晴

下午参加教研室活动，上次布置每个人写个人培训规划，今日来互相交流。参加者有许显侯、皮继增、薛梅卿、郑治发、郝殿海、江兴国、吴薇。沈国锋老师下午有课，下课后也来参加了。每个人都谈了谈自己的规划。我也写了一个 1982 年至 1985 年的大体规划，进行了交流。

会后，中国法制史教学组五人（薛梅卿、沈国锋、郝殿海、郑治发、江兴国）留下来议了议我们明年的讲课任务。分段教学，我个人意见我承担近现代部分讲课任务，包括清末、太平天国、辛亥革命时期南京临时政府、北洋军阀政府、国民党政府的法律制度。据今年的课程安排，这四部分共需讲课 22 学时，每周每个大班讲课 4 学时，两个大班 8 学时。这样共讲课 44 学时，讲五周半的时间，估计安排在明年 11 月，明年上半年主要任务当然就是备课了。

下午去图书馆办了更换借书证的手续，原来做研究生时的借书证（790017 号）作废，现在发下的借书证编号是 0624 号。借了八本书。

1982 年 10 月 10 日（农历壬戌年八月廿四） 星期日 晴

9：30 外出，去林宜家看看，她正在家，与她聊聊，见到升基追悼会的照片。

下午继续写论文。

学校要求每个教员制定出个人业务上的培训规划。我们教研室也作了布置。前天下午专门讨论了此事，并互相进行了交流。为此，我下午将规划写好。

1982 年 10 月 12 日（农历壬戌年八月廿六） 星期二 晴

上午在家写论文三稿，每天写不了多少字。

13：55 到校。在教学楼 319 教室开会，苗巍同志传达了教师评定职称问题的会议精神。与刘全德坐在一起，谈了谈。

又回到教研室，薛老师今日去北京师范学院讲课去了（专题报告）。其他老师都来了：许显侯、郑治发、沈国锋、皮继增、吴薇、江兴国。

见到张玉森老师，问及程飞到辽宁后的工作单位落实了没有，张老师说程飞来信说尚未落实。省里要他去辽宁大学，但他不想去，想回辽阳市工作。大概去辽宁大学一时解决不了爱人及子女的户口问题，家庭又有一定的困难。

1982 年 10 月 13 日（农历壬戌年八月廿七） 星期三 晴

根据上周五的约定，今天 14：30 中国法制史教学组同志开会，由薛梅卿老师谈谈她讲课的主要内容（大纲），听听大家的意见，这也是集体备课的一种形式。

下午在教研室开会，我们中国法制史教学组五人到了：薛梅卿、郑治发、沈国锋、郝殿海、江兴国。曾炳钧教授、刘保藩副教授两位老先生就未请他们来了。另吴薇也在座。薛老师将讲授明代、清代、清末、太平天国四章内容。她把备课大纲作了介绍，大家也议了议，认为可以，并就一些具体问题交换了意见。对我也很有启发和帮助。

1982年10月15日（农历壬戌年八月廿九）　星期五　晴

下午学校未统一活动，各单位自行安排学习。我们教研室学习胡耀邦同志在党的十二大上的报告第二部分"促进社会主义经济的全面高涨"。讨论起来大家议论最多的是党风问题和工资问题。

看到新下达的国务院学位委员会文件（82）学位字022号《国务院学位委员会关于进一步做好硕士学位授予工作的通知》。文件针对去年学位授予工作存在的若干问题，进一步强调严格手续，严格标准，保证质量。对于无大学本科毕业学历的研究生未补足本专业课程和必须补学本科的主要课程，并通过考试合格才行。文件要求硕士学位论文，应表明作者具有从事科学研究工作或独立担负专门技术工作的能力。各学位授予单位的学位评定委员会应提出对硕士学位论文的基本要求，并力求其在理论上或实际上对社会主义建设具有一定的意义。硕士学位论文应是在指导教师的指导下，由研究生本人独立完成并有自己的新见解。论文工作必须有一定的工作量，在论文题目确定后，用于论文工作的时间一般应有一学年左右。不符合上述要求的，不得授予硕士学位。

老师们最关心的是目前正在进行的职称晋级工作。我们教研室经过大家评议，提议薛梅卿、许显侯、沈国锋、郑治发四人可以由讲师晋升为副教授。目前关于中国法制史专业是否可以免试外语尚未定，正在争取免试（指晋级免考外语）。根据规定，凡搞中国古代史、古汉语、中国古代文学史、中医学、中国戏剧、中国美术等专业的教师，晋级时可暂不要求考核外语。

1982年10月22日（农历壬戌年九月初六）　星期五　晴

下午去学校参加教研室活动。先学习胡耀邦同志的报告第三部分。后又讨论教研室的三年规划，讨论很热烈，大家都积极提出意见或建议，直到将近18：00才结束。今天到会的有沈国锋、郑治发、皮继增、许显侯、吴薇、

我们走在大路上

江兴国，曾炳钧教授也来了。曾尔恕、陈丽君结束在安徽大学的会议于前天回到北京，今天下午也来了。薛梅卿老师下午给学生讲完两节课也来了。郝殿海老师去市里开会了，没有来。规划的初步意见是沈国锋老师作了通盘考虑提出来的。规划将全室教师分为三类，一类是老教师，指曾炳钧教授、刘保藩副教授、潘华仿副教授三人；二类是搞了较长时间教学工作的中年教师，如薛梅卿、许显侯、郑治发、沈国锋；三类主要指曾尔恕、陈丽君、江兴国，大概也包括郝殿海与皮继增两位老师，因为他们来高校战线从事教学工作时间也不长，郝殿海老师是 1964 年我院的毕业生，过去在北京市房山县人民法院工作，1980 年调来学校搞学生管理工作，皮继增老师是我院 1963年毕业生，之前在学校一直搞学生年级办公室的行政工作。学校复办后才到法制史教研室搞外国法制史教学工作。规划根据三类人的不同情况，提出了各自业务进修提高的目标和要求，也提出了一些比较切实的方法和措施。大家在此初步意见的基础上又作了不少有益的补充。当然还是比较粗略的。最后许显侯老师代表大家委托沈国锋老师综合大家的补充意见，执笔写出规划来。

1982 年 10 月 27 日（农历壬戌年九月十一）　星期三　晴

下午教研室搬家，由于要给即将入学的 82 级新生（本科生）腾教室，学校决定凡原在教学楼五楼的教研室都要搬下来，搬到教学楼背后（西侧）的平房（临时建筑）中。80 级（三年级）3 班的同学来帮助我们搬家。半小时就搬完了，又将新教研室内桌椅摆好，大家又聊了聊，今天参加搬家的有薛梅卿、郑治发、皮继增、沈国锋、郝殿海、曾尔恕、陈丽君、郭成伟、江兴国，新入学的外国法制史研究生也参加了。吴薇是组织者和指挥者。

把写好的第三稿论文带来给薛梅卿老师看。她说大致看看即可，让我明天下午来取，然后送给中国人民大学的张晋藩老师看看，征求他的意见。张晋藩老师将于下月 11 日去日本访问。

1982 年 10 月 29 日（农历壬戌年九月十三）　星期五　晴

遵照薛梅卿老师的意见，上午去拜访张晋藩老师，10：30 到那里。去年春天薛老师带我们来过张老师家，林中老师也在家，林老师给我们讲过中国政治法律思想史课。我把许显侯和薛梅卿老师托我转交的材料给了张老师（请张老师为他们申请职称的科研材料作鉴定），并把我的毕业论文也送给他，请他在百忙中一阅，给我的论文提提意见。张老师很客气，一口答应，并说4日前完成大百科全书的工作后，抽两天看看我的论文。约我7日来听取他的意见。他出国时间推迟到11月24日。

中午在学校食堂吃饭。饭后见到郭成伟，聊了聊。然后去薛老师处，把今天上午去张晋藩老师家的情况谈了谈。下午教研室组织学习，请吴薇代我请个假。

13：45赶到北京市中级人民法院大法庭，14：00开庭。公诉人原来是我的同学孙成霞。到16：15休庭。休庭后我见到了孙成霞，对她的出庭表现予以赞扬，说她的公诉人做得不错。她也问及我的情况，说我胖了。由于她还要开会，我们略谈几句。她请我有时间去她的新居玩玩。

1982年11月5日（农历壬戌年九月二十）　星期五　晴

14：00在教学楼119教室听传达文件，北京市政府转发市公安局关于收缴散失在社会上的枪支弹药等的报告。

沈国锋老师转给我林中老师带来的张晋藩老师已阅过我的论文，张老师将他的意见另纸附来，全文为：

文章写得很充实，很有基础。提出两点供酌：

（1）章太炎曾对会审公廨有所评论，既引《苏报》案，可运用章氏之论。

（2）当时人误以为会审公廨之判由中国法律不善之故，由此成为修律的契机，章氏亦提出于通商口岸，立中外划一之法，以冀收回司法主权，可以评论。以上均见《章氏论丛》。

祝成功！

张晋藩　11月4日

我决定根据张老师的意见再做修改，并抄录复印出三份，分送将参加我的论文答辩的张希坡、汪暄、时伟超三位副教授审阅，征求意见。薛老师亦同意之。

领取《北京政法学院硕士学位申请书》。

1982 年 11 月 9 日（农历壬戌年九月廿四） 星期二 阴，大风

下午教研室自行安排，大家碰个头，却也没有什么事。曾尔恕的毕业论文快打印好了。郭成伟的毕业论文已打印好，给我一本。他的论文最后定的题目是《论北宋重典治"盗贼"的法律制度》。

散会后去一号楼，见到刘金友，他结束了在唐山市指导学生实习的工作，于 6 日回来了。几个月没有见到他了，与他聊聊。周国钧给我找了本今年第 2 期的学报，是我跟他要的。

17：15 去花园路曾炳钧教授家，把我的论文写作情况向他汇报，并把张晋藩老师写的意见呈给他一阅。薛老师也正在他那里谈工作。

1982 年 11 月 12 日（农历壬戌年九月廿七） 星期五 晴

上午继续写论文。

13：55 到校。召开教职员工中的党员大会，传达教育部部长何东昌及副部长彭珮云同志的讲话。

我的论文抄好了一份，还需要复印出一份，下午去图书馆联系，答曰明天可以复印，遂办好手续。

曾尔恕的毕业论文已打印好了，给了我一本，题目是《美国限制言论、出版自由的法律原则的演变》。她是在德胜门外打印并装订好的，印了60 本。

去一号楼，见到法四年级 2 班的老同学高大安。听她说她在中国专利局工作，便问她是否认识刘瑾，她说不但认识，而且很熟，关系很好。我告诉她刘瑾曾是我的初中班主任老师。她说刘瑾目前去学习了。我请她下次见到刘瑾代我问好，并告诉她有时间我想去看看她。

1982 年 11 月 13 日（农历壬戌年九月廿八） 星期六 晴

下午先去图书馆还书。14：30 去薛梅卿老师的家。昨天约定今天下午她带我去中国人民大学拜会副教授张希坡，把我的论文送给他审阅，他将参加我的论文答辩。15：00 到那里，张希坡老师正在家，与他谈谈。他约我下周六（20 日）上午来他家，他同我谈谈他的意见。

1982 年 11 月 16 日（农历壬戌年十月初二）　　星期二　晴，大风

13：50 到校。学校未开大会。教研室学习党的十二大报告。大家在讨论中谈到中苏关系改善的可能性，大家都希望如此。

会后与曾尔恕去找甘绩华老师，请他为我们在硕士学位申请书上登上国家与法的理论课的成绩。我的成绩是优秀。

1982 年 11 月 17 日（农历壬戌年十月初三）　　星期三　晴

下午教研室中国法制史教学组五人（薛梅卿、沈国锋、郑治发、郝殿海、江兴国）开会，讨论郑治发老师将要讲的辛亥革命时期南京临时政府、北洋军阀政府、广州武汉国民政府、国民党政府及人民民主革命时期革命根据地政权的法律制度提要。大家认为他备课很详细、周到，但也认为讲的内容太多，应适当删减一些，突出重点才好。

1982 年 11 月 18 日（农历壬戌年十月初四）　　星期四　晴，大风

在家写了一天的外国法制史学习心得文章，题目定为"巴比伦奴隶制法与中国奴隶制法之比较"。这样可以写出学习心得来。

1982 年 11 月 23 日（农历壬戌年十月初九）　　星期二　晴，大风

9：30 到中国人民大学张希坡老师家，听取他对我的论文的意见。他先让我把论文写作经过及主要线索讲一讲，之后他谈谈他的意见。他认为我的这篇文章写得还不错，这个题目也选得好，有意义。对于论文内容，他也谈了些具体意见：（1）对会审公廨的性质（定义）是否可分阶段来论述？大的来说可以以辛亥革命为界，分为前后两个阶段，从会审公廨成立初期来看，可以说是中国的审判机关，但后来性质就变了。（2）帝国主义分子曾两次企图修改会审章程，未成功。他们具体想修改哪些内容？能找到这方面材料否？（我答曰"未找到"），找不到就算了。如果找到可加以论述。（3）运用一些资料说明 20 世纪 20 年代会审公廨镇压革命人民和共产党的罪行，以事实突出其反动性。（4）可结合我们党成立后历次对时局的声明、宣言，阐明我们党对帝国主义侵犯我国司法主权的立场、态度。（5）结尾要加强。张

我们走在大路上

老师的意见都很好。他谈了约一个小时。

下午学校召开教职工大会，传达段君毅同志在中共北京市第五次代表大会上的报告的未见报部分，也传达了其他文件。

去教研室。薛老师告诉我，经她与曾教授商定，改聘潘华仿老师参加我的论文答辩，已于前天上午将我的论文送交潘老师，请他审阅。他答应了。我将张希坡老师的意见也向她汇报了，她说很好。

1982 年 11 月 26 日（农历壬戌年十月十二）　星期五　晴

午饭后去学校。下午学校开大会，党委宣传部的同志传达邓力群同志在中共中央党校作的关于学习党的十二大会议文件的报告。

1982 年 11 月 27 日（农历壬戌年十月十三）　星期六　晴

上午去时伟超老师家，征求他对我的论文的意见。他已看完我的论文，说写得很好，内容很充实，没什么意见。我一再请他提意见，并说等着他的意见我才好修改。他说可在领事裁判权的取消问题上加上几笔，说明 1943 年1 月帝国主义所谓取消在华司法特权是虚伪的，只有 1949 年新中国成立才真正取消了帝国主义在华的司法特权。他还提供了相关资料给我参考。

14：30 到曾炳钧教授家，不一会儿薛梅卿老师也来了，与曾教授一起着重讨论了会审公廨的定义、论文前言、结尾部分几个问题。薛老师对我的论文逐字逐句地做了修改，花费了不少心血。

1982 年 12 月 1 日（农历壬戌年十月十七）　星期三　晴

上午写日记。后又动笔写论文提要。

下午在教学楼 420 教室听曾尔恕的硕士学位论文答辩会。她的论文题目是“美国限制言论、出版自由的法律原则的演变”，答辩委员会由五人组成：汪暄副教授、杜汝辑副教授、林荣年副教授、潘华仿副教授、许显侯讲师，汪暄任答辩委员会主席，也是我院的副教授，潘华仿是她的论文指导教师，林荣年是中国人民大学的教师。答辩委员会必须有一名非本校教师参加。杜汝辑是我院哲学教研室教师，也是曾尔恕的论文评阅人。

前来旁听的人不少，我们教研室的郑治发、薛梅卿、沈国锋、皮继增老

研究生阶段

711

师等都来了，吴薇担任答辩委员会的秘书。本科生也来了不少，把座位全坐满了，还有不少人站在门口。气氛是活跃的。我与郭成伟坐在一起。曾尔恕的答辩是成功的，估计能顺利通过。

会后薛老师同我简单谈了几句。郭成伟的答辩日期已定下来了，下星期五（本月10日）。我的论文答辩日期要与张希坡老师商量才能定。

1982年12月2日（农历壬戌年十月十八）　星期四　晴

下午在教学楼420教室旁听陈丽君的论文答辩。陈丽君的论文题目是"近代法国的行政法院制度"。答辩委员会组成人员是曾炳钧教授、林荣年副教授、余叔通副教授、潘华仿副教授、许显侯讲师。答辩委员会主席由曾炳钧担任，林荣年、余叔通分别系陈丽君的论文评阅人。许显侯是陈丽君的论文指导教师。陈丽君准备比较充分，对答辩委员会成员们提出的问题回答得不错。

获悉，昨天对曾尔恕的论文，答辩委员会委员们投票结果是一致同意授予曾尔恕硕士学位。

经曾教授、薛老师商议，我的论文答辩日期定于13日或15日，具体日期需听取中国人民大学副教授张希坡的意见。

1982年12月7日（农历壬戌年十月廿三）　星期二　晴

下午去学校召开党员大会，传达邓小平同志在陪同金日成同志去成都的火车上的谈话。

1982年12月11日（农历壬戌年十月廿七）　星期六　晴，大风

教研室的吴薇同志给了我一份《论文评阅意见书》。经曾炳钧教授和薛梅卿老师同意，增加中国人民大学的张希坡老师做我的论文评阅人。到薛老师处，她便让我去见张希坡老师，告知聘请张希坡为我的论文评阅人之事，并请他确定答辩的具体日期。

张希坡老师正在家，说答辩日期定在15日下午。他答应做我的论文评阅人。返回学校，告诉薛老师，薛老师让我找一趟时伟超老师，时老师是我的论文的另一位评阅人。

我们走在大路上

下午去时伟超老师家，他仍在广安门中医院住院。遂给时伟超老师打了个电话，他说正在写我的论文评阅意见。我告诉他最后定在 15 日下午答辩，他说"可以"。

1982 年 12 月 15 日（农历壬戌年十一月初一）　星期三　晴

今天的主要工作是进行学位论文答辩。

10：40 到校。同学们知道我下午将进行论文答辩，纷纷鼓励我认真对待，过好最后一关。

15：00 教学楼 420 教室已座无虚席，前来旁听的本科生可真不少。研究生中郭成伟、曾尔恕、陈丽君均前来为我"助阵"，还有高之国、高鸿均、贺卫方等。

15：08 答辩会开始。潘华仿老师主持会议，由薛梅卿老师介绍答辩委员会组成人员：

答辩委员会主席，北京政法学院副教授潘华仿。

答辩委员会委员、论文评阅人，中国人民大学法律系副主任、副教授张希坡。

答辩委员会委员、论文评阅人，北京政法学院副教授时伟超。

答辩委员会委员、论文指导教师，北京政法学院教授曾炳钧。

答辩委员会委员、论文指导教师，北京政法学院教师（已报升为副教授，待批准）薛梅卿。

然后由曾炳钧、薛梅卿两位指导教师介绍答辩人的学习及论文撰写情况。他们都充分肯定了我三年来学习的成绩，称赞我的论文具有丰富的资料。

接着由张希坡、时伟超宣读对我的论文的评阅意见，他们给予我的论文评价之高出乎我的意料。而且他们都在评语最后明确表态：建议授予我硕士学位。这样我还未进行答辩，就"大局已定"了，使得我悬着的心放下一半。

轮到我对我的论文写作情况及论文主要内容等问题作简要的说明。开始我是照本宣科，后来索性丢开稿件即兴"演说"了，这样更自然些。在说明中我首先对大家前来参加我的论文答辩会表示感谢，并说明论文倾注了校内

研究生阶段

713

外许多老师的大量心血，在此我表示深深的感谢，同时我对外出考察期间，上海复旦大学、华东政法学院、上海市高级人民法院、湖北财经学院、武汉大学等单位的老师及同志们所给予的大力支持表示诚挚的谢意。再对论文前言中的一句话"被社会经济基础决定的司法制度，也必然发生相当的变异"作了更正性的说明。这是答辩开始前曾尔恕受曾教授之托来告诉我的。这里不应用马克思主义关于经济基础决定上层建筑的原理，因为中国沦为半殖民地半封建社会，不是先从经济基础开始的，而是由于外国侵略者的入侵，从上层建筑开始的。对论文其他不足之处我也作了简要的补充和说明。

老师们开始对我提问，张希坡老师提的问题是：

（1）你在论文中引用了在上海收集的原始资料有十处之多，你能否介绍一下你在上海所接触的资料情况？你取舍这些资料的原则是什么？

（2）会审公廨的历史可不可以划分为几个阶段？如果可以，那么你划分为几个阶段？各个阶段的主要特点是什么？

（3）1925年"五卅"运动中，在我党领导下上海各界人民提出了收回会审公廨的各项主张，你对这些主张如何评价？这些主张与后来北洋军阀江苏省政府与驻沪领事团签订的《收回会审公廨暂行章程》有何本质不同？

时伟超老师提出的问题是：

（1）比较治外法权与领事裁判权的相同与不同。

（2）"《苏报》案"中，清朝政府要"引渡"章炳麟、邹容，在这个问题上，英、美、德、日帝国主义之间有没有矛盾？最后没有"引渡"，焦点何在？

（3）你对1943年英美关于废弃在华领事裁判权的声明如何评价？后来有没有用别的什么条约代替领事裁判权的不平等条约？用实例说明。

潘华仿老师提出的问题是：

（1）你在论文第5页运用了历史案例说明鸦片战争以前清政府处理涉外案件的原则，这是维护国家主权还是盲目排外，闭关锁国？

（2）鸦片战争后的清朝政府对外国侵略者的态度有没有变化？清统治者内部有没有矛盾？在会审公廨问题上有无表现？

（3）帝国主义与清政府之间的关系怎样？以"《苏报》案"为例说明他

们之间勾结是主要的，还是矛盾是主要的。

曾炳钧老师表示他在指导我写论文过程中问题都问了，现在没有什么问题了。

薛梅卿老师提出的问题是：

（1）会审公廨是帝国主义所操纵的机关，它与清末总理各国事务衙门、总税务司有何不同？着重阐明会审公廨的特殊性。

（2）你对帝国主义在"《苏报》案"中对中国革命志士章炳麟、邹容的"保护"如何理解？

（3）你认为会审公廨是中外反动势力政策相结合的产物，你能否说明中外反动势力的政策在会审公廨问题上的具体表现怎样？

这时已是 16：25，潘华仿老师宣布休息 20 分钟至 40 分钟，由答辩人做准备。

17：00，重新开始开答辩会。我用了 40 分钟对上述问题一一做了简明扼要的回答。最后几位老师都说我的回答是正确的，合格的。

答辩会到此结束，答辩人及旁听人退场，答辩委员会委员们进行无记名投票表决。

我回到宿舍，几分钟后，高之国回到宿舍，告诉我五票全部同意授予我硕士学位。算是圆满地通过了答辩。

我去一号楼把从郑禄处借的《法学词典》还给他。这时，张玉森老师也回来了，又一次告诉我五票全部通过了。

我当然十分高兴，同学们也为我祝贺。郭成伟告诉我说他下午去接潘华仿、时伟超两位老师时，他们在车上就说"论文写得不错，可以开绿灯"。

今天没想到中国人民大学的张希坡老师如此痛快地就表态建议授予我硕士学位，一下子就给我吃了"定心丸"，答辩起来更加从容不迫了。

时伟超老师在评阅意见的最后说，希望江兴国同志继续对汉口、厦门鼓浪屿的会审公廨进行考察，写出有关会审公廨问题的专著。

答辩的全过程录音在案。

回到炮司 19：10 了。家里人知道我顺利通过答辩也都十分高兴。

根据我的不完整的记录，张希坡老师对我的论文评阅意见是：

作者收集和运用了上海市保存的历史档案资料，运用了前人研究的成果，系统地论述了会审公廨产生和演变的历史，简要地指出了在中国人民反对帝国主义，收回会审公廨权力的斗争中，中国共产党的主张，最后说明了只有在中国共产党的领导下，建立起新中国才能真正维护国家主权与法律尊严。观点正确，史料比较丰富。有一定的理论分析，有一定的学术参考价值。建议授予硕士学位。

论文的不足之处是对人民反对帝国主义在华领事裁判权及收回会审公廨权力的斗争的历史阐述不够充分。可以在修改时加强。

时伟超老师的评阅意见是：

我同意张希坡老师的评语。这篇论文的作者阅读了中国近代有关历史参考资料及著作，进行了实地调查。在收集和研究丰富的资料的基础上，以马克思列宁主义的国家观、法律观分析了上海公共租界会审公廨的历史，观点是正确的。由于作者发掘了重要历史档案，阐明了外国领事在会审公廨内权力从观审到会审的变化，在立论上超过了前人的论述，揭露较为深刻，论述有据，充实了中国国家与法的历史的内容，有学术价值，建议授予硕士学位。

建议作者进一步调查和研究汉口、厦门鼓浪屿会审公廨的资料，以写成专著。

我的论文最后定稿目录如下：

我们走在大路上

1982 年 12 月 19 日（农历壬戌年十一月初五）　星期日　晴

11：00，老同学李长林突然来访。他去安徽等地出差，经过北京，特来看看我。去年冬天他也来过，那时我正在上海收集资料，未见面。他还是老样子，诙谐、健谈。我把留给他的我们年级同学《通讯录》给他。谈谈各自的情况，也讲到一些老同学的情况。

1982 年 12 月 20 日（农历壬戌年十一月初六）　星期一　晴

14：00 到学校。收到上海复旦大学叶孝信老师的来信。信是今年 8 月 9 日写的，是对我 7 月去信的回信。他对我研究生毕业并留校工作表示祝贺。他说："学无止境，治法制史尤然，要看的书太多，而真能很好地融会贯通（包括记住）实非易事。你正值年富力强，在教研室工作，无论资料和指导力量均较有利，刻苦一段时间，必有所获，企予望之。""上海高院杨峰等同志见面时提到你，他们对你的学习感到满意。你这次论文有成绩，主要是高院的同志的帮助。"叶老师还谈到他的情况，今年他们中国法制史专业招收了三名研究生（两名是历史系毕业生、一名是中文系毕业生），他说招收三名"太多了"，"事先考虑欠周"。他在本月 16 日附笔说："此函写好置屉内，误以为已发，昨整理内务，才恍然大悟，夏函冬复，致歉。"叶老师太客气了。

1983 年

1983 年 3 月 1 日（农历癸亥年正月十七）　星期二　阴

11：00 到校。去六号楼 223 宿舍，王敏远已回来了，高之国尚未回来，王裕国在备考。

去食堂吃饭，见到不少同学：刘淑珍、马抗美、王扬，还有 80 级研究生王力威、王诤等。也见到从长沙回来参加考试与答辩的卢晓媚，还见到高坚、王显平。中午在郑禄、陈丽君处取到上海复旦大学副教授叶孝信于 1 月 6 日写来的信。他收到了我寄去的论文。杨峰同志已调到司法局所属的某学校（我估计为司法学校）任副校长了。

下午在教学楼 319 教室召开全院教职员工大会。今天来开会的人特别多，

319 教室已坐不下了，又把对面的 320 教室也打开了，容纳一部分人，新的院领导班子全到会了。会前先由第一副院长张杰宣读中共中央组织部昨天下达给司法部的任免文件，同意司法部党组所报送的关于中国政法大学的领导任命名单：

刘复之兼任中国政法大学校长。

陈卓任中国政法大学党委书记。

云光任中国政法大学党委副书记、第一副校长兼北京政法学院院长。

余叔通任中国政法大学副校长，免去其司法部教育司副司长职务。

中国政法大学的领导班子算是组成了。以我院为基础建制。云光说争取今年秋天即按政法大学的规格招生。

副院长田辉传达国务院今年发行国库券的任务。

云光书记传达了彭真同志于上月 26 日下午在中央政法委员会会议上的讲话，他讲了三个问题：（1）政法干部有无违宪问题；（2）基层居民委员会和村民委员会问题；（3）乡政权问题。后云光同志又讲了讲我院今年工作意见。他的讲话是有水平的，是个懂教育的行家里手。

人事处处长解润滋传达国家劳动人事部和北京市政府关于调整部分职工工资的补充意见。我们可以加两级是毫无问题的了。

党委副书记欧阳本先又传达了中央关于机构改革中必须遵守的几项纪律。

17：00 至 18：00 回教研室碰头。见到了上学期期末新调来我们教研室的王英昌同志。

郭成伟又由科研处调回到我们教研室了，现在我们中国法制史教学组的力量更强了。

1983 年 3 月 4 日（农历癸亥年正月二十）　　星期五　晴

下午教研室开会，除曾炳钧、潘华仿、刘保藩三位老同志外，其他同志都到会了，目前教研室可谓"兵强马壮"了。

许显侯老师主持会议。他先讲了讲他于开学之前参加北京市法学会第二届年会的情况。然后郑治发老师又讲了讲今年 1 月 17 日至 21 日在昆明参加全国"六五"规划会议的情况，根据会议签订的任务，我们要参加编写《当代中国》中的中国革命法制史的任务。除我校外，参加者还有西北政法学院、中国人民大学、中国社会科学院法学研究所三个单位。我院除参加中国革命法制史外，还参加了刑法、刑事诉讼法、经济法三项编写任务。郑治发老师回到北京后，今年2月12日至3月2日又参加了中国革命法制史制定编写大纲的会议。

除此之外，今天教研室会议的主要议题是讨论我院的改革规划。大家发言十分踊跃，提出了不少好的意见和建议。

会议结束后，薛梅卿老师与沈国锋老师把我和郭成伟留下，告诉我们一件事，公安部第十一局（劳改工作管理局）组织人员编写七本书：《中国监狱史》《犯罪学》《劳改法学》《劳改经济学》《改造教育学》《改造心理学》《外国监狱史》。其中《中国监狱史》委托我们教研室派人参加，以我们为主，还有北京大学、法学研究所的两三个同志参加。薛老师和沈老师拟组织包括我和郭成伟在内的几个人参加撰写，并计划外出收集些资料，公安部可出钱。我们也可利用这个机会外出收集有关法制史的其他资料。我们二人欣然同意。

今天在学校研究生办公室见到我院《一九八二年度授予硕士学位表》（1983年1月19日填）。学位授予单位名称：北京政法学院，名单抄录如下：

张贵成　男　1941年11月7日出生，汉族，共产党员，1966年毕业于北京政法学院政教系，1979年10月入学，攻读研究生。学位学科门类：法学，授予学位的专业：法学理论。

学位课程考试的科目及成绩：

哲学　　良

法学理论　良

英语　　良

政治经济学　良

中国法律思想史　优

马列主义关于国家学说的经典著作　优

西方法律思想史　优

学位论文题目：论法的继承性

论文工作起止日期：1981年5月至1982年5月

论文答辩日期：1982年7月1日

授予学位日期：1982年12月30日

指导教师姓名和学术职称：程筱鹤教授

张耕　男　1944年8月7日出生，汉族，共产党员，1968年毕业于陕西师范大学政教系，1979年10月入学，攻读研究生。学位学科门类：法学，授予学位的专业：

法学理论。

　　学位课程考试的科目及成绩：

　　哲学　优

　　法学理论　优

　　俄语　良

　　政治经济学　优

　　马列主义关于国家学说的经典著作　优

　　中国法律思想史　优

　　学位论文题目：论法的起源

　　论文工作起止日期：1981 年 5 月至 1982 年 5 月

　　论文答辩日期：1982 年 7 月 2 日

　　授予学位日期：1982 年 12 月 30 日

　　指导教师姓名和学术职称：程筱鹤教授

　　陈淑珍　女　1946 年 9 月 24 日出生，汉族，共产党员，1979 年内蒙古乌蒙师范学校大专班毕业，1979 年 10 月入学，攻读研究生。学位学科门类：法学，授予学位的专业：法学理论。

　　学位课程考试的科目及成绩：

　　哲学　优

　　法学理论　良

　　俄语　优

　　政治经济学　良

　　马列主义关于国家学说的经典著作　良

　　中国法律思想史　优

　　西方法律思想史　优

　　学位论文题目：论孟德斯鸠的法律思想

　　论文工作起止日期：1981 年 5 月至 1982 年 5 月

　　论文答辩日期：1982 年 7 月 6 日

　　授予学位日期：1982 年 12 月 30 日

　　指导教师姓名和学术职称：程筱鹤教授、周树显讲师

　　郭成伟　男　1946 年 6 月 4 日出生，汉族，共产党员，1969 年毕业于北京师范学院历史系，1979 年 10 月入学，攻读研究生。学位学科门类：法学，授予学位的专业：法制史。

　　学位课程考试的科目及成绩：

　　哲学　优

　　法学理论　良

　　俄语　优

　　政治经济学　优

　　古代汉语　优

中国法制史　优

外国法制史　优

学位论文题目：论北宋重典治"贼盗"的法律制度

论文工作起止日期：1981 年 7 月至 1982 年 11 月

论文答辩日期：1982 年 12 月 10 日

授予学位日期：1982 年 12 月 30 日

指导教师姓名和学术职称：曾炳钧教授、沈国锋讲师

江兴国　男　1943 年 9 月 25 日出生，汉族，共产党员，1966 年北京政法学院政法系毕业，1979 年 10 月入学，攻读研究生，学位学科门类：法学，授予学位的专业：法制史。

学位课程考试的科目及成绩

哲学　优

法学理论　优

英语　良

古汉语　优

政治经济学　优

中国法制史　优

外国法制史　优

学位论文题目：上海公共租界会审公廨论

论文工作起止日期：1981 年 11 月至 1982 年 11 月

论文答辩日期：1982 年 12 月 15 日

授予学位日期：1982 年 12 月 30 日

指导教师姓名和学术职称：曾炳钧教授、薛梅卿讲师

陈丽君　女　1945 年 4 月 19 日出生，汉族，共产党员，1966 年北京政法学院政法系毕业，1979 年 10 月入学，攻读研究生，学位学科门类：法学，授予学位的专业：法制史。

学位课程考试的科目及成绩：

哲学　良

法学理论　良

英语　优

政治经济学　优

西方法律思想史　良

中国法制史　优

外国法制史　优

学位论文题目：近代法国的行政法院制度

论文工作起止日期：1981 年 6 月至 1982 年 10 月

论文答辩日期：1982 年 12 月 2 日

授予学位日期：1982 年 12 月 30 日

指导教师姓名和学术职称：潘华仿副教授、许显侯讲师

研究生阶段

曾尔恕　女　1946年7月6日出生，汉族，共产党员，1969年天津南开大学外语系英语专业毕业，1979年10月入学，攻读研究生，学位学科门类：法学，授予学位的专业：法制史

学位课程考试的科目及成绩：

哲学　良

法学理论　良

英语　优

政治经济学　良

西方法律思想史　优

中国法制史　优

外国法制史　优

学位论文题目：美国限制言论、出版自由法律原则的演变

论文工作起止日期：1981年5月至1982年10月

论文答辩日期：1982年12月1日

授予学位日期：1982年12月30日

指导教师姓名和学术职称：潘华仿副教授

王泰　男　1947年6月6日出生，汉族，1979年哈尔滨师范大学中文系肄业，1979年10月入学，攻读研究生，学位学科门类：法学，授予学位的专业：刑法。

学位课程考试的科目及成绩：

哲学　良

法学理论　良

日语　优

政治经济学　良

刑法　优

刑事诉讼法　良

学位论文题目：论共同犯罪的概念及其基本特征

论文工作起止日期：1981年2月至1982年11月

论文答辩日期：1982年12月20日

授予学位日期：1982年12月30日

指导教师姓名和学术职称：宁汉林副教授

陈明华　男　1944年9月1日出生，汉族，共产党员，1968年西北政法学院法律系毕业，1979年10月入学，攻读研究生。学位学科门类：法学，授予学位的专业：刑法。

学位课程考试的科目及成绩：

哲学　优

法学理论　优

俄语　良

政治经济学　良

我们走在大路上

刑法　优

刑事诉讼法　优

学位论文题目：论刑法上的错误

论文工作起止日期：1981 年 7 月至 1982 年 8 月

论文答辩日期：1982 年 10 月 5 日

授予学位日期：1982 年 12 月 30 日

指导教师姓名和学术职称：曹子丹副教授、崔炳锡讲师

刘金友　男　1943 年 2 月 20 日出生，汉族，共产党员，1967 年北京政法学院政法系毕业，1979 年 10 月入学，攻读研究生。学位学科门类：法学，授予学位的专业：诉讼法。

学位课程考试的科目及成绩：

哲学　优

法学理论　良

俄语　优

政治经济学　良

刑事诉讼法　优

刑法　优

中国刑事诉讼史　合格

资产阶级刑事诉讼　合格

苏联东欧刑事诉讼　合格

学位论文题目：略论刑事诉讼证据的审查与判断

论文工作起止日期：1981 年 5 月至 1982 年 5 月

论文答辩日期：1982 年 7 月 8 日

授予学位日期：1982 年 12 月 30 日

指导教师姓名和学术职称：张子培副教授

郑禄　男　1941 年 5 月 21 日出生，汉族，共产党员，1966 年北京政法学院政法系毕业，1979 年 10 月入学，攻读研究生。学位学科门类：法学，授予学位的专业：诉讼法。

学位课程考试的科目及成绩：

哲学　优

法学理论　优

俄语　良

政治经济学　良

刑事诉讼法　良

刑法　优

中国刑事诉讼史　合格

资产阶级刑事诉讼　合格

苏联东欧刑事诉讼　合格

学位论文题目：唐代刑事审判制度初探

论文工作起止日期：1981 年 5 月至 1982 年 5 月

研究生阶段

论文答辩日期：1982 年 7 月 12 日

授予学位日期：1982 年 12 月 30 日

指导教师姓名和学术职称：陈光中副教授

史敏　女　1947 年 11 月 7 日出生，汉族，共产党员，1979 年 10 月入学，攻读研究生。学位学科门类：法学，授予学位的专业：诉讼法。

学位课程考试的科目及成绩：

哲学　优

法学理论　良

俄语　良

政治经济学　良

刑事诉讼法　优

刑法　优

中国刑事诉讼史　合格

资产阶级刑事诉讼　合格

苏联东欧刑事诉讼　合格

学位论文题目：试论我国刑事诉讼中的上诉制度

论文工作起止日期：1981 年 5 月至 1982 年 5 月

论文答辩日期：1982 年 7 月 5 日

授予学位日期：1982 年 12 月 30 日

指导教师姓名和学术职称：张子培副教授

周国钧　男　1942 年 9 月 6 日出生，汉族，共产党员，1967 年北京政法学院政法系毕业，1979 年 10 月入学，学位学科门类：法学，授予学位的专业：诉讼法。

学位课程考试的科目及成绩：

哲学　良

法学理论　优

俄语　良

政治经济学　优

刑事诉讼法　优

刑法　优

中国刑事诉讼史　合格

资产阶级刑事诉讼　合格

苏联东欧刑事诉讼　合格

学位论文题目：论刑事证据的分类

论文工作起止日期：1981 年 2 月至 1982 年 6 月

论文答辩日期：1982 年 7 月 5 日

授予学位日期：1982 年 12 月 30 日

指导教师姓名和学术职称：张子培副教授

以上共 13 人。

1983 年 5 月 27 日（农历癸亥年四月十五）　星期五　晴

13：45 到校。至周国钧处取到请柬，这是国务院学位委员会和北京市人民政府发给我们的，全文如下：

请　柬

　　定于一九八三年五月二十七日（星期五）下午三时在人民大会堂举行博士和硕士学位授予大会。
　　敬请光临

国务院学位委员会
北京市人民政府

凭柬进东门
请勿转让

14：00 去车房上车。今日前往参加大会的有已取得硕士学位的部分研究生：张贵成、张耕、陈丽君、曾尔恕（自己从家里去的）、郑禄、周国钧、刘金友、史敏、张俊浩、江兴国。

江平副院长兼学位委员会代主席，及我们的指导教师张子培、曹子丹、薛梅卿、许显侯也与我们一起去参加大会。

在人民大会堂里我的座位是一楼后 3 区 34 排 51 号。左边是张耕（53号）、张贵成（55号），右边是中央民族学院的同学。

党和国家领导人王震、方毅、胡乔木、姚依林、邓力群、胡启立、许德珩，政协委员会副主席刘澜涛、杨秀峰等出席了大会。聂荣臻同志因临时有事未能出席，特意给大会打电话表示对博士学位获得者的祝贺和对博士导师的敬意。

北京市市长主持大会。国务院学位委员会副主任何东昌作了学位授予情况的报告。他说："从去年二月至今年三月，中国科学院、中国科技大学、复旦大学、华东师范大学和山东大学等八个授予单位进行了授予博士学位的试点，共授予博士 18 人，其中高等学校授予 12 人，科研机构授予 6 人。这18 位博士学位获得者，都是 1978 年入学的研究生。""硕士学位授予了两批，共 14 815 人。1981 年全国有 229 个授予单位，授予硕士 8665 人。其中高等学校 191 所，授予硕士 7084 人，占 81.8%；科研机构 38 个，授予硕士 1581人，占 18.2%。按授予学位的学科门类统计，哲学、经济学、法学、教育

研究生阶段

725

学、文学、历史学六个学科共授予硕士1157人，占13.4%。理学硕士198人，占2.3%，医学硕士974人，占11.2%。1981年授予的硕士中，有女硕士830人。包括回族、满族、蒙古族、朝鲜族、壮族、白族、藏族、维吾尔族、达斡尔族九个少数民族硕士123人。1982年的硕士授予人数正在上报。从已上报的材料统计，共有260个授予单位，授予硕士6150人。""这两批所授予硕士的质量总的讲是好的。""专家们认为，我国的硕士大多数学习成绩较好，基础理论比较扎实，专业知识比较系统，并具有从事科学研究工作，或独立担负专门技术工作的能力。他们所做的研究工作对社会主义现代化建设作出了有益的贡献。""1977年和1978年入学的高等学校本科生有35万多人，于1982年春、夏季毕业。这两批大学本科毕业生，经过校学位评定委员会的审核，有32万多人获得了学士学位。"中共中央政治局委员、国务院学位委员会主任胡乔木作了题为"走独立自主培养高级专门人才的道路"的重要讲话，强调"独立自主地培养各方面人才，特别是高级专门人才，是关系到整个社会主义建设成败的一个关键问题"。他在讲话的最后说："荣得博士和硕士学位的同志们，你们是新中国第一批博士和硕士学位获得者，你们是在全国各族人民为二十世纪末将要达到的伟大目标而艰苦奋斗的时刻，走上工作岗位的。党和人民对你们寄予很大的期望。希望你们把自己从事的工作，同民族的前途，国家的命运密切联系起来，同社会主义、共产主义事业密切联系起来，自觉发扬对社会尽责，为这个伟大事业服务的精神。今天我们召开的博士和硕士学位授予大会，就是一次动员大会。我们要为振兴中华，在各门学科的发展中作出无愧于伟大时代的贡献！"大会上向授予博士学位的18位同志发了学位证书，向他们的导师赠送了纪念品。博士代表马中骐、指导教师代表谷超豪教授，也先后在会上讲了话。

会开了一个小时，休息十分钟后，放映上海电影制片厂摄制的宽银幕彩色故事片《张衡》，于力编剧。

1984 年

1984 年 1 月 21 日（农历癸亥年十二月十九）　星期六　晴

去研究生办公室领取了学位证书，蓝色泡沫塑料的封面、封底，金色衬里。封面上有中华人民共和国国徽图案及"硕士学位证书"字样。正文一面也是国徽图案及金色的"硕士学位证书"几个字。另一面是证书的正文：

> 江兴国系安徽省安庆市人，一九四三年九月二十五日生。在院已通过硕士学位的课程考试和论文答辩，成绩合格。根据《中华人民共和国学位条例》的规定，授予法学硕士学位。
>
> 北京政法学院
院长 张杰（印）代
学位评定
委员会主席 江平（印）代
一九八二年十二月三十日
>
> 证书编号 00005

证书上加盖"北京政法学院"的钢印。证书装在塑料袋内。

14：15 回到炮司，将学位证书给父亲看，他非常高兴。

下午将 8 班与 10 班的试卷判完了。

晚上给张全仁写封信，告知学位证书已办好了，请他有机会回校领取。

1985 年

1985 年 11 月 12 日（农历乙丑年十月初一）　星期二　晴

今天收到上海市高级人民法院档案室 7 月 14 日的复函，全文如下：

> 江兴国同志：
>
> 　　你好！你于一九八四年十一月二十五日的来信和邮寄的贰本小册子《上海公共租界会审公廨论》论文，早已收到，请放心。
>
> 　　这贰本资料很好，并在我们今年九月自己办的《上海市法院系统诉讼文书档案展览会》上展出，得到了领导和同志们的好评，在此特向你表示感谢！
>
> 　　今后如有类似材料，希能寄给我们，深表谢意！
>
> 　　此致
>
> 　　敬礼！
>
> 上海市高级人民法院档案室
一九八五年七月十四日

后　记

　　我的大学本科及研究生日记（摘录）整理出来了，等候出版。在这里我首先要感谢各位领导、老师、同学、朋友和同事的大力支持。十年前在当时主要校领导召开的会议上，中国政法大学原党委副书记宋振国同志就曾提出，出版江兴国的日记对丰富校史资料，研究六十年代及七十年代末至八十年代初学校的具体情况有一定的意义。去年五月在法律史支部学习中共党史的研讨会上，学校党委副书记高浣月同志的讲话中对我坚持不懈写日记予以肯定，并说出版我的日记很有意义，希望出版社能给予支持。后法学院经过研究，从不多的经费中拨专款予以赞助，更是予以大力的支持，特此表示感谢。同时感谢汤阴永新化学有限责任公司对本书出版有力的支持。出版社的同志们细心审稿，纠正我的笔误，我的学生暨同事李倩副教授协助我对日记进行整理、校对，对记录谬误之处予以更正，付出了艰苦的努力。我的老师和同学听说我的日记将要出版，都非常期待，也给予我很大的鼓励，在此深表感谢。在本书的编写过程中，我的大学本科同学翟俊喜、研究生同学卢晓媚和我的同事艾群提供了许多珍贵的照片，在此表示深深的感谢。

　　我还要感谢我的老同学、老朋友敖俊德为我的日记写了热情洋溢的序言，他自谦说给别人大作写序言不够格。但他的学识是有目共睹的。大学毕业十九年后，他从新疆考取了中国社会科学院研究生院第一届研究生，毕业后成为全国人民代表大会民族委员会恢复后最早一批工作人员，该委第一任法案室主任，长期从事民族立法和民族理论研究。他曾任中国民族理论学会副会长、顾问和学术顾问，中国法学会民族法学研究会副会长和顾问；退休后被中央民族大学聘为客座教授。他勤于写作，发表论文百余篇，在《红旗》杂志上发表过理论文章。他是 2009 年度中央政法委 、中宣部、司法部和中国法学会联合组织的"百名法学家百场报告会"百名法学家之一，国家民委刊物《民族画报》2014年第5期将他作为封面人物。因此，能请他为我的日记作序，乃是我的光荣，为拙作增添了不少光彩，在此我深深地感谢俊德同学。

本来，我写日记是给自己留个"备忘录"，以便查找过去的事情。记日记逐渐成"瘾"了，一天不写就十分不安，总觉得有什么事没有完成，连觉都睡不安稳。即便是1962年准备高考期间，1979年准备研究生招生考试期间，我依然一天不少地记日记，完整记录了参加高考和研究生考试的全过程，连各科考试的主要题目都记录下来了。无论是去四川省峨眉县参加长达八个月的"四清运动"，还是去河南省郑州市中级人民法院进行四个月的实习，抑或去上海进行为期三个月的调查研究，我都坚持每日写日记，一天不少，笔耕不辍。

日记原本是给自己看的。最初是在几次同学聚会时，我曾试着选择某些日记念给大家听，受到同学们的欢迎。正因为日记是写给自己看的，所以许多事情记录比较简略，现在出版给广大读者看，不得不对某些人和事加以简要说明（当然不能违背原意）。

我决定将日记出版，是想让后人了解在北京政法学院（现中国政法大学）的历史上曾有我们这样一群人孜孜不倦地求学过，生龙活虎地生活过，了解我们的学习生活状态和开展各方面活动（如文娱、体育活动）的情况，尽管那时没有手机，没有电视机，我们依然生活得丰富多彩。学校写校史不可能写得这样详细，老师如何授课，学生如何学习，如何参加课堂讨论，在这方面我的日记或许能够成为校史的一种补充，这对日后研究我国的高等教育多少有些裨益吧。

这里出版的日记只是从我同时期169万字日记中摘录出来的一部分，仅占原记录的三分之一。因为日记毕竟是私人的记录，其中有些是不宜公开的。有些事情也难免有记录不完整甚至错误的地方，只能供读者参考。

最后，我解释一下我的书名"我们走在大路上"，个人日记为什么用"我们"？我想，我的日记记录了我与我的同学们在一起学习、工作和成长的过程，用"我们"更能体现出我的成长不是孤立的，是在党的教育下，老师的教诲下和同学们的帮助下取得的成果。我们在学生时代，最喜欢唱的歌曲之一就是《我们走在大路上》，即便是若干年后，同学们重逢还是喜欢唱这首歌曲。一唱起来就激发起我们年轻时代的激情，就回忆起那火红的岁月和我们付出的艰苦努力。所以我借用这首歌名作为我的书名《我们走在大路上——江兴国大学及研究生日记摘录》，特此说明。

另外，本书特请中国政法大学著名的书法家李玺文同志题写书名，在此深表感谢！

江兴国

2022 年 10 月